Sammlung Luchterhand 2049

Daniil Charms (1905–1942) hieß in Wirklichkeit Daniil Iwanowitsch Juwatschow. 1927 gründete er mit einigen Leningrader Schriftstellern, Malern und Musikern die avantgardistische Künstlergruppe OBERIU, die 1930 verboten wurde. In ihren »unsinnigen« Werken haben sie die Epoche sensibler und tiefer erfühlt als die vermeintlichen Realisten. Daniil Charms gilt heute als Meister des Paradoxen in der russischen Tradition von Gogol über Dostojewski zu Tschechow. In 120 parodierenden und ironisierenden Texten erweist er sich als ein Klassiker des Absurden, vor Ionesco und Beckett.

»Mich interessiert nur Quatsch, nur das, was gar keinen praktischen Sinn macht. Mich interessiert das Leben nur in seiner unsinnigen Erscheinung«, notierte Charms am 31. Oktober 1937 im Tagebuch.

Daniil Charms
Zwischenfälle

Mit Zeichnungen des Autors
Herausgegeben von Lola Debüser
Aus dem Russischen von Ilse Tschörtner

Luchterhand

Mit einem Nachwort der Herausgeberin
Mit Anmerkungen von Anna Gerassimowa

1.

Jetzt will ich erzählen, wie ich geboren wurde, wie ich aufwuchs und wie sich bei mir die ersten Anzeichen von Genie bemerkbar machten. Ich wurde zweimal geboren. Das kam so:

Mein Vater heiratete meine Mutter 1902, doch mich brachten meine Eltern erst Ende 1905 zur Welt, denn mein Vater wollte, daß die Geburt seines Kindes genau auf Neujahr fiele. Mein Vater hatte sich ausgerechnet, daß dann die Empfängnis am 1. April stattfinden müsse, und erst an diesem Tag trug er meiner Mutter an, ihr ein Kind zu zeugen.

Das erste Mal machte sich mein Vater am 1. April 1903 an meine Mutter heran. Meine Mutter hatte lange auf diesen Moment gewartet und freute sich riesig. Doch mein Vater war, wie man sieht, zum Scherzen aufgelegt und konnte sich nicht verkneifen, zu meiner Mutter zu sagen: »April, April!«

Meine Mutter war schrecklich gekränkt und ließ an diesem Tag meinen Vater nicht zu sich. So hieß es bis zum nächsten Jahr warten.

Am 1. April 1904 machte sich mein Vater wieder an meine Mutter heran. Doch meine Mutter mußte an den Vorfall im vorigen Jahr denken und sagte, sie habe nun keine Lust mehr, in dumme Umstände zu geraten, und ließ meinen Vater wieder nicht zu sich. Wie sehr mein Vater auch tobte, es war nichts zu machen.

Erst im Jahr darauf gelang es meinem Vater, meine Mutter herumzukriegen und mich zu zeugen.

So fand denn meine Empfängnis am 1. April 1905 statt.

Doch die Rechnung meines Vaters ging nicht auf, denn ich wurde vier Monate zu früh geboren.

Mein Vater geriet derart in Wut, daß mich die Hebamme, die mich geholt hatte, vor Schreck wieder da hineinzustopfen begann, wo ich herausgekommen war.

Ein Bekannter von uns, der dabei war, ein Student der Militärmedizinischen Akademie, erklärte, mich wieder da hineinzustopfen würde nicht gelingen. Der Bemerkung dieses Studenten zum Trotz gelang es aber doch, mich hineinzustopfen; ich wurde hineingestopft, in der Tat, nur in der Eile, wie sich herausstellen sollte, nicht ganz an der richtigen Stelle.

Da ging aber ein Zirkus los.

Die Wöchnerin rief: »Ich will mein Kind haben!«, und ihr wurde geantwortet: »Ihr Kind ist in Ihrem Leib.« – »Wie?« rief die Wöchnerin. »Wie kann ein Kind in meinem Leib sein, das ich eben geboren habe?« – »Aber vielleicht«, wurde der Wöchnerin gesagt, »irren Sie sich?« – »Wie?« rief die Wöchnerin. »Ich irre mich? Wie kann ich mich irren? Eben habe ich doch mit eigenen Augen das Kind hier auf dem Laken liegen sehen!« – »Das stimmt«, wurde der Wöchnerin gesagt, »aber vielleicht hat es sich irgendwo verkrochen?« Kurzum, sie wußten nicht, was sie der Wöchnerin sagen sollten.

Aber die Wöchnerin schlug Krach und wollte ihr Kind haben.

Ein erfahrener Arzt mußte geholt werden. Der erfahrene Arzt untersuchte die Wöchnerin und breitete ratlos die Arme aus, trotzdem wußte er Rat und verabreichte der Wöchnerin eine gute Portion Englischsalz. Die Wöchnerin bekam Durchfall, und so wurde ich zum zweitenmal geboren.

Charms. Selbstbildnis. 1925.

Da aber begann der Vater wieder zu toben. Das könne man doch nicht eine Geburt nennen, sagte er, das sei, sagte er, noch gar kein Mensch, eher ein halber Embryo, den man, sagte er, entweder wieder hineinstopfen oder in den Brutkasten setzen muß.

Also wurde ich in den Brutkasten gesetzt.

25. September 1935

Charms. Selbstkarikatur.
Dreißiger Jahre.

2.

Die Brutkastenperiode

Im Brutkasten habe ich vier Monate gesessen. Ich weiß nur noch, daß der Brutkasten aus Glas und durchsichtig war und ein Thermometer hatte. Und daß ich darin auf Watte saß. An mehr kann ich mich nicht erinnern.

Nach vier Monaten wurde ich aus dem Brutkasten herausgenommen. Das geschah genau am 1. Januar 1906. Auf diese Weise kam ich, könnte man sagen, ein drittes Mal zur Welt. Der erste Januar galt fortan als mein Geburtstag.

1935

ДАНИИЛ ХАРМС

СЛУЧАИ.

посвящаю Марине Владимировне Малич.

Umschlag des Manuskripts von Charms' Zyklus »Fälle«.
Dreißiger Jahre.

I
Fälle

Inhaltsverzeichnis des Zyklus' »Fälle«. Manuskript.
Dreißiger Jahre.

ОГЛАВЛЕНИЕ.

1. Голубая тетрадь. № 10
2. Слугаи
3. Вываливающиеся старухи
4. Происшествие на улице
5. Сонет
6. Петров и Камаров
7. Оптический обман
8. Пушкин и Гоголь
9. Столяр Кушаков
10. Сундук
11. Случай с Петраковым
12. История дерущихся
13. Сон
14. Математик и Андрей Семёнович
15. Молодой человек удививший сторожа
16. Четыре иллюстрации
17. Потери
18. Макаров и Петерсен № 3

3.

Blaues Heft Nr. 10

Marina Wladimirowna
Malitsch gewidmet

Es war einmal ein rothaariger Mann, der hatte keine Augen und keine Ohren. Haare hatte er auch nicht, Rotfuchs wurde er also nur so genannt.

Sprechen konnte er nicht, denn er hatte keinen Mund. Eine Nase hatte er auch nicht.

Er hatte nicht einmal Arme und Beine. Und er hatte keinen Bauch, und er hatte keinen Rücken, und er hatte kein Rückgrat, und Eingeweide hatte er auch nicht. Er hatte überhaupt nichts! Unbegreiflich daher, von wem die Rede ist.

Wir sollten lieber nicht mehr von ihm sprechen.

7. Januar 1937

4.

Fälle

Eines Tages aß Orlow zuviel Erbsenpüree und starb. Und Krylow, der davon hörte, starb auch. Und Spiridonow starb von allein. Und Spiridonows Frau fiel vom Büfett und starb auch. Und Spiridonows Kinder ertranken im Teich. Und Spiridonows Großmutter geriet an die Flasche und wurde Landstreicherin. Und Michailow hörte auf, sich zu kämmen, und bekam die Räude. Und Kruglow malte eine Dame mit einer Knute in der Hand und wurde verrückt. Und Perechrjostow erhielt telegrafisch vierhundert Rubel und wurde so hochnäsig, daß er aus dem Dienst flog.

Alles gute Menschen, die nicht Fuß fassen können.

22. August (1936)

5.

Die herausfallenden alten Frauen

Eine alte Frau fiel vor lauter Neugier aus dem Fenster, schlug auf und brach sich das Genick.

Aus dem Fenster lehnte sich eine zweite alte Frau und schaute zu der Genickbrüchigen hinunter, aber vor lauter Neugier fiel sie auch aus dem Fenster, schlug auf und brach sich das Genick.

Dann fiel die dritte alte Frau aus dem Fenster, dann die vierte, dann die fünfte.

Als die sechste alte Frau herausgefallen war, hatte ich keine Lust mehr, ihnen zuzusehen, und ging zum Malzewski-Markt, wo, wie man hörte, einem Blinden ein Wollschal geschenkt worden war.

1937

6.

Sonett

Mir ist mal etwas ganz Eigenartiges passiert: Ich hatte auf einmal vergessen, was eher kommt – sieben oder acht.

Ich ging zu den Nachbarn und fragte, was sie meinten.

Aber wie groß war meine Verwunderung, als sich plötzlich herausstellte, daß auch sie die Reihenfolge der Zahlen vergessen hatten. 1, 2, 3, 4, 5 und 6 wußten sie noch, aber wie weiter, hatten sie vergessen.

Wir gingen zusammen zum Kaufhaus »Gastronom« in der Snamenskaja, Ecke Bassejnaja, und fragten die Kassiererin. Die Kassiererin lächelte traurig, nahm ein kleines Hämmerlein aus dem Mund, zog die Luft durch die Nase ein und sagte: »Meines Erachtens kommt sieben in dem Fall nach acht, wenn acht nach sieben kommt.«

Erfreut bedankten wir uns bei der Kassiererin und liefen hinaus. Doch plötzlich, als wir uns die Auskunft der Kassiererin genauer überlegten, verstummten wir wieder, denn sie kam uns völlig sinnlos vor.

Was tun? Wir gingen in den Sommergarten und fingen an, die Bäume zu zählen. Doch als wir bei sechs angelangt waren, blieben wir stehen und gerieten in Streit. Nach Ansicht der einen folgte sieben, nach Ansicht der anderen acht.

Wir würden noch lange gestritten haben, aber zum Glück fiel ein Kind von der Bank und brach sich beide Kiefer. Das brachte uns von unserem Streit ab.

Da trennten wir uns und gingen nach Hause.

12. November 1935

7.   18

Petrow und Schabowski

PETROW
 He, Schabowski, angefangen!
 Laß uns Schaben fangen!
SCHABOWSKI
 Hab dazu noch nicht die Ader,
 Fangen wir erst lieber Kater.

ПЕТРО́В и КАМАРО́В.

Петров: Эй Камаров!
 Давай ловить камаров!

Камаров: Нет, я к этому ещё не готов;
 Давай лучше ловить котов!

*   *
 *

Handschrift der »Fälle«: »Petrow und Schabowski«.
Dreißiger Jahre.

8.

Optische Täuschung

Semjon Semjonowitsch setzt die Brille auf, schaut zur Kiefer und sieht, daß auf der Kiefer ein Kerl sitzt und ihm die Faust zeigt.

Semjon Semjonowitsch nimmt die Brille ab, schaut zur Kiefer und sieht, daß auf der Kiefer niemand sitzt.

Semjon Semjonowitsch setzt die Brille auf und sieht, daß auf der Kiefer ein Kerl sitzt und ihm die Faust zeigt.

Semjon Semjonowitsch nimmt die Brille ab und sieht wieder, daß auf der Kiefer niemand sitzt.

Semjon Semjonowitsch setzt die Brille wieder auf, schaut zur Kiefer und sieht wieder, daß auf der Kiefer ein Kerl sitzt und ihm die Faust zeigt.

Semjon Semjonowitsch will an diese Erscheinung nicht glauben und hält diese Erscheinung für eine optische Täuschung.

(1934)

9.

Puschkin und Gogol

Gogol fällt aus den Kulissen auf die Bühne und bleibt liegen.
PUSCHKIN *kommt aus den Kulissen, stolpert über Gogol, fällt hin* Verdammt! Wohl über Gogol.
GOGOL *steht auf* So eine Sauerei! Man kann hier nicht ausruhen! *Geht, stolpert über Puschkin, fällt hin* Ich bin wohl über Puschkin gestolpert!
PUSCHKIN *steht auf* Man wird nicht in Ruhe gelassen! *Geht, stolpert über Gogol, fällt hin* Verdammt! Wohl wieder über Gogol!
GOGOL *steht auf* Immer und überall wird man gestört! *Geht, stolpert über Puschkin, fällt hin* Da haben wir's! Wieder über Puschkin!
PUSCHKIN *steht auf* Pöbelei! Gemeine Pöbelei! *Geht, stolpert über Gogol, fällt hin* Verdammt! Wieder über Gogol!
GOGOL *steht auf* Das ist doch der blanke Hohn! *Geht, stolpert über Puschkin, fällt hin* Wieder über Puschkin!
PUSCHKIN *steht auf* Verdammt! Na wirklich, dreimal verdammt! *Geht, stolpert über Gogol, fällt hin* Über Gogol!
GOGOL *steht auf* Sauerei! *Geht, stolpert über Puschkin, fällt hin* Über Puschkin!
PUSCHKIN *steht auf* Verdammt! *Geht, stolpert über Gogol, fällt hinter die Kulissen* Über Gogol!
GOGOL *steht auf* Sauerei! *Ab in die Kulissen*
Gogols Stimme hinter der Bühne: »Über Puschkin!«
Vorhang

(1934)

10.

Der Tischler Kuschakow

Es war einmal ein Tischler. Er hieß Kuschakow. Eines Tages verließ er sein Haus und ging Tischlerleim kaufen.

Es taute, und auf der Straße war es sehr glatt.

Der Tischler machte ein paar Schritte, rutschte aus, fiel hin und schlug sich die Stirn auf.

»Äh!« sagte der Tischler, stand auf, ging zur Apotheke, kaufte Pflaster und klebte es sich auf die Stirn.

Doch als er auf der Straße war und ein paar Schritte gemacht hatte, rutschte er wieder aus, fiel hin und schlug sich die Nase auf.

»Uh!« sagte der Tischler, ging zur Apotheke, kaufte Pflaster und klebte es sich auf die Nase.

Dann ging er wieder auf die Straße, rutschte wieder aus, fiel hin und schlug sich die Wange auf.

Da mußte er wieder zur Apotheke gehen, um Pflaster für seine Wange zu kaufen.

»Wissen Sie«, sagte der Apotheker zum Tischler, »Sie fallen so oft hin und schlagen sich etwas auf, daß ich Ihnen empfehle, gleich mehr Pflaster zu kaufen.«

»Nein«, sagte der Tischler. »Ich werde nicht mehr hinfallen.«

Aber als er auf die Straße kam, rutschte er wieder aus, fiel hin und schlug sich das Kinn auf.

»Verdammtes Glatteis!« rief der Tischler und ging wieder zur Apotheke.

»Sehen Sie«, sagte der Apotheker, »Sie sind doch wieder hingefallen.«

»Nein!« rief der Tischler. »Davon will ich nichts hören! Geben Sie endlich das Pflaster!«

Der Apotheker gab ihm das Pflaster, er klebte es sich aufs Kinn und lief nach Hause.

Aber zu Hause wurde er nicht wiedererkannt und nicht in die Wohnung gelassen.

»Ich bin der Tischler Kuschakow!« rief der Tischler.

»Was du nicht sagst!« antwortete man ihm aus der Wohnung, verriegelte die Tür und legte die Kette vor.

Der Tischler Kuschakow blieb einen Moment auf der Treppe stehen, dann spuckte er aus und ging auf die Straße.

11.

Die Truhe

Ein Mann mit einem dünnen Hals kletterte in eine Truhe, schloß den Deckel über sich und begann zu ersticken.

»So«, sagte, nach Luft ringend, der Mann mit dem dünnen Hals, »jetzt ersticke ich in der Truhe, weil ich einen dünnen Hals habe. Der Deckel der Truhe ist zu und läßt keine Luft rein. Ich werde ersticken, öffne den Truhendeckel aber trotzdem nicht. Nach und nach werde ich sterben. Ich werde dem Kampf zwischen Leben und Tod beiwohnen. Es ist ein unnatürlicher Kampf, bei Chancengleichheit, denn naturgemäß siegt der Tod, das Leben aber, zum Tode verurteilt, kämpft vergeblich mit dem Feind und erhält die eitle Hoffnung bis zum letzten Moment aufrecht. In diesem Kampf, der nun stattfindet, kennt das Leben die Methode, mit der es seinen Sieg erreicht: Es muß meine Hände zwingen, den Truhendeckel zu öffnen. Schauen wir also zu: wer wen? Aber was ist das nur für ein Naphtalingestank hier! Wenn das Leben siegt, streue ich die Sachen in der Truhe mit Machorka ein. So, es fängt an: ich kann nicht mehr atmen. Mit mir ist es aus! Es gibt keine Rettung mehr. Und es geht mir dabei nichts Erhabenes durch den Kopf! Ich ersticke!

Oh! Was ist denn das? Irgendwas ist doch passiert, nur begreife ich nicht, was. Ich habe etwas gesehen oder etwas gehört ...

Oh! Ist schon wieder etwas passiert? Mein Gott! Ich kriege keine Luft mehr. Ich glaube, ich sterbe.

Und was ist das nun wieder? Warum singe ich? Mir

ist, als hätte ich Halsschmerzen. Wo ist die Truhe? Warum kann ich sehen, was sich in meinem Zimmer befindet?

Aber ich liege ja auf dem Fußboden! Und wo ist die Truhe?«

Der Mann mit dem dünnen Hals stand auf und schaute sich um. Es war keine Truhe da. Auf Stühlen und auf dem Bett lagen die Sachen aus der Truhe, aber die Truhe war nicht zu sehen.

Der Mann mit dem dünnen Hals sagte:

»Das heißt, das Leben hat mit einer mir unbekannten Methode den Tod besiegt.«

30. Januar 1937

Сундук

Человек с тонкой шеей забрался в сундук, закрыл за собой крышку и начал задыхаться.

— Вот, — говорил, задыхаясь, человек с тонкой шеей, — я задыхаюсь в сундуке, потому что у меня тонкая шея. Крышка сундука закрыта и не пускает ко мне воздуха. Я буду задыхаться, но крышку сундука всё равно не открою. После=

Handschrift der »Fälle«: »Die Truhe«.
Dreißiger Jahre.

12.

Der Fall Petrakow

Petrakow wollte sich schlafen legen, legte sich aber neben das Bett. Er schlug dermaßen auf den Fußboden hin, daß er liegenblieb und nicht wieder aufstehen konnte.

Petrakow raffte die letzten Kräfte zusammen und erhob sich auf alle viere. Aber die Kräfte verließen ihn, er fiel auf den Bauch und lag wieder lang.

An die fünf Stunden lag Petrakow auf dem Fußboden. Erst lag er einfach so da, dann schlief er ein.

Der Schlaf schenkte ihm neue Kräfte. Er erwachte gesund und munter, erhob sich vom Fußboden, ging im Zimmer auf und ab und legte sich vorsichtig aufs Bett.

So, dachte er, jetzt werde ich ein bißchen schlafen. Aber nun wollte der Schlaf nicht mehr kommen. Und so wälzte sich Petrakow hin und her und konnte und konnte nicht einschlafen.

Das ist eigentlich alles.

21. August 1936

13.

Wie zwei sich prügelten

Alexej Alexejewitsch nahm Andrej Karlowitsch in den Schwitzkasten, verbleute ihm die Visage und ließ ihn los.

Andrej Karlowitsch, bleich vor Wut, stürzte auf Alexej Alexejewitsch los und gab ihm einen Kinnhaken.

Alexej Alexejewitsch, auf einen so raschen Angriff nicht gefaßt, fiel um, und Andrej Karlowitsch setzte sich rittlings auf seinen Bauch, holte das Gebiß aus dem Mund und bearbeitete Alexej Alexejewitsch damit dermaßen, daß Alexej Alexejewitsch mit völlig entstelltem Gesicht und ausgefransten Nasenlöchern aufstand. Alexej Alexejewitsch hielt die Arme vors Gesicht und lief weg.

Andrej Karlowitsch wischte das Gebiß ab, setzte es sich wieder ein, klapperte mit den Zähnen, und als er sich überzeugt hatte, daß das Gebiß wieder saß, schaute er sich nach Alexej Alexejewitsch um und ging ihn, weil er ihn nirgends sah, suchen.

15. März 1936

Der Tag. 1919.

14.

Traum

Kalugin schlief ein und träumte, er säße in einem Gebüsch und ein Milizionär käme an dem Gebüsch vorbei.

Kalugin wachte auf, rieb sich den Mund, schlief wieder ein und träumte, er ginge an einem Gebüsch vorbei und in dem Gebüsch säße lauernd ein Milizionär.

Kalugin wachte auf, legte sich eine Zeitung unter den Kopf, damit das Kopfkissen nicht von seinem Speichel naß wurde, schlief wieder ein und träumte wieder, er säße in einem Gebüsch und an dem Gebüsch käme ein Milizionär vorbei.

Kalugin wachte auf, wechselte die Zeitung, legte sich wieder hin und schlief ein. Und wieder träumte er, er ginge an einem Gebüsch vorbei und in dem Gebüsch säße ein Milizionär.

Da wachte Kalugin auf und nahm sich vor, nicht weiterzuschlafen, doch im Nu war er wieder eingeschlafen und träumte, er säße hinter einem Milizionär und ein Gebüsch käme vorbei.

Kalugin wälzte sich im Bett und schrie, konnte nun aber nicht mehr aufwachen.

Kalugin schlief vier Tage und vier Nächte, und als er am fünften Tag aufwachte, war er so mager, daß er die Stiefel an die Beine binden mußte, um sie nicht zu verlieren.

Die Verkäufer in dem Brotladen, wo Kalugin sein Weizenbrot kaufte, erkannten ihn nicht wieder und jubelten ihm ein Mischbrot unter.

Die Hygienekommission, die die Wohnungen kontrollierte und Kalugin sah, erklärte ihn für unhygienisch und zu nichts tauglich und beauftragte die Wohnungsgenossenschaft, ihn zum Müll zu werfen.

Kalugin wurde in der Mitte zusammengelegt und weggeworfen wie Müll.

22. August 1936

15.

Der Mathematiker
und Andrej Semjonowitsch

MATHEMATIKER *holt eine Kugel aus dem Kopf*
  Ich habe aus meinem Kopf eine Kugel geholt.
  Ich habe aus meinem Kopf eine Kugel geholt.
  Ich habe aus meinem Kopf eine Kugel geholt.
  Ich habe aus meinem Kopf eine Kugel geholt.
ANDREJ SEMJONOWITSCH
  Steck sie wieder rein.
  Steck sie wieder rein.
  Steck sie wieder rein.
  Steck sie wieder rein.
MATHEMATIKER
  Nein, das tu ich nicht!
  Nein, das tu ich nicht!
  Nein, das tu ich nicht!
  Nein, das tu ich nicht!
ANDREJ SEMJONOWITSCH
  Nun, dann eben nicht.
  Nun, dann eben nicht.
  Nun, dann eben nicht.
MATHEMATIKER
  Na bitte, ich tu's nicht!
  Na bitte, ich tu's nicht!
  Na bitte, ich tu's nicht!
ANDREJ SEMJONOWITSCH
  Na auch gut.
  Na auch gut.
  Na auch gut.

Der Astronom. 1919.

MATHEMATIKER
  Also habe ich gewonnen!
  Also habe ich gewonnen!
  Also habe ich gewonnen!
ANDREJ SEMJONOWITSCH
  Schön, du hast gewonnen, sei nun zufrieden!
MATHEMATIKER
  Ich bin aber nicht zufrieden!
  Ich bin aber nicht zufrieden!
  Ich bin aber nicht zufrieden!
ANDREJ SEMJONOWITSCH
  Wenn auch Mathematiker, ehrlich gesagt, du bist nicht klug.
MATHEMATIKER
  Doch, ich bin klug und weiß sehr viel!
  Doch, ich bin klug und weiß sehr viel!
  Doch, ich bin klug und weiß sehr viel!
ANDREJ SEMJONOWITSCH
  Viel, aber lauter Quatsch.
MATHEMATIKER
  Nein, keinen Quatsch.
  Nein, keinen Quatsch.
  Nein, keinen Quatsch.
ANDREJ SEMJONOWITSCH
  Mir reicht dieses Gezänk mit dir!
MATHEMATIKER
  Nein, reicht nicht!
  Nein, reicht nicht!
  Nein, reicht nicht!
  Andrej Semjonowitsch winkt ärgerlich ab und geht. Der Mathematiker überlegt einen Moment und geht Andrej Semjonowitsch nach.
  Vorhang

(1933)

16.

Wie ein junger Mann einen Wächter zum Staunen brachte

»Guck an«, sagte der Wächter, während er eine Fliege beobachtete. »Wenn ich die jetzt mit Tischlerleim einstreiche, hat bestimmt ihr letztes Stündlein geschlagen. Das wäre doch mal was! Von einfachem Leim!«

»Heda, du Schrat!« rief ein junger Mann mit gelben Handschuhen den Wächter an.

Der Wächter wußte sofort, daß er gemeint war, beobachtete die Fliege aber weiter.

»Hallo, hörst du nicht?« rief der junge Mann wieder. »Rindvieh!«

Der Wächter zerdrückte die Fliege mit dem Daumen und sagte zu dem jungen Mann, ohne den Kopf zu wenden:

»Was hast du Rotzlöffel hier zu brüllen? Ich bin nicht taub. Was soll das!«

Der junge Mann putzte sich mit den Handschuhen die Hose und fragte mit delikater Stimme:

»Sagen Sie, Väterchen, wie komme ich von hier zum Himmel?«

Der Wächter sah den jungen Mann an, kniff erst das eine Auge ein, dann das andere, kratzte sich das Bärtchen, sah den jungen Mann noch mal an und sagte:

»Hier gibt es nichts zu sehen, gehen Sie weiter.«

»Verzeihen Sie«, sagte der junge Mann, »ich komme in einer dringenden Angelegenheit. Es ist bereits ein Zimmer für mich reserviert.«

»In Ordnung«, sagte der Wächter, »die Eintrittskarte.«

»Ich habe keine Eintrittskarte, mir wurde gesagt, ich

Das Wunder. 1919.

dürfe auch so rein«, sagte der junge Mann und sah dem Wächter ins Gesicht.

»Guck an!« sagte der Wächter.

»Also wie nun?« fragte der junge Mann. »Darf ich rein?«

»Schön, schön«, sagte der Wächter. »Gehen Sie.«

»Aber wo geht's lang? In welche Richtung?« fragte der junge Mann. »Ich weiß ja den Weg nicht.«

»Wo wollen Sie hin?« fragte der Wächter mit strenger Miene.

Der junge Mann legte die Hand an den Mund und raunte: »Zum Himmel!«

Der Wächter neigte sich etwas, setzte den rechten Fuß vor, um sicherer zu stehen, starrte den jungen Mann an und fragte barsch:

»Hör mal, willst du mich auf den Arm nehmen?«

Der junge Mann lächelte, hob die Hand im gelben Handschuh, schwenkte sie überm Kopf und war plötzlich verschwunden.

Der Wächter schnupperte. Die Luft roch nach versengten Federn.

»Guck an!« sagte der Wächter, knöpfte die Jacke auf, kratzte sich den Bauch, spuckte auf die Stelle, wo der junge Mann gestanden hatte, und ging langsam zu seinem Wächterhäuschen.

(1936)

17.

Vier Illustrationen dazu,
wie eine neue Idee den Menschen umwirft,
wenn er nicht auf sie vorbereitet ist

1

SCHRIFTSTELLER Ich bin Schriftsteller.
LESER Aber meiner Meinung nach bist du Sch ... e!
Der Schriftsteller steht minutenlang von dieser neuen Idee erschüttert und fällt wie tot um. Er wird hinausgetragen.

2

KUNSTMALER Ich bin Kunstmaler.
ARBEITER Aber meiner Meinung nach bist du Sch ... e!
Der Kunstmaler wird weiß wie Leinwand, schwankt wie ein Schilfrohr und gibt unverhofft den Geist auf. Er wird hinausgetragen.

3

KOMPONIST Ich bin Komponist.
WANJA RUBLJOW Aber meiner Meinung nach bist du ...!
Der Komponist fängt an zu keuchen und sackt zusammen. Unverhofft wird er hinausgetragen.

4

CHEMIKER Ich bin Chemiker.
PHYSIKER Aber meiner Meinung nach bist du ...!
Der Chemiker bringt kein Wort mehr heraus und schlägt längelang auf den Fußboden.

18.

Verluste

Andrej Andrejewitsch Mjassow kaufte auf dem Markt einen Lampendocht und trug ihn nach Hause.

Unterwegs verlor Andrej Andrejewitsch den Lampendocht und ging in ein Geschäft hundertfünfzig Gramm Jagdwurst kaufen. Dann ging Andrej Andrejewitsch zum Milchladen und kaufte eine Flasche Kefir, dann trank er an einem Stand ein kleines Glas Brotkwas und stellte sich nach einer Zeitung an. Die Schlange war ziemlich lang, und Andrej Andrejewitsch wartete mindestens zwanzig Minuten. Als er aber an die Reihe kam, wurde ihm vor der Nase die letzte Zeitung weggekauft.

Andrej Andrejewitsch stand eine Weile da, dann machte er sich auf den Heimweg, aber unterwegs verlor er den Kefir und ging zum Brotladen ein kleines Weißbrot kaufen, dabei verlor er die Jagdwurst.

Nun ging Andrej Andrejewitsch stracks nach Hause, unterwegs aber stürzte er, verlor das Weißbrot und zerschlug sich den Kneifer.

Wutentbrannt kam Andrej Andrejewitsch nach Hause und legte sich sofort schlafen, konnte aber lange nicht einschlafen. Als er dann eingeschlafen war, träumte er, er hätte seine Zahnbürste verloren und putzte sich die Zähne mit einem Kerzenhalter.

19.

Makarow und Petersen
Nr. 3

MAKAROW Hier, in diesem Buch, steht alles über unsere Wünsche und ihre Erfüllung geschrieben. Lies dieses Buch, und du verstehst, wie eitel unsere Wünsche sind. Und du verstehst auch, wie leicht ein Wunsch eines anderen und wie schwer ein eigener Wunsch zu erfüllen ist.
PETERSEN Du sprichst ja verdammt feierlich. So sprechen Indianerhäuptlinge.
MAKAROW Dies ist ein Buch, von dem man nur in erhabenem Ton sprechen kann. Schon wenn es mir nur in den Sinn kommt, nehme ich den Hut ab.
PETERSEN Wäschst du dir auch die Hände, bevor du es anfaßt?
MAKAROW Ja, da sollte man sich auch die Hände waschen.
PETERSEN Wasch dir doch für alle Fälle auch gleich die Füße!
MAKAROW Das ist plump und geistlos.
PETERSEN Was ist das überhaupt für ein Buch?
MAKAROW Dieses Buch hat den geheimnisvollen Titel ...
PETERSEN Hi-hi-hi!
MAKAROW MALGIL.
Petersen verschwindet.
MAKAROW Du lieber Gott! Was ist das? Petersen!
PETERSENS STIMME Was ist passiert? Makarow! Wo bin ich?
MAKAROW Wo bist du? Ich kann dich nicht sehen!
PETERSENS STIMME Und du? Ich kann dich auch nicht sehen! Was sind das für Kugeln?

Makarow Was tun? Petersen, hörst du mich?
Petersens Stimme Ja! Aber was ist passiert? Und was sind das für Kugeln?
Makarow Kannst du dich bewegen?
Petersens Stimme Makarow! Siehst du die Kugeln?
Makarow Was für Kugeln?
Petersens Stimme Laßt mich! Laßt mich los! Makarow!
Stille. Makarow steht einen Moment starr vor Entsetzen, dann nimmt er das Buch und schlägt es auf.
Makarow *liest* »Nach und nach büßt der Mensch seine Form ein und wird eine Kugel. Der zur Kugel gewordene Mensch büßt alle seine Wünsche ein.«
Vorhang

(1934)

20.

Lynchjustiz

Petrow steigt aufs Pferd und hält vor versammelter Menge eine Ansprache, in der er erklärt, was sein werde, wenn dort, wo sich der öffentliche Park befindet, ein amerikanischer Wolkenkratzer errichtet worden sei. In sichtlichem Einvernehmen hört ihm die Menge zu.

Petrow notiert etwas in seinem Notizheft. Aus der Menge löst sich ein mittelgroßer Mann und fragt Petrow, was er in sein Notizheft geschrieben habe. Petrow antwortet, das gehe nur ihn selbst etwas an. Der mittelgroße Mann läßt nicht locker. Ein Wort gibt das andere, und es kommt zu einem Streit. Die Menge ergreift für den mittelgroßen Mann Partei, und Petrow, um sein Leben zu retten, gibt dem Pferd die Sporen und verschwindet um die Ecke. Die Menge ist erregt, und in Ermangelung eines anderen Opfers fällt sie über den mittelgroßen Mann her und reißt ihm den Kopf ab. Der abgerissene Kopf rollt über die Straße und bleibt in einem Gullyloch stecken. Die Menge, die ihr Mütchen gekühlt hat, zerstreut sich.

Handschrift der »Fälle«: »Lynchjustiz«.
Dreißiger Jahre.

Суд Линча.

Петров садится на коня и говорит, обращаясь к толпе, речь, о том, что будет, если, на месте, где находится общественный сад, будет построен американский небоскрёб. Толпа слушает и, видимо, соглашается. Петров записывает что-то у себя в записной книжечке. Из толпы выделяется человек среднего роста и спрашивает Петрова, что он записал у себя в записной книжечке. Петров отвечает, что это касается только его самого. Человек среднего роста наседает. Слово зá слово, и начинается распря.

21.

Begegnung

Eines Tages ging ein Mann zur Arbeit, und unterwegs begegnete er einem anderen Mann, der ein polnisches Weißbrot gekauft hatte und auf dem Heimweg war.

Das ist eigentlich alles.

22.

Gescheiterte Vorstellung
Vaudeville

Petrakow-Gorbunow betritt die Bühne, will etwas sagen, bekommt aber einen Brechkrampf und beginnt sich zu übergeben. Er geht wieder.
Pritykin betritt die Bühne.
PRITYKIN Unser verehrter Petrakow-Gorbunow sollte Sie davon unterrich ... *Er übergibt sich und läuft davon.*
Makarow betritt die Bühne.
MAKAROW Jegor ... *Er übergibt sich und läuft davon.*
Serpuchow betritt die Bühne.
SERPUCHOW Um Ihnen nicht ...
Er übergibt sich und läuft davon.
Kurowa betritt die Bühne.
KUROWA Ich möchte ... *Sie übergibt sich und läuft davon.*
Ein kleines Mädchen kommt aus den Kulissen gelaufen.
DAS KLEINE MÄDCHEN Von meinem Vati soll ich Ihnen allen ausrichten, daß das Theater geschlossen wird. Uns ist allen schlecht.
Vorhang

1934

23.

Buff!

Sommer. Ein Schreibtisch. Rechts eine Tür. An der Wand ein Bild. Auf dem Bild ist ein Pferd zu sehen, das einen Zigeuner zwischen den Zähnen hält. Olga Petrowna hackt Holz. Bei jedem Schlag rutscht ihr der Zwicker von der Nase. Jewdokim Ossipowitsch sitzt im Sessel und raucht.
Olga Petrowna schlägt mit der Axt auf den Holzkloben, der jedoch unversehrt bleibt.

J. O. Buff!
Olga Petrowna setzt den Zwicker auf und schlägt auf den Holzkloben.

J. O. Buff!
Olga Petrowna setzt den Zwicker auf und schlägt auf den Holzkloben.

J. O. Buff!

O. P. *setzt den Zwicker auf* Jewdokim Ossipowitsch, bitte sagen Sie nicht immer dieses »Buff«.

J. O. Gut, gut.
Olga Petrowna schlägt mit der Axt auf den Holzkloben.

J. O. Buff!

O. P. Jewdokim Ossipowitsch! Sie haben mir versprochen, nicht wieder dieses »Buff« zu sagen!

J. O. Gut, gut, Olga Petrowna. Ich mach's nicht wieder.
Olga Petrowna schlägt mit der Axt auf den Holzkloben.

J. O. Buff!

O. P. Eine Unverschämtheit! Ein erwachsener reifer Mensch versteht nicht die einfachste menschliche Bitte.

J. O. Sie können Ihre Arbeit ruhig weitermachen, Olga Petrowna. Ich werde Sie nicht länger stören.

O. P. Ja, ich bitte Sie, dringend bitte ich Sie: Lassen Sie mich wenigstens dieses eine Stück zerhauen!
J. O. Hauen Sie, immer hauen Sie!
Olga Petrowna schlägt mit der Axt auf den Holzkloben.
J. O. Buff!
Olga Petrowna läßt die Axt fallen, öffnet den Mund, kann aber nichts sagen. Jewdokim Ossipowitsch steht aus dem Sessel auf, mißt Olga Petrowna von Kopf bis Fuß und geht langsam davon. Olga Petrowna steht mit offenem Mund und blickt dem davongehenden Jewdokim Ossipowitsch nach.
Langsam schließt sich der Vorhang.

24.

Was es zur Zeit in den Geschäften zu kaufen gibt

Koratygin wollte Tikakejew besuchen, traf ihn aber nicht an.

Tikakejew hielt sich nämlich gerade in einem Geschäft auf und kaufte Fleisch, Zucker und Gurken.

Koratygin lungerte vor Tikakejews Tür herum und wollte eben einen Zettel schreiben, da blickte er noch einmal auf und sah Tikakejew mit einem Wachstuchbeutel kommen.

Koratygin rief Tikakejew entgegen:

»Ich warte schon eine ganze Stunde auf Sie!«

»Das ist nicht wahr«, sagte Tikakejew. »Ich bin nur fünfundzwanzig Minuten weggewesen.«

»Na, dazu kann ich nichts sagen«, sagte Koratygin, »jedenfalls bin ich schon eine geschlagene Stunde hier.«

»Lügen Sie nicht!« sagte Tikakejew. »Lügen gehört sich nicht.«

»Liebwerter Herr!« sagte Koratygin. »Würden Sie die Güte haben und sich etwas gewählter ausdrücken?«

»Ich bin der Ansicht ...«, begann Tikakejew, doch Koratygin unterbrach ihn:

»Wenn Sie der Ansicht sind ...«, sagte Koratygin, doch Tikakejew unterbrach ihn:

»Faß dich an die eigene Nase!«

Das brachte Koratygin so auf, daß er mit dem Zeigefinger das eine Nasenloch zuhielt und aus dem anderen Tikakejew anschneuzte.

Darauf nahm Tikakejew die größte Gurke aus dem Beutel und schlug sie Koratygin über den Kopf.

Koratygin griff sich an den Kopf, fiel um und starb.

Da sieht man, was für große Gurken es zur Zeit in den Geschäften zu kaufen gibt!

19. August 1936

> Что теперь продают в магазинах.
>
> Коратыгин пришёл к Тикакееву и не застал его дома.
>
> А Тикакеев, в это время, был в магазине и покупал там сахар, мясо и огурцы.
>
> Коратыгин потолкался возле дверей Тикакеева и собрался уже писать записку. Вдруг смотрит идет сам Тикакеев и несёт в руках клетчатую кошёлку.

Handschrift der »Fälle«:
»Was es zur Zeit in den Geschäften zu kaufen gibt«.
Dreißiger Jahre.

25.

Maschkin hat Koschkin erschlagen

Genosse Koschkin tanzt um den Genossen Maschkin herum.
Genosse Maschkin beobachtet den Genossen Koschkin.
Genosse Koschkin fuchtelt beleidigend mit den Armen und verrenkt widerwärtig die Beine.
Genosse Maschkin runzelt ärgerlich die Stirn.
Genosse Koschkin streckt den Bauch raus und stampft mit dem rechten Fuß.
Genosse Maschkin schreit auf und stürzt sich auf den Genossen Koschkin.
Genosse Koschkin springt los, um wegzulaufen, stolpert aber und wird von Genossen Maschkin eingeholt.
Genosse Maschkin holt mit der Faust aus und gibt dem Genossen Koschkin eins ins Genick.
Genosse Koschkin schreit auf und fällt auf alle viere.
Genosse Maschkin tritt dem Genossen Koschkin in den Bauch und schlägt ihm noch einmal die Faust ins Genick.
Genosse Koschkin streckt sich am Boden aus und stirbt.
Maschkin hat Koschkin erschlagen.

26.

Wie der Schlaf den Menschen foppen kann

Markow zog die Stiefel aus und legte sich ächzend aufs Sofa.

Er war müde und wollte schlafen, doch kaum daß er die Augen geschlossen hatte, verging ihm der Schlaf. Markow öffnete die Augen und langte nach einem Buch, doch wieder wandelte ihn Schlaf an, er streckte sich, ohne das Buch erlangt zu haben, wieder aus und schloß die Augen. Doch wieder verging ihm der Schlaf, kaum daß er die Augen geschlossen hatte, und das Bewußtsein wurde so klar, daß er im Kopf Gleichungen mit zwei Unbekannten ausrechnen konnte.

Lange quälte sich Markow – was tun: schlafen oder wachen? Schließlich, ganz entnervt, voll Haß auf sein Zimmer und auf sich selbst, zog er den Mantel an, setzte den Hut auf, nahm den Spazierstock und verließ das Haus. Die frische Luft besänftigte Markow, ihm wurde leichter ums Herz, und es zog ihn in sein Zimmer zurück.

Als er sein Zimmer betrat, fühlte er von Kopf bis Fuß eine so wohlige Müdigkeit, daß er sich schlafen legte. Doch kaum daß er sich hingelegt und die Augen geschlossen hatte, verging ihm der Schlaf.

Wütend sprang Markow vom Sofa auf und stürmte ohne Mantel und Hut in Richtung Taurischer Garten.

8. März 1938, ausgedacht am 5. März

27.

Jäger

Sechs Männer waren zur Jagd geritten, zurück aber kehrten nur vier.

Zwei kehrten nicht zurück.

Oknow, Koslow, Strjutschkow und Kablukow waren beim Jagen ums Leben gekommen.

Den ganzen Tag irrte Oknow niedergeschmettert umher und wollte mit niemandem reden. Koslow folgte Oknow auf Schritt und Tritt, bedrängte ihn mit allerlei Fragen und brachte ihn damit schließlich zur Raserei.

Koslow Möchtest du rauchen?

Oknow Nein!

Koslow Darf ich dir das da bringen?

Oknow Nein!

Koslow Oder soll ich dir etwas Lustiges erzählen?

Oknow Nein!

Koslow Möchtest du trinken? Ich habe Tee mit Kognak.

Oknow So! Nicht nur, daß ich dir mit diesem Stein jetzt eins über den Schädel gebe, ich werde dir auch noch ein Bein ausreißen.

Strjutschkow und Motylkow Was tut ihr? Was tut ihr?

Koslow Hebt mich vom Boden auf.

Motylkow Keine Sorge, das wird schon wieder heilen.

Koslow Und wo ist Oknow?

Oknow *reißt Koslow ein Bein aus* Hier bin ich, nicht weit weg.

Koslow Au, oh! Du meine Güte, Hiiilfe!

Strjutschkow und Motylkow Hat er ihm wirklich ein Bein ausgerissen?

Oknow Waas!

Strjutschkow ... heuer ...

Oknow Wie?

Strjutschkow Gar ... gar nicht.

Koslow Wie komme ich nun nach Hause?

Motylkow Keine Sorge, wir machen dir ein Holzbein.

Strjutschkow Kannst du auf einem Bein stehen?

Koslow Ja, aber nicht besonders gut.

Strjutschkow Na, wir stützen dich.

Oknow Laßt mich zu ihm!

Strjutschkow O Gott, nein. Verschwinde lieber.

Oknow Nein, laßt mich! Laßt mich! Laaa ... So, das war's, was ich machen wollte.

Strjutschkow und Motylkow Wie entsetzlich!

Oknow Ha-ha-ha!

Motylkow Und wo ist Koslow?

Strjutschkow Hat sich im Gebüsch verkrochen!

Motylkow Koslow, bist du da?

Koslow Schascha! ...

Motylkow So weit ist es mit ihm schon gekommen!

Strjutschkow Was sollen wir mit ihm machen?

Motylkow Mit dem ist nichts mehr zu machen. Wenn du mich fragst – man sollte ihn einfach erwürgen. Koslow! He, Koslow? Hörst du mich?

Koslow Ach, ja, aber schlecht.

Motylkow Gräm dich nicht, Bruder. Wir werden dich jetzt erwürgen. Halt! So ... so ... so!

Strjutschkow So, hierhin! So, und noch mal! Da, da, da! Los, noch mal! Na, erledigt!

Motylkow Erledigt!

Oknow Gib deinen Segen, o Herr!

28.

Eine historische Episode

Iwan Iwanowitsch Sussanin (ebenjene historische Person, die ihr Leben für den Zaren hingab und späterhin besungen wurde in einer Oper von Glinka) kehrte eines Tages in einer russischen Garküche ein, setzte sich an einen Tisch und bestellte ein Rippenstück. Während der Wirt das Rippenstück briet, versank Iwan Iwanowitsch in Gedanken und kaute dabei am Bart, eine Angewohnheit von ihm.

Fünfunddreißig Spannen Zeit waren vergangen, und der Wirt brachte Iwan Iwanowitsch auf einem runden Brettchen das Rippenstück. Iwan Iwanowitsch hatte Hunger, er nahm nach der damaligen Sitte das Rippenstück in die Faust und begann zu essen. Doch in dem dringenden Verlangen, seinen Hunger zu stillen, machte sich Iwan Iwanowitsch so gierig über das Rippenstück her, daß er den Bart aus dem Mund zu nehmen vergaß und das Rippenstück zusammen mit einem Stück seines Bartes aß.

Hier geschah nun aber etwas Verdrießliches. Denn nach knapp fünfzehn Spannen Zeit bekam Iwan Iwanowitsch schlimmes Bauchgrimmen. Iwan Iwanowitsch sprang vom Tisch auf und preschte hinaus. Der Wirt rief ihm nach: »Holla, dein Bart ist ganz zerrupft!« Aber Iwan Iwanowitsch, von niemandem und nichts mehr aufzuhalten, stürmte auf den Hof.

Da schlug Bojar Kowschegub, der in einer Ecke saß und ein Dünnbier trank, mit der Faust auf den Tisch und rief: »Wer ist denn dieser?« Der Wirt verneigte sich vor dem Bojaren und antwortete: »Der Herr sind unser

Patriot Iwan Iwanowitsch Sussanin.« – »Aha!« sagte der Bojar und trank sein Bier aus.

»Etwas Fisch gefällig?« fragte der Wirt. »Pack dich!« rief der Bojar und warf den Humpen nach dem Wirt. Der Humpen pfiff am Kopf des Wirtes vorbei, sauste durchs Fenster auf den Hof und traf Iwan Iwanowitsch, der sich eben hinhockte, ins Gesicht. Iwan Iwanowitsch Sussanin griff sich an die Wange und kippte zur Seite.

Da stürzte Karp von rechts aus der Scheune, sprang über den Trog, in dem ein Schwein im Spülicht lag, und rannte schreiend zum Tor. Der Wirt guckte aus dem Fenster. »Was brüllst du?« fragte er Karp. Karp aber rannte wortlos davon.

Der Wirt kam auf den Hof und sah Sussanin reglos am Boden liegen. Der Wirt trat näher und sah ihm ins Gesicht. Sussanin blickte den Wirt scharf an. »Also lebst du noch?« fragte der Wirt. »Ja, nur fürchte ich, daß mich wieder einer mit irgendwas haut«, sagte Sussanin. »Ach wo«, sagte der Wirt, »keine Sorge. Das war Bojar Kowschegub, er hätte dich beinahe erschlagen, doch inzwischen ist er heimgegangen.« – »Dem Herrgott sei Dank!« sagte Iwan Sussanin und erhob sich. »Ich bin ein beherzter Mann, nur möchte ich meinen Bauch nicht umsonst hinhalten. Darum habe ich mich auf den Boden geworfen und gewartet, was weiter wird. Wenn sich noch das kleinste bißchen abgespielt hätte, wär ich auf dem Bauch zur Jeldyrinskaja-Sloboda gekrochen. Potztausend, ganz geschwollen die Backe! Den halben Bart hat es weggerissen!« – »Das war aber schon vorher so«, sagte der Wirt. – »Wie, schon vorher?« rief Patriot Sussanin. »Willst du damit sagen, ich wär mit zerrauftem Bart rumgelaufen?!« – »Ja, das bist du«, sagte der Wirt. »Ach du, Maffel«, sagte Iwan Sussanin. Der

Wirt kniff ein Auge zu, holte aus und gab Sussanin eine Maulschelle. Patriot Sussanin sackte zusammen und blieb wie tot liegen. »Da hast du! Selber Maffel!« sagte der Wirt und ging in seine Garküche zurück.

Etliche Spannen Zeit lag Sussanin am Boden und horchte, doch da er nichts Verdächtiges hörte, hob er behutsam den Kopf und blickte sich um. Auf dem Hof war niemand, abgesehen von dem Schwein, das aus dem Trog gefallen war und in einer Drecklache lag. Sich fortwährend umblickend, erreichte Iwan Sussanin das Tor. Das Tor stand zum Glück offen, und Patriot Iwan Sussanin, sich wie ein Wurm am Boden windend, kroch davon in Richtung Jeldyrinskaja-Sloboda.

Soweit diese Episode aus dem Leben einer berühmten historischen Person, die ihr Leben für den Zaren hingab und späterhin besungen wurde in einer Oper von Glinka.

1939

29.

Fedja Dawidowitsch

Lange schlich Fedja um die Butterdose herum, und als seine Frau sich bückte, um sich die Fußnägel zu schneiden, öffnete er die Butterdose mit blitzschnellem Griff, nahm die Butter mit dem Finger heraus und steckte sie sich in den Mund.

Beim Schließen der Butterdose klirrte er versehentlich mit dem Deckel. Seine Frau fuhr hoch, und als sie die leere Butterdose sah, zeigte sie mit der Schere darauf und sagte:

»Die Butterdose ist leer! Wo ist die Butter?«

Fedja machte große Augen, reckte den Hals und guckte in die Butterdose.

»Du hast die Butter im Mund«, sagte seine Frau und zeigte mit der Schere auf ihn.

Fedja schüttelte den Kopf.

»Aha«, sagte seine Frau. »Du sagst nichts und schüttelst den Kopf, weil du den Mund voll Butter hast.«

Fedja riß die Augen auf und machte eine abwehrende Handbewegung, als wollte er sagen: Ach i wo, das stimmt nicht. Doch seine Frau sagte:

»Du lügst. Öffne den Mund.«

»Hmm«, machte Fedja.

»Öffne den Mund«, wiederholte seine Frau.

Fedja spreizte die Finger und grunzte, als wollte er sagen: Ach richtig, das hätte ich fast vergessen, bin gleich wieder da, stand auf und ging zur Tür.

»Halt!« rief seine Frau.

Aber Fedja beschleunigte den Schritt und schlüpfte aus der Tür. Seine Frau sprang ihm nach, blieb vor der

Tür aber stehen, weil sie nackt war und in diesem Zustand nicht auf den Flur der Gemeinschaftswohnung hinaus konnte.

»Weg ist er«, sagte sie und setzte sich aufs Sofa. »Verdammter Mist!«

Fedja unterdessen ging im Flur bis zu einer Tür mit der Aufschrift *Eintritt streng verboten*, drückte die Klinke herunter und trat ein.

Das Zimmer war schmal und lang und das Fenster mit Zeitungspapier verhängt. An der Wand rechts stand ein schmutziges durchgesessenes Sofa und am Fenster ein Tisch in Gestalt eines auf Nachttisch und Stuhllehne aufliegenden Brettes. An der Wand überm Sofa hing ein Doppelbord, auf dem allerlei undefinierbares Zeug lag. Mehr war nicht in dem Zimmer, abgesehen von jemandem, der auf dem Sofa lag – ein Mann mit grünlichem Gesicht, in einem abgetragenen braunen Gehrock und schwarzer Nankinghose, aus der frisch gewaschene nackte Füße herausschauten. Er lag wach und sah den Eintretenden eindringlich an.

Fedja verbeugte sich mit einem Kratzfuß, steckte die Finger in den Mund, holte die Butter heraus und zeigte sie dem liegenden Mann.

»Anderthalb«, sagte der Zimmerinhaber, ohne seine Pose zu wechseln.

»Zuwenig«, sagte Fedja.

»Genügt«, sagte der Zimmerinhaber.

»Na meinetwegen«, sagte Fedja und legte die Butter auf das Bord.

»Das Geld kannst du dir morgen früh holen«, sagte der Zimmerinhaber.

»Au nein, ich bitte Sie!« rief Fedja. »Ich brauche es gleich. Und anderthalb Rubel sind überhaupt ...«

»Raus mit dir«, sagte der Zimmerinhaber kühl. Fedja lief auf Zehenspitzen hinaus und schloß sorgfältig die Tür hinter sich.

1939

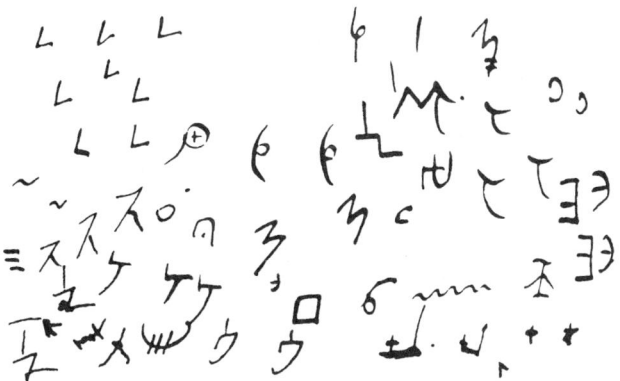

Elemente des Alphabets. Von Charms erfunden.
Zwanziger Jahre.

30.

Anekdoten aus Puschkins Leben

1

Puschkin war ein Dichter und hat immer irgendwas geschrieben. Einmal überraschte ihn Shukowski beim Schreiben und rief:
»Du bist ja überhaupt kein Schreiber!«
Da schloß Puschkin Shukowski ins Herz und nannte ihn freundschaftshalber nur noch Shukowoi*.

2

Puschkin ist bekanntlich nie ein Bart gewachsen. Er litt darunter sehr und beneidete Sacharjin, dem im Gegensatz zu ihm der Bart sehr anständig wuchs. »Bei ihm wächst er, und bei mir wächst er nicht«, sagte Puschkin so manches Mal und zeigte mit dem Fingernagel auf Sacharjin. Und er hatte jedesmal recht.

3

Eines Tages ging Petruschewskis Uhr kaputt, und Petruschewski schickte nach Puschkin. Puschkin kam, sah sich Petruschewskis Uhr an und legte sie auf den Stuhl zurück. »Was sagst du dazu, mein lieber Puschkin?« fragte Petruschewski. »Maschin kaputt«, sagte Puschkin.

---

* svw.: der Käferartige

Autograph von Charms. 1931.

4

Als Puschkin sich die Beine gebrochen hatte, nahm er, um sich fortzubewegen, ein Brett mit Rädern zu Hilfe. Seine Freunde, die ihn gern neckten, griffen ihm in die Räder. Darüber ärgerte sich Puschkin, und er schrieb Schmähgedichte auf seine Freunde. Diese Gedichte nannte er »Epigramme«.

5

Den Sommer 1829 verbrachte Puschkin auf dem Lande. Er stand früh auf, trank eine Kanne frisch gemolkene Milch und lief zum Fluß baden. Nach dem Baden legte er sich ins Gras und schlief bis zum Mittagessen. Nach dem Mittagessen schlief Puschkin in der Hängematte weiter. Begegneten ihm stinkende Bauern, so nickte Puschkin zum Gruß und hielt sich dabei mit den Fingern die Nase zu. Die stinkenden Bauern zogen die Mütze und sagten: »Macht doch nix.«

6

Puschkin warf gern mit Steinen. Sowie er irgendwo Steine sah, legte er damit los. Manchmal geriet er derart in Fahrt, daß er dastand, rot angelaufen, die Arme schwenkte und mit Steinen warf, einfach schlimm!

7

Puschkin hatte vier Söhne, und alle waren Kretins. Der eine konnte nicht mal auf dem Stuhl sitzen, er fiel dauernd herunter. Puschkin aber konnte auch nicht richtig auf dem Stuhl sitzen. Man hätte sich manchmal ausschütten können: Alle sitzen am Tisch, und am einen Ende fällt dauernd Puschkin vom Stuhl und am andern Ende sein Sohn. Es war schon nicht mehr feierlich!

31.

Anfang eines sehr schönen Sommertages
Symphonie

Kaum hatte der Hahn gekräht, sprang Timofej durch die Luke aufs Dach und jagte allen, die gerade auf der Straße gingen, einen Schreck ein. Bauer Chariton blieb stehen, hob einen Stein auf und warf ihn nach Timofej. Timofej verschwand. »Schlaues Aas!« rief die Menschenherde, und ein gewisser Subow rannte mit voller Wucht gegen die Hauswand. »Eije!« kreischte ein Weib mit geschwollener Backe. Doch Komarow machte dem Weib Beine, und kreischend flüchtete es in ein Tor. Feteljuschin kam vorbei und lachte. Komarow ging auf ihn zu, sagte: »He, du Speckwanst!« und gab ihm einen Fausthieb in den Bauch. Feteljuschin lehnte sich an die Wand und bekam den Schlucken.

Romaschkin spuckte von oben aus dem Fenster nach Feteljuschin. Im selben Moment ging ein dicknasiges Weib auf sein Kind mit dem Zuber los. Und eine stramme junge Mutter nahm ihr niedliches Töchterchen beim Genick und rieb sein Gesicht an der Ziegelwand. Ein mageres Hündchen lag mit gebrochenem Bein auf dem Gehsteig. Ein kleiner Junge aß etwas aus dem Spucknapf. Am Lebensmittelladen stand eine lange Schlange nach Zucker an. Die Weiber zankten laut und pufften sich mit den Taschen. Bauer Chariton, der sich mit denaturiertem Sprit betrunken hatte, stand mit aufgeknöpften Hosen vor den Weibern und gab dreckige Sachen von sich.

So fing ein sehr schöner Sommertag an.

32.

Pakin und Rakukin

»Na du, spreiz dich nicht so!« sagte Pakin zu Rakukin.

Rakukin krauste die Nase und sah Pakin unwillig an.

»Was glotzt du? Kennst du mich nicht?« fragte Pakin.

Rakukin biß sich auf die Lippen, drehte sich auf seinem Drehsessel entrüstet um und blickte in die andere Richtung. Pakin trommelte mit den Fingern aufs Knie und sagte:

»So ein Idiot! Dem müßte man mit dem Stock von hinten eins über den Schädel geben!«

Rakukin erhob sich und ging zur Tür, doch Pakin sprang auf, lief ihm nach und sagte:

»Halt! Wohin so eilig? Setz dich lieber, ich kann dir einiges zeigen.«

Rakukin blieb stehen und sah Pakin argwöhnisch an.

»Was, du glaubst mir nicht?« fragte Pakin.

»Doch«, sagte Rakukin.

»Dann setz dich in diesen Sessel«, sagte Pakin.

Rakukin setzte sich wieder in seinen Drehsessel.

»Was ist?« sagte Pakin. »Was sitzt du im Sessel wie ein Idiot?«

Rakukin schob die Füße vor und begann heftig zu zwinkern.

»Zwinkere nicht«, sagte Pakin.

Rakukin hörte auf zu zwinkern, krümmte den Rücken und zog den Kopf ein.

»Sitz gerade«, sagte Pakin.

Rakukin, den Rücken noch immer gekrümmt, schob den Bauch vor und reckte den Hals.

»Äh«, sagte Pakin, »du müßtest eins in die Schnauze kriegen!«

Rakukin stieß auf, blähte die Backen und ließ vorsichtig die Luft aus der Nase.

»Na du, spreiz dich nicht so!« sagte Pakin zu Rakukin.

Rakukin reckte noch mehr den Hals und begann wieder heftig zu zwinkern.

Pakin sagte:

»Rakukin! Wenn du nicht aufhörst zu zwinkern, kriegst du von mir einen Tritt vor die Brust.«

Rakukin, um nicht zu zwinkern, biß die Zähne zusammen, reckte noch mehr den Hals und bog den Kopf zurück.

»Brrr, du gibst vielleicht ein gemeines Bild ab«, sagte Pakin. »Die reinste Hühnerfratze, und der Hals blau, ekelhaft.«

Indessen sank Rakukins Kopf immer weiter zurück, verlor schließlich den Halt und fiel auf den Rücken.

»Was denn nun!« rief Pakin. »Was ist denn das nun wieder?«

Von Pakin aus gesehen, hätte man meinen können, Rakukin säße ohne Kopf da. Sein Adamsapfel stach in die Luft und kam einem unwillkürlich wie eine Nase vor.

»He, Rakukin!« sagte Pakin.

Rakukin schwieg.

»Rakukin!« wiederholte Pakin.

Rakukin antwortete nicht und rührte sich nicht.

»So«, sagte Pakin. »Krepiert, unser Rakukin.«

Pakin bekreuzigte sich und verließ auf Zehenspitzen das Zimmer.

Vierzehn Minuten danach kletterte eine kleine Seele

aus Rakukins Körper und blickte finster auf den Platz, auf dem Pakin gesessen hatte. Doch da kam hinterm Schrank die hohe Gestalt des Todesengels hervor, nahm Rakukins Seele bei der Hand und führte sie durch Wände und Häuser davon. Rakukins Seele zottelte hinter ihm her und blickte sich alle drei Schritte finster um. Dann aber legte der Todesengel einen Schritt zu, und Rakukins Seele verschwand hüpfend und stolpernd hinter einer fernen Biegung.

**II
Die Alte**
Roman

33.

> Und es kam zwischen ihnen
> zu folgendem Gespräch.
> *Hamsun*

Auf dem Hof steht eine alte Frau und hält eine Wanduhr im Arm. Im Vorbeigehen frage ich sie: »Wie spät ist es?«

»Schauen Sie hin«, sagt die Alte.

Ich schaue hin und sehe, daß die Uhr keine Zeiger hat.

»Da sind keine Zeiger«, sage ich.

Die alte Frau schaut aufs Zifferblatt und sagt: »Es ist drei Viertel drei.«

»Aha. Vielen Dank«, sage ich und gehe weiter.

Die Alte ruft mir etwas nach, aber ich kümmere mich nicht darum. Ich komme auf die Straße und wechsele auf die Sonnenseite hinüber. Die Frühlingssonne ist sehr angenehm. Ich gehe gemächlich, blinzle und rauche Pfeife. An der Ecke zur Sadowaja begegne ich Sakerdon Michailowitsch. Wir grüßen uns, bleiben stehen und unterhalten uns lange. Weil es mir zu dumm wird, auf der Straße zu stehen, lade ich Sakerdon Michailowitsch in ein Kellerlokal ein. Wir trinken Wodka und essen dazu harte Eier und Sprotten, dann verabschieden wir uns und gehen unserer Wege.

Plötzlich fällt mir ein, daß ich vergessen habe, zu Hause den elektrischen Ofen auszuschalten. Das ärgert mich. Ich kehre um. So schön hat der Tag begonnen, und da nun die erste Panne. Ich hätte gar nicht ausgehen sollen.

Ich komme nach Hause, lege die Jacke ab, hole die Uhr aus der Westentasche und hänge sie an den Haken. Dann schließe ich die Tür ab und lege mich auf die Couch. Werde ich eben liegen und schlafen.

Draußen das verdammte Geschrei der Kinder. Ich liege und male mir Strafen für diese Kinder aus. Am besten gefällt mir, ihnen einen Starrkrampf anhexen, daß sie sich mit einem Schlag nicht mehr rühren können. Die Eltern tragen sie nach Hause. Sie liegen in ihren Bettchen und können nicht mal mehr essen, weil sie den Mund nicht aufbekommen. Sie werden künstlich ernährt. Nach einer Woche hört der Starrkrampf auf, doch die Kinder sind so matt, daß sie noch einen ganzen Monat im Bett bleiben müssen. Dann genesen sie nach und nach, aber ich hexe ihnen einen zweiten Starrkrampf an, und da verrecken sie alle.

Ich liege mit offenen Augen auf der Couch und kann nicht schlafen. Ich muß an die alte Frau denken, die heute morgen mit der Uhr auf dem Hof stand, und es macht mir Vergnügen, daß ihre Uhr keine Zeiger hatte. Denn neulich habe ich in einem Kommissionsladen eine ganz häßliche Uhr gesehen, eine Küchenuhr mit Messer und Gabel als Zeiger.

O Gott, der elektrische Ofen ist ja noch an! Ich springe auf und schalte ihn aus, dann lege ich mich wieder hin und versuche zu schlafen. Ich schließe die Augen. Aber mir ist nicht nach Schlaf. Durchs Fenster scheint die Frühlingssonne direkt auf mich. Mir wird heiß. Ich stehe auf und setze mich in den Sessel am Fenster.

Jetzt ist mir nach Schlaf, doch ich werde nicht schlafen, ich werde Papier und Feder nehmen und schreiben. Ich fühle in mir eine ungeheure Kraft. Schon gestern habe ich mir alles zurechtgelegt. Eine Geschichte über einen Wundertäter, der in unserer Zeit lebt und keine Wunder tut. Er weiß, daß er ein Wundertäter ist und lauter Wunder tun könnte, aber er macht es nicht. Er wird aus der Wohnung gewiesen und weiß, daß er nur mit dem Finger zu winken brauchte, um die Wohnung zu behalten, aber er macht es nicht, er zieht ergeben aus und sucht in einer Scheune am Stadtrand Unterschlupf. Diese Scheune könnte er in ein schönes Ziegelhaus verwandeln, doch er macht es nicht, er bleibt in der Scheune wohnen und stirbt letzten Endes, ohne im Leben ein einziges Wunder getan zu haben.

Ich sitze und reibe mir die Hände vor Freude. Sakerdon Michailowitsch wird vor Neid platzen. Er meint ja, ich wäre längst außerstande, etwas Geniales zu schreiben. Schnell an die Arbeit! Nieder mit Schlaf und Faulenzia! Achtzehn Stunden lang werde ich schreiben!

Ich fiebere vor Ungeduld. Kann mich nicht sammeln: ich müßte Papier und Feder nehmen, fasse aber hierhin und dorthin, nach allen möglichen Gegenständen, die ich überhaupt nicht brauche. Ich gehe im Zimmer auf und ab: vom Fenster zum Tisch, vom Tisch zum Ofen, vom Ofen wieder zum Tisch, dann zur Couch und wieder zum Fenster. Ich keuche: die in meiner Brust lodernde Flamme droht mich zu ersticken. Es ist erst fünf. Also habe ich noch den ganzen Tag, den Abend und die ganze Nacht.

Ich stehe mitten im Zimmer. Woran denke ich nur? Es ist ja schon zwanzig nach fünf. Ich muß schreiben. Ich schiebe den Tisch ans Fenster und setze mich an den Tisch. Vor mir kariertes Papier, in der Hand die Feder.

Noch klopft mein Herz zu stark, und meine Hand zittert. Ich will warten, bis ich mich etwas beruhigt habe. Ich lege die Feder hin und stopfe die Pfeife. Die Sonne scheint mir direkt in die Augen, ich blinzle und stecke die Pfeife an.

Da, eine Krähe fliegt am Fenster vorbei. Ich schaue aus dem Fenster und sehe, wie auf dem Gehsteig ein Mann mit einem Holzbein geht. Laut pochen sein Bein und sein Stock.

»Nun denn«, sage ich zu mir und schaue weiter aus dem Fenster.

Die Sonne verschwindet hinterm Schornstein des gegenüberliegenden Hauses. Der Schatten des Schornsteins läuft übers Dach, überfliegt die Straße und legt sich auf mein Gesicht. Diesen Schatten muß ich nutzen, um ein paar Zeilen über den Wundertäter niederzuschreiben. Ich greife zur Feder und schreibe:

»Der Wundertäter war von hoher Gestalt.«

Weiter komme ich nicht. Ich sitze, bis ich merke, daß ich Hunger habe. Da stehe ich auf und gehe zu dem Schränkchen, wo ich meinen Proviant aufbewahre, stöbere dort, finde aber nichts außer einem Stück Zucker.

Da wird an die Tür geklopft.

»Wer ist da?«

Keine Antwort. Ich öffne die Tür und sehe die alte Frau, die heute morgen mit der Uhr auf dem Hof gestanden hat. Ich bin so erstaunt, daß ich kein Wort herausbringe.

»Da wäre ich«, sagt die Alte und tritt ein.

Ich stehe an der Tür und weiß nicht, was ich tun soll: die Alte rauswerfen oder ihr im Gegenteil einen Platz anbieten? Doch die Alte geht zum Fenster und setzt sich einfach in meinen Sessel.

»Mach die Tür zu und schließe ab«, sagt die Alte zu mir.

Ich mache die Tür zu und schließe ab.

»Knie nieder«, sagt die Alte.

Und ich knie nieder.

Da aber wird mir die ganze Dummheit meiner Situation bewußt. Wie komme ich dazu, vor einer dahergelaufenen alten Frau zu knien? Und warum befindet sich diese alte Frau in meinem Zimmer und sitzt in meinem Lieblingssessel? Warum werfe ich sie nicht hinaus?

»Hören Sie mal«, sage ich, »woher nehmen Sie das Recht, es sich in meinem Zimmer bequem zu machen und mir auch noch Befehle zu erteilen? Ich möchte ja gar nicht knien.«

»Mußt du auch nicht«, sagt die Alte. »Jetzt lege dich auf den Bauch und drücke das Gesicht an den Fußboden.«

Stracks befolge ich den Befehl.

Vor mir regelmäßige Vierecke. Ein Schmerz in der Schulter und der rechten Hüfte drängt mich, meine Lage zu wechseln. Ich habe mit dem Gesicht nach unten gelegen, und nun richte ich mich mühselig in den Kniestand auf. Meine sämtlichen Glieder sind taub, jede Bewegung tut weh. Ich schaue mich um und sehe mich selbst in meinem eigenen Zimmer auf dem Fußboden knien. Langsam kehren mein Bewußtsein und meine Erinnerung wieder. Abermals schaue ich mich um, und da ist mir, als ob im Sessel am Fenster jemand säße. Im Zimmer herrscht ein seltsames Zwielicht, wahrscheinlich haben wir gerade die weißen Nächte. Angestrengt blicke ich zum Sessel. Du lieber Gott, sitzt diese Alte etwa immer noch in meinem Sessel? Ich recke den Hals. Ja natürlich, es ist die Alte, sie schläft, wie es scheint, ihr Kopf ist auf die Brust gesunken.

Ich stehe auf und hinke zu ihr. Ihr Kinn ruht auf der Brust, die Arme hängen schlaff nach unten. Am liebsten würde ich die Alte packen und aus der Tür stoßen.

»Hören Sie«, sage ich, »Sie befinden sich in meinem Zimmer. Ich muß arbeiten. Bitte gehen Sie.«

Die Alte rührt sich nicht. Ich bücke mich und blicke ihr ins Gesicht. Der Mund steht halboffen, und aus dem Mund lugt das verrutschte Gebiß. Da geht mir ein Licht auf: die Alte ist tot!

Ärger steigt in mir auf. Warum ist sie ausgerechnet in meinem Zimmer gestorben? Leichen kann ich nicht ausstehen. Und jetzt hast du die Wirtschaft mit diesem Kadaver, geh, sprich mit dem Hauswart und dem Hausverwalter, mach ihnen klar, wie du zu dieser Alten gekommen bist! Ich streife die Alte mit haßerfülltem Blick. Oder ist sie doch noch nicht tot? Ich berühre ihre Stirn. Die Stirn ist kalt. Ihre Hand auch. Was soll ich nur machen?

Ich stecke die Pfeife an und setze mich auf die Couch. Mich packt eine unbändige Wut.

»Blöde Kanaille!« sage ich laut.

Die tote Alte sitzt wie ein Sack in meinem Sessel. Aus ihrem Mund starren die Zähne. Wie ein toter Gaul sieht sie aus.

»Ein widerwärtiges Bild«, sage ich, doch die Alte mit einer Zeitung zuzudecken wage ich nicht – weiß man, was sich unter der Zeitung dann tut?

Hinter der Wand Geräusche: mein Nachbar steht auf, der Lokführer. Das fehlte noch, daß er durch die Wand riecht, daß in meinem Zimmer eine tote alte Frau sitzt. Ich horche auf seine Schritte. Was trödelt er? Schon halb sechs! Er müßte längst weg sein. Mein Gott, er macht erst Tee! Ich höre, wie sein Petroleumkocher zischt. Los, geh schon, verdammter Lokführer!

Ich ziehe die Beine auf die Couch und strecke mich aus. Es vergehen acht Minuten, aber mein Nachbar hat seinen Tee noch immer nicht fertig, der Petroleumkocher zischt und zischt. Ich schließe die Augen und schlummere ein.

Ich träume, daß mein Nachbar geht, ich zusammen mit ihm ins Treppenhaus trete und daß die Tür mit dem französischen Schnappschloß hinter mir zufällt. Ich habe den Schlüssel nicht bei mir und kann nicht zurück. Ich müßte klingeln und die anderen Mieter wekken, aber das wäre schlecht. Ich stehe auf dem Treppenpodest und überlege, was nun zu tun sei, da sehe ich auf einmal, daß ich keine Arme habe. Ich wende den Kopf hin und her, um besser zu sehen, ob ich Arme habe oder nicht, und sehe, daß links anstelle des Arms ein Tischbein ragt und rechts eine Gabel.

»Da bitte«, sage ich zu Sakerdon Michailowitsch, der plötzlich neben mir auf einem Klappstuhl sitzt. »Da bitte«, sage ich, »sehen Sie, was für Arme ich habe?«

Doch Sakerdon Michailowitsch sitzt und schweigt, und ich sehe, daß es nicht der wirkliche Sakerdon Michailowitsch ist, sondern einer aus Ton.

Da erwache ich und weiß sofort, daß ich in meinem Zimmer auf der Couch liege und daß im Sessel am Fenster eine tote alte Frau sitzt.

Rasch drehe ich mich zum Sessel um. Die Alte ist weg. Ich sehe den leeren Sessel, und mich durchzuckt eine wilde Freude. Dann war alles ein Traum? Nur, wo hat er angefangen? Kam gestern die alte Frau in mein Zimmer? Oder war auch das ein Traum? Gestern bin ich wieder nach Hause gegangen, weil ich vergessen hatte, den elektrischen Ofen auszuschalten. Aber vielleicht war auch das nur ein Traum? Wie schön jedenfalls, daß ich keine tote alte Frau in meinem Zimmer habe und zu keinem Hausverwalter gehen und mich mit keiner Leiche abgeben muß!

Wie lange habe ich aber geschlafen? Ich sehe zur Uhr: halb zehn, vormittags, nehme ich an.

Gott, o Gott, was man nicht alles träumt!

Ich lasse die Füße von der Couch, will aufstehen, da sehe ich plötzlich die tote Alte hinterm Tisch auf dem Fußboden liegen, neben dem Sessel. Sie liegt mit dem Gesicht nach oben, und ihr Gebiß ist aus dem Mund gefallen und mit einem Zahn am Nasenloch hängengeblieben. Die Arme liegen verdreht unterm Rücken und sind nicht zu sehen, doch unter dem hochgerutschten Rock staken die dürren Beine in schmutzigen weißen Wollstrümpfen hervor.

»Kanaille!« schreie ich, laufe auf die Alte los und trete ihr mit dem Stiefel ans Kinn.

Das Gebiß fliegt in die Ecke. Ich habe Lust, noch einmal zuzutreten, aber die Furcht, Spuren an ihrem Körper zu hinterlassen, hält mich zurück, womöglich gerate ich in den Verdacht, die Alte erschlagen zu haben.

Ich wende mich von der Alten ab, setze mich auf die Couch und rauche Pfeife. So vergehen zwanzig Minuten. Jetzt ist mir klar, daß die Sache sowieso der Kriminalmiliz gemeldet und der Döskopf von Untersuchungsführer mir einen Mord anhängen wird. Die Lage ist ernst, und nun auch noch dieser Tritt mit dem Stiefel.

Ich nähere mich wieder der Alten, bücke mich und prüfe ihr Gesicht. Am Kinn ein kleiner dunkler Fleck. Nein, das gibt ihnen nichts in die Hand. Was kommt nicht alles vor. Die Alte kann sich noch zu Lebzeiten gestoßen haben. Etwas beruhigt, gehe ich von neuem im Zimmer auf und ab, rauche und überdenke meine Situation.

Ich gehe auf und ab und spüre, daß ich Hunger habe, immer stärker spüre ich es. Vor Hunger fange ich sogar an zu zittern. Wieder stöbere ich in dem Schränkchen, wo ich meinen Proviant aufbewahre, finde aber nur das Stück Zucker.

Ich ziehe meine Geldbörse und zähle das Geld. Elf Rubel. Das heißt, ich kann mir Schinkenwurst und Brot kaufen, und es bleibt sogar noch etwas für Tabak.

Ich richte meine Krawatte, die sich über Nacht verschoben hat, nehme die Uhr, ziehe die Jacke an, trete in den Flur, schließe sorgfältig die Tür ab, stecke den Schlüssel ein und verlasse das Haus. Zuallererst etwas essen, da wird der Kopf klarer, und ich kann mir etwas einfallen lassen zu diesem Kadaver.

Auf dem Weg zum Geschäft frage ich mich plötzlich, ob ich nicht Sakerdon Michailowitsch aufsuchen und ihm alles erzählen sollte. Vielleicht finden wir zusammen eine Lösung? Doch schon verwerfe ich diesen Gedanken – gewisse Dinge muß man allein tun, ohne Zeugen.

Schinkenwurst gibt es in dem Geschäft nicht, und ich kaufe ein Pfund Würstchen. Tabak gibt es auch nicht. Von dort gehe ich weiter zum Brotladen.

Im Brotladen herrscht Andrang, und an der Kasse steht eine lange Schlange. Das paßt mir gar nicht, und ich mache ein böses Gesicht, stelle mich aber trotzdem an. Die Schlange rückt nur sehr langsam auf, und dann geht es überhaupt nicht mehr weiter, weil an der Kasse gestritten wird.

Ich tue, als hätte ich nichts bemerkt, und schaue auf den Rücken der jungen Dame vor mir. Die junge Dame scheint sehr neugierig zu sein: sie reckt den Hals mal nach links, mal nach rechts und stellt sich immer wieder auf die Zehen, um besser zu sehen, was an der Kasse passiert. Schließlich dreht sie sich zu mir um und fragt:

»Wissen Sie nicht, was da los ist?«

»Verzeihen Sie, nein«, sage ich so kühl wie möglich.

Die junge Dame fährt fort, sich zu recken und zu biegen, und wendet sich schließlich wieder an mich:

»Könnten Sie nicht mal hingehen und klären, was dort los ist?«

»Verzeihen Sie, das interessiert mich nicht«, sage ich noch kühler.

»Das interessiert Sie nicht?« ruft die junge Dame aus. »Sie werden doch selbst dadurch aufgehalten!«

Darauf antworte ich nichts, mache nur eine leichte Verbeugung. Die junge Dame sieht mich aufmerksam an.

»Das ist natürlich keine Männersache, sich nach Brot anstellen«, sagt sie. »Ich bedaure Sie, daß Sie hier anstehen müssen. Sie sind wohl Junggeselle?«

»Junggeselle, ja«, antworte ich ein wenig verwirrt, doch ich antworte weiterhin so kühl wie möglich und mit einer leichten Verbeugung.

Die junge Dame mißt mich noch mal von Kopf bis Fuß und sagt plötzlich und berührt dabei meinen Ärmel:

»Kommen Sie, ich bringe Ihnen mit, was Sie brauchen, Sie können draußen warten.«

Ich bin vollends verwirrt.

»Vielen Dank«, sage ich. »Das ist sehr nett von Ihnen, ich könnte es aber wirklich auch selbst.«

»Nein, nein«, sagt die junge Dame, »gehen Sie solange hinaus. Was wollten Sie haben?«

»Ja, wissen Sie«, sage ich, »ein Pfund Schwarzbrot wollte ich haben, aber nur Kastenbrot, das billigere. Es schmeckt mir besser.«

»Na, das ist ja fein«, sagt die junge Dame. »Gehen Sie nur. Ich bringe es mit, und dann rechnen wir ab.«

Und sie stubst mich sogar an den Ellbogen.

Ich gehe hinaus und stelle mich vor die Tür. Die Frühlingssonne scheint mir ins Gesicht. Ich stecke die

Pfeife an. So eine nette junge Dame! Selten heutzutage. Ich stehe in der Sonne, blinzle, rauche Pfeife und denke an die nette junge Dame. Sie hat nämlich hellbraune Augen. So was Hübsches, einfach zauberhaft.

»Sie rauchen Pfeife?« höre ich neben mir eine Stimme. Die nette junge Dame hält mir das Brot hin.

»Oh, ich bin Ihnen unendlich dankbar«, sage ich und nehme das Brot.

»Und Sie rauchen Pfeife! Wie mir das gefällt!« sagt die nette junge Dame.

Und es kommt zwischen uns zu folgendem Gespräch:

Sie Sie holen also Ihr Brot immer selbst?
Ich Nicht nur das Brot, alles.
Sie Und wo essen Sie Mittag?
Ich Meistens koche ich mir selbst. Und manchmal esse ich in einem Bierlokal.
Sie Mögen Sie Bier?
Ich Nein, aber Wodka.
Sie Wodka mag ich auch.
Ich Sie mögen Wodka? Das ist ja schön! Mit Ihnen würde ich gern mal einen trinken.
Sie Ich auch, ich würde auch gern Wodka mit Ihnen trinken.
Ich Verzeihen Sie, darf ich Sie etwas fragen?
Sie *stark errötend* Aber bitte, fragen Sie nur.
Ich Na gut, ich will Sie fragen. Glauben Sie an Gott?
Sie *erstaunt* An Gott? Ja natürlich.
Ich Und was würden Sie sagen, wenn wir uns jetzt Wodka holten und zu mir gingen? Ich wohne gleich um die Ecke.
Sie *übermütig* Warum nicht? Einverstanden!
Ich Dann kommen Sie.

Wir gehen zum Geschäft, und ich kaufe einen halben

Liter Wodka. Damit ist mein Geld alle, bis auf ein paar Münzen. Die ganze Zeit plaudern wir über dies und das, und plötzlich fällt mir ein, daß in meinem Zimmer eine tote alte Frau auf dem Fußboden liegt.

Ich blicke mich nach meiner neuen Bekannten um: sie steht am Ladentisch und schaut nach den Konfitüregläsern. Vorsichtig ziehe ich mich zur Tür zurück und mache mich davon. Dem Geschäft gegenüber hält gerade eine Straßenbahn. Ich springe in die Straßenbahn, ohne überhaupt auf die Nummer zu achten. An der Michailowskaja steige ich aus und gehe zu Sakerdon Michailowitsch. In den Armen halte ich die Wodkaflasche, die Würstchen und das Brot.

Sakerdon Michailowitsch öffnet selbst. Er trägt einen Schlafrock überm nackten Körper, Russenstiefel mit gestutzten Schäften und eine Mütze mit Ohrenklappen, die aber hochgeklappt und oben zusammengebunden sind.

»Das freut mich aber«, sagt Sakerdon Michailowitsch, als er mich sieht.

»Halte ich Sie auch nicht von der Arbeit ab?« frage ich.

»Nein, nein«, sagt Sakerdon Michailowitsch. »Ich habe gerade nichts gemacht, saß nur auf dem Fußboden.«

»Sehen Sie«, sage ich zu Sakerdon Michailowitsch. »Ich habe hier Wodka und einen Imbiß. Hätten Sie etwas dagegen, mit mir zu trinken?«

»Oh, durchaus nicht«, sagt Sakerdon Michailowitsch. »Kommen Sie herein.«

Wir gehen in sein Zimmer. Ich entkorke die Wodkaflasche, und Sakerdon Michailowitsch stellt zwei Gläschen und einen Teller mit gekochtem Fleisch auf den Tisch.

»Ich habe Würstchen mit«, sage ich. »Nur, wie essen wir sie: kalt oder warm?«

»Warm«, sagt Sakerdon Michailowitsch. »Wir setzen sie auf und trinken inzwischen den Wodka zu dem Fleisch. Es ist aus einer Suppe, ganz vorzüglich!«

Sakerdon Michailowitsch stellt den Topf auf den Petroleumkocher, und wir setzen uns hin zum Wodkatrinken.

»Wodka ist gesund«, sagt Sakerdon Michailowitsch und füllt die Gläschen. »Metschnikow schreibt: ›Wodka ist gesünder als Brot, Brot ist nur Stroh, das in unseren Mägen fault.‹«

»Auf Ihre Gesundheit«, sage ich und stoße mit Sakerdon Michailowitsch an.

Wir trinken und essen von dem kalten Fleisch.

»Lecker«, sagt Sakerdon Michailowitsch.

Doch in diesem Moment gibt es im Zimmer einen scharfen Knall.

»Was war das?« frage ich.

Wir sitzen und lauschen. Da knallt es wieder.

Sakerdon Michailowitsch springt vom Stuhl auf, rennt zum Fenster und reißt die Gardine herunter.

»Was soll das?« rufe ich.

Doch ohne zu antworten, springt Sakerdon Michailowitsch zum Petroleumkocher, packt mit der Gardine den Topf und setzt ihn auf den Fußboden.

»Verdammt und zugenäht!« sagt Sakerdon Michailowitsch. »Ich habe kein Wasser reingetan, und der Topf ist emailliert, die Emaille ist abgeplatzt.«

»Alles klar«, sage ich und nicke.

Wir setzen uns wieder an den Tisch.

»Ach Quatsch«, sagt Sakerdon Michailowitsch, »essen wir die Würstchen eben kalt.«

»Ich habe schrecklichen Hunger«, sage ich.

»Bitte, langen Sie zu«, sagt Sakerdon Michailowitsch und schiebt mir die Würstchen hin.

»Ich habe nämlich gestern das letztemal gegessen, mit Ihnen, in dem Keller, seitdem nicht mehr«, sage ich.

»Ja, ja, ja«, sagt Sakerdon Michailowitsch.

»Ich habe die ganze Zeit geschrieben«, sage ich.

»Verdammt und zugenäht!« ruft Sakerdon Michailowitsch exaltiert. »Wie schön, ein Genie vor sich zu haben!«

»Allerdings!« sage ich.

»Und etwa viel?« fragt Sakerdon Michailowitsch.

»Ja«, sage ich, »einen ganzen Packen Papier voll.«

»Auf die Genies unserer Tage«, sagt Sakerdon Michailowitsch und hebt das Glas.

Wir trinken. Sakerdon Michailowitsch ißt das Fleisch, ich die Würstchen. Nachdem ich vier Würstchen verdrückt habe, stecke ich die Pfeife an und sage:

»Wissen Sie, ich bin nämlich zu Ihnen gekommen, um mich vor einer Verfolgung in Sicherheit zu bringen.«

»Wer verfolgt Sie denn?« fragt Sakerdon Michailowitsch.

»Eine Dame«, sage ich.

Da Sakerdon Michailowitsch nicht weiterfragt, sondern nur stumm Wodka nachschenkt, füge ich hinzu:

»Ich habe sie im Brotladen kennengelernt und mich gleich verliebt.«

»Hübsch?« fragt Sakerdon Michailowitsch.

»Ja«, sage ich, »ganz mein Fall.«

Wir trinken, dann fahre ich fort:

»Sie wollte mitkommen zu mir und Wodka mit mir trinken. Wir gingen in ein Geschäft, aber da mußte ich türmen.«

»Weil das Geld nicht gereicht hat?« fragt Sakerdon Michailowitsch.

»Nein, das Geld hat gerade so gereicht«, sage ich. »Nur fiel mir ein, daß ich sie nicht in mein Zimmer lassen kann.«

»Warum denn nicht, ist in Ihrem Zimmer schon eine andere Dame?« fragt Sakerdon Michailowitsch.

»Ja, wenn Sie so wollen, in meinem Zimmer befindet sich eine andere Dame«, sage ich lächelnd. »Zur Zeit kann ich niemanden in mein Zimmer lassen.«

»Heiraten Sie sie. Und laden Sie mich zum Essen ein«, sagt Sakerdon Michailowitsch.

Ich pruste vor Lachen. »Nein«, sage ich, »diese Dame werde ich nicht heiraten.«

»Dann halt die andere, die aus dem Brotladen«, sagt Sakerdon Michailowitsch.

»Warum wollen Sie mich dauernd verheiraten?« frage ich.

»Warum nicht?« sagt Sakerdon Michailowitsch und schenkt nach. »Auf Ihre Erfolge!«

Wir trinken. Der Wodka scheint langsam seine Wirkung zu tun. Sakerdon Michailowitsch nimmt die Pelzmütze mit den Ohrenklappen ab und wirft sie aufs Bett. Ich bin aufgestanden und gehe im Zimmer umher, schon mit einem leisen Schwindelgefühl.

»Was halten Sie von Leichen?« frage ich Sakerdon Michailowitsch.

»Nichts«, sagt Sakerdon Michailowitsch. »Mir graut vor ihnen.«

»Ja, ich kann Leichen auch nicht ausstehen«, sage ich. »Käme mir eine Leiche unter, ohne eine Verwandte von mir zu sein, ich würde ihr einen Fußtritt geben.«

»Tote darf man nicht treten«, sagt Sakerdon Michailowitsch.

»Ich würde ihr mit dem Stiefel ins Gesicht treten«, sage ich. »Leichen und Kinder kann ich nicht ausstehen.«

»Ja, Kinder sind scheußlich«, bestätigt Sakerdon Michailowitsch.

»Doch was ist Ihrer Meinung nach schlimmer: Leichen oder Kinder?« frage ich.

»Kinder wahrscheinlich, sie stören uns öfter. Leichen platzen wenigstens nicht in unser Leben herein«, sagt Sakerdon Michailowitsch.

»Doch, sie platzen herein!« rufe ich und verstumme. Sakerdon Michailowitsch sieht mich aufmerksam an.

»Möchten Sie noch Wodka?« fragt er.

»Nein!« sage ich und füge gleich hinzu: »Nein danke, ich möchte nicht mehr.«

Ich gehe zum Tisch und setze mich wieder. Wir schweigen.

»Ich möchte Sie etwas fragen«, sage ich schließlich. »Glauben Sie an Gott?«

Auf Sakerdon Michailowitschs Stirn legt sich eine Querfalte, und er sagt:

»Es gibt Dinge, die sich nicht gehören. Es gehört sich nicht, jemanden um fünfzig Rubel anzupumpen, wenn Sie eben gesehen haben, wie er sich zweihundert Rubel in die Tasche steckte. Ob er Ihnen etwas pumpt oder nicht, ist ganz seine Sache, und am bequemsten und angenehmsten schlägt er es ab, indem er vorgibt, kein Geld zu haben. Sie aber sahen, daß er Geld hat, und nehmen ihm damit die Möglichkeit, es Ihnen bequem und angenehm abzuschlagen. Sie nehmen ihm das Recht der Entscheidung, und das ist eine Frechheit. Es ist ungehörig und taktlos. Und jemanden fragen: ›Glauben Sie an Gott?‹ ist genauso ungehörig und taktlos.«

»Na Sie«, sage ich, »beides hat ja überhaupt nichts gemein.«

»Wer sagt denn, daß ich vergleiche?« sagt Sakerdon Michailowitsch.

»Also gut«, sage ich, »lassen wir das. Verzeihen Sie, daß ich Ihnen eine so ungehörige und taktlose Frage gestellt habe.«

»Bitte«, sagt Sakerdon Michailowitsch. »Ich habe Ihnen ja auch nur die Antwort abgeschlagen.«

»Ich hätte auch nicht geantwortet«, sage ich, »nur aus einem anderen Grund.«

»Und aus welchem?« fragt Sakerdon Michailowitsch lau.

»Wissen Sie«, sage ich, »meines Erachtens gibt es keine gläubigen oder ungläubigen Menschen. Es gibt nur welche, die glauben wollen oder nicht glauben wollen.«

»Das heißt, wer nicht glauben will, glaubt bereits an etwas?« fragt Sakerdon Michailowitsch. »Und wer glauben will, glaubt schon von vornherein an nichts?«

»Vielleicht auch so«, sage ich. »Ich weiß nicht.«

»Und woran wird geglaubt oder nicht geglaubt? An Gott?« fragt Sakerdon Michailowitsch.

»Nein«, sage ich, »an die Unsterblichkeit.«

»Warum fragen Sie dann, ob ich an Gott glaube?«

»Na, weil die Frage: Glauben Sie an die Unsterblichkeit? irgendwie dumm klingt«, antworte ich und stehe auf.

»Was denn, Sie wollen schon gehen?« fragt Sakerdon Michailowitsch.

»Ja«, sage ich, »ich muß los.«

»Und der Wodka?« fragt Sakerdon Michailowitsch.

»Es reicht ja nur noch auf ein Gläschen für jeden.«

»Na los, trinken wir ihn aus«, sage ich.

Wir trinken den Wodka aus und essen den Rest des Fleisches.

»Und jetzt muß ich gehen«, sage ich.

»Auf Wiedersehen«, sagt Sakerdon Michailowitsch und begleitet mich durch die Küche zur Treppe. »Vielen Dank für die Bewirtung.«

»Ich habe zu danken«, sage ich. »Auf Wiedersehen.« Und ich gehe.

In seinem Zimmer allein, nimmt Sakerdon Michailowitsch die leere Wodkaflasche vom Tisch und wirft sie auf den Schrank, stülpt sich die Pelzmütze mit den Ohrenklappen über und setzt sich am Fenster auf den Fußboden. Die Arme verschränkt er auf dem Rücken, so daß sie nicht mehr zu sehen sind. Und unter dem hochgerutschten Schlafrock schauen die dürren nackten Beine hervor, in Russenstiefeln mit gestutzten Schäften.

Gedankenverloren gehe ich den Newski hinunter. Jetzt muß ich zum Hausverwalter und ihm das Ganze erklären. Und wenn ich die Alte los bin, werde ich tagtäglich vor dem Brotladen stehen, bis die nette junge Dame kommt. Schließlich schulde ich ihr 48 Kopeken für das Brot. Ein guter Vorwand, sie treffen zu wollen. Der Wodka wirkt noch immer, und ich habe das Gefühl, daß sich alles gut entwickelt.

An der Fontanka mache ich an einem Stand halt und kaufe mir für mein restliches Kleingeld ein großes Glas Brotkwas. Der Kwas ist schlecht und sauer, und ich habe, als ich weitergehe, einen schalen Geschmack im Mund.

An der Ecke zur Litejnaja rempelt ein torkelnder Betrunkener mich an. Gut, daß ich keinen Revolver habe: auf der Stelle würde ich ihn erschießen.

Ich gehe wahrscheinlich mit wutverzerrtem Gesicht, denn fast alle, die vorbeikommen, drehen sich nach mir um.

Ich betrete das Büro der Hausverwaltung. Am Tisch sitzt ein untersetztes, schmuddliges, stupsnasiges, schiefschultriges, flachsblondes Mädchen, es schaut in einen Handspiegel und schminkt sich die Lippen.

»Wo ist denn der Hausverwalter?« frage ich.

Schweigend schminkt sich das Mädchen weiter.

»Wo ist der Hausverwalter?« frage ich scharf.

»Er kommt morgen, heute nicht«, antwortet das untersetzte, schmuddlige, stupsnasige, schiefschultrige, flachsblonde Mädchen.

Ich gehe wieder. Auf der anderen Straßenseite sehe ich den Invaliden mit dem Holzbein gehen, laut pochen sein Bein und sein Stock. Sechs Kinder laufen hinter ihm her und äffen seinen Gang nach.

Ich biege in meinen Hauseingang ab und steige die Treppe hinauf. Im ersten Stock bleibe ich stehen; ein abscheulicher Gedanke ist mir gekommen: am Ende beginnt die Alte schon zu verwesen? Ich habe das Fenster nicht zugemacht, und bei offenem Fenster sollen Leichen schneller verwesen. So was Blödes! Und dieser verdammte Hausverwalter kommt erst morgen! Ich stehe eine Weile ratlos, dann gehe ich weiter.

In meinem Stockwerk bleibe ich wieder stehen. Oder lieber zum Brotladen gehen und dort auf die nette junge Dame warten? Ich könnte sie anflehen, mich für zwei, drei Nächte bei sich aufzunehmen. Aber da fällt mir ein, daß sie heute ja schon Brot gekauft hat, demnach nicht mehr zum Brotladen kommt. Außerdem würde daraus sowieso nichts werden.

Ich schließe die Wohnungstür auf und trete in den Flur. Im Flur hinten brennt Licht, dort steht Marja Wassiljewna, hält einen Lappen in der Hand und reibt damit einen anderen Lappen. Sie sieht mich und ruft:

»Ein alter Mann isch gekommen, wollte wischen, ob Schie da schind!«

»Was für ein alter Mann?« frage ich.

»Weisch ich nicht«, antwortet Marja Wassiljewna.

»Und wann?« frage ich.

»Weisch ich auch nicht«, sagt Marja Wassiljewna.

»Sie haben mit ihm gesprochen?« frage ich.

»Ja«, antwortet Marja Wassiljewna.

»Da müssen Sie doch wissen, wann das war«, sage ich.

»Vor schwei Schunden«, sagt Marja Wassiljewna.

»Und wie sah der alte Mann aus?« frage ich.

»Weisch ich auch nicht«, sagt Marja Wassiljewna und geht in die Küche.

Ich gehe auf mein Zimmer zu.

Und wenn die Alte verschwunden ist? denke ich. Ich öffne die Tür, und die Alte ist weg? Mein Gott! Als ob es keine Wunder gäbe!

Ich schließe die Tür auf und öffne sie langsam. Vielleicht kommt es mir nur so vor, aber tatsächlich wittere ich den ekligen Geruch einer beginnenden Verwesung. Ich luge durch den Türspalt und zucke zusammen. Die alte Frau kriecht auf allen vieren auf mich zu.

Mit einem Aufschrei schlage ich die Tür zu, drehe den Schlüssel um, springe zurück und drücke mich an die Wand.

Marja Wassiljewna taucht aus der Küche auf.

»Haben Schie mich gerufen?« fragt sie.

Ich zittere am ganzen Leibe, so daß ich nicht antworten, nur verneinend den Kopf schütteln kann. Marja Wassiljewna kommt näher.

»Schie haben doch schu jemand wasch geschagt«, sagt sie.

Wieder schüttele ich den Kopf.

»Wahnschinnschmensch«, sagt Marja Wassiljewna und geht, sich mehrmals nach mir umblickend, wieder zur Küche.

Nicht stehenbleiben, nicht stehenbleiben! sage ich mir in Gedanken. Dieser Satz ist ganz von selbst aus meinem Innern gekommen. Ich wiederhole ihn, bis er mir ins Bewußtsein dringt.

»Ja, nicht stehenbleiben«, sage ich zu mir, bleibe aber wie gelähmt stehen. Es ist etwas Furchtbares passiert, doch ich werde etwas vielleicht noch Furchtbareres tun müssen als das, was passiert ist. Ein Wirbel zieht meine Gedanken im Kreis, und ich sehe nur die grimmigen Augen der toten Alten, die auf allen vieren langsam auf mich zukriecht.

Ins Zimmer springen und dieser Alten den Schädel zertrümmern! Das ist es, was ich tun muß! Schon schaue ich suchend umher und fühle Genugtuung, als mein Blick auf den Krocketschläger fällt, der zu wer weiß was für Zwecken schon jahrelang in der Flurecke steht. Den Schläger nehmen, ins Zimmer rein und peng!

Noch immer schüttelt es mich. Ich stehe da, die Schultern hochgezogen von innerem Frösteln. Meine Gedanken galoppieren, rasen durcheinander, kehren zu ihrem Ausgangspunkt zurück, um von neuem loszugaloppieren, neue Länder erobernd, und ich stehe und lausche ihnen, stehe gleichsam abseits von ihnen, bin nicht mehr ihr Kommandeur.

»Leichen«, erklären mir meine Gedanken, »sind unsichere Kantonisten. Leichen sind nicht Leichen, sondern Unruhestifter. Auf sie muß schärfstens aufgepaßt werden. Fragen Sie die Wächter von Leichenkammern. Was meinen Sie, warum die dort zu stehen haben? Einzig und allein, um aufzupassen, daß die Leichen nicht wegkriechen. Es gibt da die kuriosesten Fälle. Ein Leichnam ist mal, als sich der Wächter auf Anordnung seines Vorgesetzten im Schwitzbad wusch, aus der Leichenkammer in die Desinfektionskammer gekrochen und hat dort einen Haufen Wäsche verschlungen. Die Desinfektoren verwalkten ihn natürlich nach Strich und Faden, doch für den Wäscheverlust mußten sie aus der eigenen Tasche aufkommen. Ein anderer Leichnam kroch in eine Entbindungsstation und jagte den werdenden Müttern solch einen Schreck ein, daß eine eine Frühgeburt bekam, und über dieses Frühchen fiel der Leichnam her und begann es laut schmatzend zu fressen. Eine unerschrockene Schwester schlug dem Leichnam einen Schemel über den Rücken, da biß er sie ins Bein, und bald darauf starb sie an Leichenvergiftung. Ja, Leichen sind unsichere Kantonisten, man muß sich vor ihnen in acht nehmen.

»Stop!« sage ich zu meinen Gedanken. »Erzählt mir nichts! Leichen sind bewegungsunfähig.«

»Wenn du meinst«, sagen meine Gedanken zu mir, »dann kannst du ja in dein Zimmer gehen, wo sich eine, wie du sagst, bewegungsunfähige Leiche befindet.«

Da regt sich in mir ein unvermuteter Trotz.

»Das werde ich auch!« sage ich entschlossen zu meinen Gedanken.

»Versuch's doch!« verspotten mich meine Gedanken.

Dieser Spott bringt mich endgültig auf. Ich packe den Krocketschläger und stürze zur Tür.

»Halt!« rufen meine Gedanken mir nach. Aber schon habe ich den Schlüssel umgedreht und die Tür geöffnet.

Die Alte liegt vor der Tür auf dem Fußboden, mit dem Gesicht nach unten. Ich stehe mit erhobenem Krocketschläger. Die Alte rührt sich nicht.

Der Schüttelfrost hat sich gelegt, und meine Gedanken laufen klar und deutlich. Ich bin wieder ihr Kommandeur.

»Erst mal die Tür schließen!« befehle ich mir.

Ich ziehe den Schlüssel außen ab und stecke ihn von innen hinein. Dies tue ich mit der linken Hand, mit der rechten halte ich den Krocketschläger, ohne die Alte aus dem Auge zu lassen. Ich schließe die Tür ab, trete vorsichtig über die Alte hinweg und gehe in die Zimmermitte vor.

»Jetzt rechnen wir beide ab«, sage ich. Ich habe einen Plan gefaßt, nach welchem gewöhnlich die Mörder in Kriminalromanen oder Zeitungsberichten handeln: einfach die Alte in einen Koffer packen, aus der Stadt schaffen und im Moor versenken. Ich weiß solch einen Ort.

Mein Koffer liegt unter der Couch. Ich ziehe ihn hervor und öffne ihn. Ein paar Sachen sind drin: Bücher, ein alter Filzhut und zerrissene Unterwäsche. Ich lege sie auf die Couch.

In diesem Moment fällt laut die Außentür zu, und da ist mir, als hätte die Alte gezuckt.

Ich springe auf und packe den Krocketschläger.

Die Alte liegt still. Ich stehe und lausche. Das ist der Lokführer, er ist nach Hause gekommen, ich höre seine Schritte in seinem Zimmer. Und dann, wie er durch den Flur zur Küche geht. Wenn ihm Marja Wassiljewna erzählt, daß ich wahnsinnig bin – das kann schlimm werden. Vertrackt! Am besten, ich gehe auch in die Küche, um sie mit meinem Anblick zu beruhigen.

Ich trete wieder über die Alte hinweg, lehne den Schläger neben der Tür hin, um ihn, wenn ich zurückkomme, gleich, noch vor Betreten des Zimmers, zur

Hand zu haben. In der Küche wird gesprochen, doch was, ist nicht zu verstehen. Ich schließe die Tür und bewege mich vorsichtig in Richtung Küche. Ich will wissen, worüber Marja Wassiljewna und der Lokführer sprechen. Erst gehe ich schnell, doch wenige Meter vor der Küche verlangsame ich den Schritt. Es spricht der Lokführer, er erzählt wohl etwas, was ihm im Dienst zugestoßen ist.

Ich trete ein. Der Lokführer steht mit einem Handtuch in der Hand und spricht, und Marja Wassiljewna sitzt auf einem Schemel und hört zu. Als er mich sieht, winkt er.

»Guten Tag, guten Tag, Matwej Filippowitsch«, sage ich zu ihm und gehe weiter zum Bad. Alles noch ruhig. Marja Wassiljewna kennt meine Marotten und wird diese letzte Geschichte längst vergessen haben.

Da schießt mir durch den Kopf, daß ich die Tür nicht abgeschlossen habe. Wenn nun die Alte aus meinem Zimmer kriecht?

Ich fahre herum, um zurückzurennen, besinne mich aber noch rechtzeitig und durchquere die Küche, um meine Nachbarn nicht zu verschrecken, in ruhigem Schlenderschritt.

Marja Wassiljewna klopft mit dem Finger auf den Küchentisch und sagt zum Lokführer:

»Gut scho! Schehr gut! Ich hätte auch geschrillert!«

Stockenden Herzens erreiche ich den Flur, dann aber renne ich fast.

Vor meinem Zimmer alles still und friedlich. Ich drücke die Klinke herunter, öffne die Tür einen Spalt und luge ins Zimmer. Die Alte liegt reglos mit dem Gesicht nach unten. Der Krocketschläger steht an der Tür, so, wie ich ihn hingestellt habe. Ich lange nach ihm, trete ein und schließe die Tür hinter mir ab. Ja, eindeutiger Leichengeruch. Ich trete über die Alte hinweg, gehe zum Fenster und setze mich in den Sessel. Hoffentlich wird mir nicht übel von dem Geruch, er ist zwar noch schwach, doch schon unerträglich. Ich stecke die Pfeife an. Mir ist übel, und ich habe leichte Bauchschmerzen.

Na, was sitze ich rum? Ich muß zur Tat schreiten, rasch, bevor diese Alte vollends verfault ist. Aber in den Koffer muß ich sie vorsichtig packen, gerade dabei könnte sie nämlich nach meiner Hand schnappen. Und dann darf ich sterben an Leichenvergiftung – ergebensten Dank!

»Hähä!« rufe ich plötzlich. »Womit wollen Sie das denn machen – mich beißen? Wenn Ihre Zähne sonstwo sind?«

Ich lehne mich im Sessel zurück und blicke in die Ecke der anderen Fensterseite, wo meinen Schätzungen nach das Gebiß der Alten gelandet sein müßte. Doch dort liegt es nicht.

Ich überlege: ob die tote Alte durch mein Zimmer gekrochen ist und ihr Gebiß gesucht, es womöglich gefunden und sich wieder eingesetzt hat?

Ich lange mit dem Krocketschläger in die Ecke und fahre tastend mit ihm umher. Nein, das Gebiß ist weg. Da hole ich das dicke Flanellaken aus der Kommode und gehe auf die Alte zu, in der Rechten den Krocketschläger, schlagbereit, in der Linken das Laken.

Abscheu und Furcht flößt die tote Alte mir ein. Mit dem Schläger hebe ich ihren Kopf an: der Mund steht offen, die Augen sind verdreht, und vom Kinn aus, wo ich mit dem Stiefel hingetreten habe, hat sich über den ganzen Unterkiefer ein großer dunkler Fleck gebreitet.

Ich sehe der Alten in den Mund. Nein, sie hat ihr Gebiß nicht gefunden. Ich lasse den Kopf los, er bumst auf den Fußboden.

Ich breite das Laken auf dem Fußboden aus und ziehe es neben die Alte. Dann drehe ich die Alte mit dem Fuß und dem Krocketschläger linksüber auf den Rücken. So liegt sie nun auf dem Laken. Ihre Beine sind im Knie gewinkelt und ihre Fäuste an die Schultern gehoben. Es sieht aus, als verteidige sie sich, auf den Rücken gefallen, vor einem angreifenden Adler. Wie eine Katze. Los, weg jetzt mit diesem Kadaver!

Ich schlage die Alte in das dicke Laken und hebe sie hoch. Sie ist leichter als erwartet. Ich lege sie in den Koffer und schließe probeweise den Deckel. Hierbei bin ich auf mancherlei Schwierigkeiten gefaßt, doch nein, der Deckel läßt sich relativ leicht schließen. Ich drücke die Kofferverschlüsse zu und richte mich auf.

Der Koffer steht vor mir und macht einen völlig manierlichen Eindruck, so als enthielte er Wäsche und Bücher. Ich fasse nach dem Griff und hebe ihn an. Ja, schwer ist er natürlich, doch zu schwer nicht, bis zur Straßenbahn kann man ihn durchaus tragen.

Ich sehe zur Uhr: zwanzig nach fünf. Sehr schön. Ich setze mich in den Sessel, um mich etwas auszuruhen und ein Pfeifchen zu rauchen.

Die Würstchen, die ich heute gegessen habe, waren anscheinend nicht so ganz gut; immer heftiger beginnt es in meinem Bauch zu kneifen. Oder ob das daher kommt, daß ich sie kalt aß? Oder es ist nur Nervosität.

Ich sitze und rauche. Eine Minute nach der anderen verrinnt.

Durchs Fenster scheint die Frühlingssonne, und ich muß blinzeln. Da verschwindet die Sonne hinterm

Schornstein des gegenüberliegenden Hauses, und der Schatten des Schornsteins läuft übers Dach, überfliegt die Straße und legt sich auf mein Gesicht. Mir fällt ein, wie ich gestern hier zur selben Zeit saß und eine Geschichte zu schreiben begann. Da ist es: das karierte Papier, darauf in winziger Schrift: »Der Wundertäter war von hoher Gestalt.«

Ich schaue aus dem Fenster. Auf der Straße geht der Invalide mit dem Holzbein, laut pochen sein Bein und sein Stock. Zwei Arbeiter und eine alte Frau, die Hände in den Hüften, lachen laut über seinen lächerlichen Gang.

Ich stehe auf. Es ist Zeit! Zeit, aufzubrechen! Zeit, die Alte zum Moor zu schaffen! Auch muß ich noch beim Lokführer Geld borgen.

Ich gehe in den Flur und trete vor seine Tür.

»Matwej Filippowitsch, sind Sie da?« frage ich.

»Ja«, antwortet der Lokführer.

»Dann verzeihen Sie, Matwej Filippowitsch, sind Sie gut bei Kasse? Ich kriege erst übermorgen Geld. Würden Sie mir dreißig Rubel borgen?«

»Ja«, sagt der Lokführer. Ich höre, wie er mit einem Schlüssel klirrt und ein Fach aufschließt. Dann öffnet er die Tür und reicht mir einen neuen roten Dreißigrubelschein heraus.

»Vielen Dank, Matwej Filippowitsch«, sage ich.

»Keine Ursache, keine Ursache«, sagt der Lokführer.

Ich stecke das Geld in die Tasche und kehre in mein Zimmer zurück. Der Koffer steht ruhig an seinem Platz.

»Jetzt aber schleunigst los«, sage ich zu mir.

Ich nehme den Koffer und trete in den Flur.

Marja Wassiljewna sieht mich mit dem Koffer und ruft:

»Schie, wohin?«

»Zu meiner Tante«, sage ich.

»Kommen Schie bald schurück?« fragt Marja Wassiljewna.

»Ja«, sage ich. »Ich gebe bei meiner Tante nur etwas Wäsche ab. Und bin vielleicht heute schon wieder da.«

Ich gehe auf die Straße hinunter. Den Koffer mal in der Linken, mal in der Rechten, gelange ich glücklich bis zur Straßenbahn.

Ich steige auf die vordere Plattform des Anhängers und winke der Schaffnerin, damit sie für Gepäck und Fahrschein kassieren kommt. Ich habe keine Lust, meinen einzigen Dreißigrubelschein durch die Leute weiterreichen zu lassen, wage aber auch nicht, dem Koffer von der Seite zu weichen und zur Schaffnerin hinzugehen. Die Schaffnerin kommt nach vorn, erklärt, sie könne nicht wechseln, und zwingt mich, an der nächsten Haltestelle wieder auszusteigen.

Wütend stehe ich und warte auf die nächste Straßenbahn. Ich habe Bauchschmerzen, und meine Beine zittern.

Da sehe ich plötzlich meine nette junge Dame; sie überquert die Straße, ohne in meine Richtung zu blicken.

Ich packe den Koffer und stürze ihr nach. Ich weiß ihren Namen nicht und kann sie nicht rufen. Der Koffer behindert mich, macht mir schrecklich zu schaffen; ich halte ihn in den Armen und stütze ihn mal mit dem Bauch, mal mit dem einen oder anderen Knie ab. Die nette junge Dame geht ziemlich schnell, und ich merke, daß ich sie nicht einholen kann. Ich triefe vor Schweiß, bin außer Atem. Die nette junge Dame biegt in eine Gasse ab. Als ich die Ecke erreiche, ist sie verschwunden.

»Verfluchte Alte!« zische ich und schmeiße den Koffer hin.

Meine Jackenärmel sind durchgeschwitzt und kleben an den Armen. Ich setze mich auf den Koffer, hole das Taschentuch heraus und wische mir über Hals und Gesicht. Zwei kleine Jungs stellen sich vor mir auf und beginnen mich zu fixieren. Ich mache ein ruhiges Gesicht und schaue beharrlich zu einem Torweg, so als erwartete ich jemand. Die Jungs flüstern und zeigen mit dem Finger auf mich. Mich würgt eine ohnmächtige Wut. Ach, ihnen einen Starrkrampf anhexen!

Und wegen dieser lausigen Gören stehe ich nun auf, nehme den Koffer, gehe zum Torweg und schaue auf den Hof. Ich schüttele wie verwundert den Kopf, ziehe die Uhr, zucke die Achseln. Die Jungs beobachten mich. Wieder zucke ich die Achseln und schaue in den Torweg.

»Merkwürdig«, sage ich laut, nehme den Koffer und trage ihn zurück zur Straßenbahnhaltestelle.

Fünf vor sieben treffe ich am Bahnhof ein. Ich löse eine Rückfahrkarte nach Lissi Nos und steige in den Zug.

In dem Wagen sind außer mir nur noch zwei Männer: der eine, ein Arbeiter offenbar, ist erschöpft, hat die Schirmmütze über die Augen gezogen und schläft. Der andere, ein junger Bursche noch, sieht der Kleidung nach wie ein Dorfstutzer aus: Jackett und rosa Bauernkragen, und unter der Schirmmütze quillt eine Lockentolle hervor. Er raucht eine Zigarette, die in einer Spitze aus hellgrünem Kunststoff steckt.

Ich stelle den Koffer zwischen die Bänke und setze mich. Da bekomme ich solche Bauchschmerzen, daß ich die Fäuste balle, um nicht zu stöhnen.

Auf dem Bahnsteig führen zwei Milizionäre einen Mann ab. Er geht mit gesenktem Kopf, die Hände auf dem Rücken.

Der Zug fährt an. Ich sehe zur Uhr: zehn nach sieben.

Oh, wie herrlich wird es sein, die alte Frau im Moor zu versenken! Nur schade, daß ich den Schläger nicht mithabe, sicherlich werde ich nachstoßen müssen.

Der Stutzer mit dem rosa Bauernkragen gafft mich ungeniert an. Ich kehre ihm den Rücken zu und schaue aus dem Fenster.

In meinem Bauch kommt es immer wieder zu wilden Krämpfen, da beiße ich die Zähne zusammen, balle die Fäuste und straffe die Beine.

Wir passieren Lanskaja und Nowaja Derewnja. Dort schimmert das goldene Dach der buddhistischen Pagode, und da – ein Zipfel vom Meer.

Plötzlich springe ich auf und laufe, alles um mich vergessend, in panischem Trippelschritt zum Klo. Eine rasende Woge schaukelt mein Bewußtsein.

Der Zug verlangsamt die Fahrt. Wir fahren in Lachta ein. Ich sitze und wage mich nicht zu rühren, um während des Haltens nicht vom Klo vertrieben zu werden.

Weiterfahren, weiterfahren!

Der Zug fährt an, und ich schließe die Augen vor Lust. Oh, diese Momente sind süß wie die Momente der Liebe! Alle Kräfte sind angespannt, doch ich weiß, danach kommt ein grausiger Absturz.

Wieder hält der Zug. Olgino. Also wieder diese Folter!

Doch nein, Fehlanzeige diesmal. Mir bricht der kalte Schweiß aus, und ein leiser Schauer geht durch mein Herz. Ich erhebe mich und stehe eine Weile, den Kopf an die Wand gelehnt. Der Zug fährt, und das Schaukeln des Wagens tut mir wohl.

Ich reiße mich zusammen, öffne die Klotür und taumele hinaus.

Der Wagen ist leer. Der Arbeiter und der Stutzer mit dem rosa Bauernkragen sind offenbar in Lachta oder Olgino ausgestiegen. Langsam gehe ich zu meinem Fenster.

Plötzlich bleibe ich stehen und stiere vor mich hin. Wo ist der Koffer? Da, wo ich ihn hingestellt habe, ist er nicht mehr. Ich muß mich im Fenster geirrt haben. Ich stürze zum nächsten Fenster. Nichts. Ich stürze zurück und wieder vor, ich laufe den Wagen ab, einmal rechts, einmal links, spähe unter die Bänke – nirgends der Koffer.

Ja, kein Zweifel mehr. Natürlich, als ich auf dem Klo saß, ist der Koffer gestohlen worden. Das hätte ich mir denken können!

Ich sitze mit aufgerissenen Augen auf der Bank und muß plötzlich an den Knall denken, mit dem von Sakerdon Michailowitschs Topf die Emaille platzte.

Was ist passiert? frage ich mich. Ja, wer wird nun glauben, daß ich die Alte nicht umgebracht habe? Sie werden mich noch heute fassen, gleich hier oder auf dem Bahnsteig in der Stadt, so wie diesen Mann, der vorhin vorbeikam mit gesenktem Kopf.

Ich stelle mich auf die Plattform. Der Zug nähert sich Lissi Nos. Weiße Pfähle, die Strecke begrenzend, flakkern vorbei. Der Zug hält. Die Stufen des Trittbretts reichen nicht bis hinunter. Ich springe ab und gehe zum Warteraum. Bis zum Gegenzug ist noch eine halbe Stunde Zeit.

Ich gehe in das Wäldchen. Schon sehe ich Wacholderbüsche. Hinter diesen Büschen wird mich keiner sehen. Ich strebe auf sie zu.

Auf der Erde kriecht eine große grüne Raupe. Ich falle auf die Knie und berühre sie mit dem Finger. Mit kraftvollen Muskelzügen windet sie sich mehrmals hin und her.

Ich schaue mich um. Es sieht mich keiner. Ein leichter Schauer rieselt mir über den Rücken. Ich neige tief den Kopf und sage gedämpft:

»Im Namen des Vaters und des Sohnes und des Heiligen Geistes in Ewigkeit. Amen.«

Damit will ich einstweilen mein Manuskript schließen, es ist sowieso schon reichlich lang geworden.

Ende Mai und erste Junihälfte 1939

III

34.

Die Sache

Die Mutter, der Vater und das Dienstmädchen Natascha saßen am Tisch und tranken.

Der Vater war ohne Frage ein Säufer. Selbst die Mutter sah auf ihn herab. Doch das hinderte den Vater nicht, ein sehr guter Mensch zu sein. Er lachte gutmütig und kippelte mit dem Stuhl. Das Dienstmädchen Natascha, mit Häubchen und Schürzchen, wurde andauernd ganz furchtbar verlegen. Der Vater neckte alle mit seinem Bart, doch das Dienstmädchen Natascha schlug die Augen nieder und gab damit zu verstehen, daß sie verlegen wurde.

Die Mutter war eine große Frau mit einer hohen Frisur und einer Pferdestimme. Mit dieser Stimme trompetete sie durchs Eßzimmer, daß es im Hof und in den anderen Zimmern widerhallte.

Sie leerten alle das erste Gläschen, verstummten für einen Moment und aßen Wurst. Dann redeten sie alle weiter.

Plötzlich, ganz überraschend, wurde an die Tür geklopft, weder der Vater noch die Mutter oder das Dienstmädchen Natascha konnten sich vorstellen, wer da geklopft hatte.

»Das ist aber seltsam«, sagte der Vater. »Wer könnte geklopft haben?«

Die Mutter machte ein mitleidiges Gesicht, schenkte sich außer der Reihe nach, trank und sagte: »Seltsam.«

Der Vater sagte nichts Schlechtes, schenkte sich nur auch nach, trank und stand vom Tisch auf.

Von Statur war der Vater recht klein. Kein Vergleich

zur Mutter. Die Mutter war eine große, füllige Frau mit einer Pferdestimme, und der Vater war eben einfach ihr Mann. Zu allem übrigen kam noch hinzu, daß er Sommersprossen hatte.

Ein Schritt, und der Vater war an der Tür und fragte: »Wer ist da?«

»Ich«, sagte hinter der Tür eine Stimme. Schon wurde die Tür geöffnet, und herein kam das Dienstmädchen Natascha. Ganz verlegen und rosig. Wie eine Blume.

Der Vater setzte sich hin.

Die Mutter trank wieder einen.

Das Dienstmädchen Natascha und das andere, wie eine Blume, erröteten vor Scham. Der Vater sah sie an, sagte aber nichts Schlechtes, sondern trank nur, so wie auch die Mutter.

Um das unangenehme Brennen im Mund loszuwerden, öffnete der Vater eine Dose Krebspastete. Alle waren erfreut und ließen es sich schmecken. Nur die Mutter saß auf ihrem Platz und schwieg. Es war peinlich.

Als der Vater eben ein Lied anstimmte, klopfte es ans Fenster. Die Mutter sprang erschrocken auf und rief, sie habe genau gesehen, wie jemand von draußen zum Fenster hereinschaute. Die anderen versicherten ihr, das sei unmöglich, weil die Wohnung in der zweiten Etage liege und daher von draußen niemand hereinschauen könne, es müßte denn ein Riese oder Goliath sein.

Aber der Mutter hatte sich nun mal eine feste Idee bemächtigt. Von niemandem auf der Welt wäre sie davon abzubringen gewesen, daß jemand zum Fenster hereinschaute.

Damit sich die Mutter beruhigte, wurde ihr nachgeschenkt. Die Mutter trank. Auch der Vater schenkte sich nach und trank.

Natascha und das Dienstmädchen wie eine Blume saßen da, die Augen vor Verlegenheit niedergeschlagen.

»Wie kann ich guter Laune sein, wenn wir durchs Fenster beobachtet werden?« rief die Mutter.

Der Vater war verzweifelt – womit nur die Mutter beruhigen? Er lief sogar hinunter und versuchte von draußen wenigstens ins Fenster der ersten Etage zu schauen. Er reckte und reckte sich, doch natürlich reichte er nicht hinauf. Die Mutter ließ sich davon nicht beirren. Sie hatte nicht einmal gesehen, wie sich der Vater vergeblich nach dem Fenster der ersten Etage reckte.

Der Vater, von alledem endgültig verstört, kam wie ein Sturmwind ins Eßzimmer zurück und trank zwei Gläschen hintereinander, nachdem er auch der Mutter eins eingeschenkt hatte. Die Mutter trank, erklärte aber, sie trinke lediglich zum Zeichen dafür, daß sie genau wisse, daß jemand zum Fenster hereingeschaut habe.

Da zuckte der Vater nur noch die Achseln.

»Hier!« sagte er zur Mutter, ging zum Fenster und riß beide Flügel auf.

Am Fenster stand ein Mann mit schmutzigem Kragen und einem Messer in der Hand und versuchte hereinzuklettern. Als der Vater ihn sah, schlug er das Fenster zu und sagte: »Dort ist niemand.«

Der Mann mit dem schmutzigen Kragen stand am Fenster und schaute ins Zimmer, dann öffnete er das Fenster und kam herein.

Die Mutter regte sich furchtbar auf. Sie bekam einen hysterischen Anfall, doch als sie von dem, was der Vater ihr hinhielt, ein wenig getrunken und ein paar Pilze gegessen hatte, beruhigte sie sich.

Auch der Vater kam bald wieder zu sich. Alle setzten sich an den Tisch und tranken weiter.

Der Vater hielt die Zeitung, wendete sie lange hin und her und suchte, wo oben und unten war. Doch wie sehr er auch suchte, er konnte es nicht finden, darum legte er die Zeitung weg und trank. »Schön und gut«, sagte der Vater, »aber es fehlen Gurken.«

Die Mutter wieherte unanständig, woraufhin die Dienstmädchen verlegen die Köpfe senkten und sich das Tischdeckenmuster ansahen.

Der Vater trank noch einen, packte plötzlich die Mutter und setzte sie aufs Büfett.

Ihre hohe graue Frisur löste sich immer mehr auf, ihr Gesicht bekam rote Flecke, und überhaupt war ihre ganze Physiognomie in Aufregung.

Der Vater zog sich die Hose hoch und begann, einen Trinkspruch auszubringen.

Da aber tat sich im Fußboden eine Luke auf, und aus der Luke stieg ein Mönch.

Die Dienstmädchen gerieten so in Verlegenheit, daß das eine sich übergeben mußte. Natascha hielt ihrer Freundin die Stirn und schirmte sie ab, um die peinliche Sache zu vertuschen.

Der Mönch, der unterm Fußboden hervorgekommen war, holte mit der Faust aus und schlug, peng, dem Vater eins auf die Nase.

Der Vater verstummte mitten im Trinkspruch und plumpste auf den Stuhl.

Dann ging der Mönch auf die Mutter zu und versetzte auch ihr einen Schlag, doch mehr von unten und mehr mit dem Fuß.

Die Mutter fing an zu schreien und um Hilfe zu rufen.

Der Mönch packte die beiden Dienstmädchen beim Kragen, schüttelte sie in der Luft und ließ sie wieder los.

Dann zog sich der Mönch, von niemandem bemerkt, unter den Fußboden zurück und schloß hinter sich die Luke.

Lange konnten sich die Mutter, der Vater und das Dienstmädchen Natascha nicht fassen. Doch dann, als sie ein wenig verschnauft und sich wieder in Ordnung gebracht hatten, tranken sie alle einen, setzten sich an den Tisch und aßen Sauerkraut.

Nachdem sie noch einen getrunken hatten, saßen sie alle friedlich beisammen und unterhielten sich.

Plötzlich lief der Vater rot an und fing an zu brüllen.

»Was! Was!« brüllte der Vater. »Ihr sagt, ich bin eine Krämerseele?! Ihr sagt, ich bin ein Versager? Ich esse doch nicht euer Gnadenbrot! Ihr seid ja selber alle Nullen!«

Die Mutter und das Dienstmädchen Natascha liefen aus dem Eßzimmer in die Küche und schlossen sich dort ein.

»Jetzt fängt er an, der Säufer! Er fängt an, der Satanshund!« flüsterte entsetzt die Mutter dem nun endgültig verlegenen Dienstmädchen zu. Der Vater saß im Eßzimmer bis zum Morgen und brüllte, dann nahm er die Aktentasche, setzte die weiße Mütze auf und ging still und bescheiden zum Dienst.

31. Mai 1929

35.

1. Eines Tages ging Andrej Wassiljewitsch auf der Straße und verlor seine Uhr. Bald darauf starb er. Sein Vater, ein buckliger älterer Mann, saß die ganze Nacht mit dem Zylinder auf dem Kopf und preßte mit der linken Hand den gebogenen Griff seines Spazierstocks. Verschiedenste Gedanken gingen ihm durch den Kopf, darunter auch dieser: Das Leben ist eine Schmiede.

2. Andrej Wassiljewitschs Vater namens Grigori Antonowitsch oder eigentlich Wassili Antonowitsch umarmte Maria Michailowna und nannte sie seine Gebieterin. Sie aber blickte schweigend und hoffnungsvoll nach vorn und nach oben. Da beschloß der elende Bucklige Wassili Antonowitsch, seinen Buckel entfernen zu lassen.

3. In dieser Absicht schwang sich Wassili Antonowitsch in den Sattel und ritt zu Professor Mamajew. Professor Mamajew saß im Garten und las ein Buch. Auf Wassili Antonowitschs vielmalige Bitten antwortete der Professor nur: »Das hat Weile.« Da begab sich Wassili Antonowitsch in die chirurgische Klinik.

4. Arzthelfer und barmherzige Schwestern legten Wassili Antonowitsch auf den Tisch und bedeckten ihn mit einem Laken. Dann erschien Professor Mamajew höchstselbst. »Rasieren?« fragte der Professor. »Nein, schneiden Sie mir bitte den Buckel ab«, sagte Wassili Antonowitsch.

Die Operation begann. Aber sie endete mit einem Mißerfolg, denn eine der Schwestern hatte sich ein kariertes Tuch vors Gesicht gehängt, so daß sie weder sehen noch die nötigen Instrumente zureichen konnte, und ein Arzthelfer hatte sich Mund und Nase verbunden, so daß er keine Luft bekam und vor Operationsschluß erstickt zusammenbrach. Am ärgerlichsten aber war, daß Professor Mamajew in der Eile das Laken vom Patienten zu nehmen vergessen und statt des Buckels etwas anderes abgeschnitten hatte – den Hinterkopf wohl. Der Buckel war dafür mit chirurgischen Instrumenten gespickt.

5. Wieder zu Hause, kam Wassili Antonowitsch so lange nicht zur Ruhe, bis Spanier ins Haus fielen und der Köchin Andrjuschka den Hinterkopf abschlugen.

6. Zur Ruhe gekommen, ging Wassili Antonowitsch zu einem anderen Arzt, und der schnitt ihm sofort den Buckel ab.

7. Danach lief alles ganz einfach. Maria Michailowna trennte sich von Wassili Antonowitsch und heiratete Bubnow.

8. Bubnow liebte seine neue Frau nicht. Kaum war sie mal ausgegangen, kaufte er sich einen neuen Hut und grüßte fortwährend seine Nachbarin Anna Moissejewna. Doch Anna Moissejewna brach plötzlich ein Zahn ab, und sie riß vor Schmerz den Mund weit auf. Bubnow begann sich über seine Biographie Gedanken zu machen.

9. Bubnows Vater, mit Nachnamen Fy, verliebte sich in Bubnows Mutter, die Chnju mit Vornamen hieß. Einmal saß Chnju auf einer Steinfliese und pflückte Pilze, die vor ihr wuchsen. Doch unverhofft sagte Fy zu ihr: »Chnju, ich möchte, daß wir einen Bubnow bekommen.«

Chnju sagte: »Herrlich, einen Bubnow! Meinst du das wirklich?«

»Jawohl, Euer Herrlichkeit«, antwortete Fy.

10. Chnju und Fy setzten sich nebeneinander, dachten an allerlei lustige Dinge und lachten lange.

11. Schließlich gebar Chnju Bubnow.

16.–31. März 1931

36.

Ein Ritter

Alexej Alexejewitsch Alexejew war ein wahrhafter Ritter. Einmal zum Beispiel schaute er aus der Straßenbahn und sah, wie eine Dame über einen Prellstein stolperte und dabei ein gläserner Lampenschirm aus ihrer Tasche fiel und zerbrach, und da beschloß er, sich für diese Dame aufzuopfern, sprang aus der fahrenden Straßenbahn, fiel hin und schlug sich an einem Stein die Nase auf. Ein anderes Mal, als er sah, wie eine Dame über einen Zaun kletterte und mit dem Rock an einem Nagel hängenblieb, so daß sie, rittlings auf dem Zaun, weder vor noch zurück konnte, geriet er dermaßen in Aufregung, daß er sich mit der Zunge zwei Vorderzähne herausstieß. Kurz, Alexej Alexejewitsch war durch und durch ein wahrhafter Ritter, und dies nicht nur gegenüber Damen. Mit einzigartiger Leichtigkeit konnte Alexej Alexejewitsch sein Leben für Glauben, Zar und Vaterland opfern, was er 1914 auch bewies, als er sich bei Ausbruch des deutschen Krieges mit dem Ruf »Für das Vaterland« aus einem Fenster der zweiten Etage stürzte. Durch ein Wunder kam Alexej Alexejewitsch mit unerheblichen Prellungen davon, und bald wurde er, als ein so ausnehmend beflissener Patriot, an die Front geschickt.

An der Front zeichnete sich Alexej Alexejewitsch durch einzigartig erhabene Gefühle aus, und jedesmal, wenn er *Flagge*, *Fanfare* oder auch nur *Epauletten* sagte, liefen ihm Tränen der Rührung übers Gesicht.

1916 wurde Alexej Alexejewitsch an den Lenden verwundet und von der Front abgestellt.

Als Invalide der ersten Kategorie ging Alexej Alexejewitsch keiner Arbeit nach, brachte aber dafür, in nützlicher Anwendung seiner freien Zeit, seine patriotischen Gefühle zu Papier.

Eines Tages, in einem Gespräch mit Konstantin Lebedew, äußerte Alexej Alexejewitsch seinen Lieblingssatz: »Ich habe für das Vaterland gelitten und meine Lenden hingehalten, so daß sie jetzt lahm sind, existiere aber weiter kraft der Überzeugung meines hinteren Unterbewußtseins.«

»So blöd zu sein!« sagte Konstantin Lebedew zu ihm. »Den höchsten Dienst kann dem Vaterland nur der *Liberale* erweisen.«

Schwer zu sagen warum, aber diese Worte drangen tief in Alexej Alexejewitschs Herz, und 1917 nannte er sich bereits einen *Liberalen, der seine Lenden für das Vaterland hingehalten hat.*

Die Revolution bejahte er von ganzem Herzen, und das sogar, obwohl ihm die Rente entzogen wurde. Eine Zeitlang versorgte ihn Konstantin Lebedew mit Rohrzucker, Schokolade, konserviertem Speck und Weizengrütze. Doch eines Tages war Konstantin Lebedew auf Nimmerwiedersehen verschwunden, und Alexej Alexejewitsch mußte betteln gehen. Anfangs streckte er die Hand aus und sagte: »Ein Almosen um Christi willen für einen, der seine Lenden für das Vaterland hingehalten hat.« Aber das hatte keinen Erfolg. Da ersetzte Alexej Alexejewitsch das Wort »Vaterland« durch das Wort »Revolution«. Aber auch das hatte keinen Erfolg. Da dichtete Alexej Alexejewitsch ein revolutionäres Lied, und wenn er auf der Straße jemanden sah, den er für fähig hielt, ein Almosen zu geben, trat er einen Schritt vor, warf würdevoll, stolz den Kopf in den Nacken und sang:

Auf die Bastionen
Wir uns erheben,
Wollen uns nicht schonen
Für Freiheit und Leben:
Lassen uns verderben
Die Knochen und sterben!

Verwegen, nach Polenart stampfte Alexej Alexejewitsch mit dem Absatz, hielt den Hut hin und sagte: »Ein Almosen um Christi willen.« Das hatte Erfolg, und Alexej Alexejewitsch ging selten leer aus.

Alles lief bestens, doch dann, 1922, lernte Alexej Alexejewitsch einen gewissen Iwan Iwanowitsch Pusyrjow kennen, der am Heumarkt Sonnenblumenöl verkaufte. Pusyrjow lud Alexej Alexejewitsch in ein Café ein, bestellte ihm einen echten Kaffee und setzte ihm, dabei Kuchen verschlingend, eine seltsam komplizierte Sache auseinander, wovon Alexej Alexejewitsch nur verstand, daß er seinerseits etwas leisten müsse, um von Pusyrjow begehrte Lebensmittel zu bekommen. Alexej Alexejewitsch schlug ein, und zum Ansporn, noch an Ort und Stelle, unterm Tisch, schob Pusyrjow ihm zwei Päckchen Tee und eine Schachtel Papirossy Marke »Radsha« zu.

Von diesem Tag an ging Alexej Alexejewitsch jeden Morgen zu Pusyrjow auf den Markt und erhielt von ihm alle möglichen Papiere mit krakligen Unterschriften und Dutzenden Stempeln, dann nahm er den Schlitten oder – wenn Sommer war – den Handwagen und begab sich, wie Pusyrjow wünschte, zu verschiedenen Ämtern, wo er die Papiere vorwies und daraufhin lauter Kisten bekam, die er auf seinen Schlitten beziehungsweise Wagen lud und abends zu Pusyrjow nach Hause brachte.

Als Alexej Alexejewitsch aber eines Abends mit seinem Schlitten vor Pusyrjows Haus anlangte, kamen zwei Männer auf ihn zu, von denen einer einen Militärmantel trug, und fragten ihn: »Heißen Sie Alexejew?« Dann verfrachteten sie Alexej Alexejewitsch in ein Auto und brachten ihn ins Gefängnis.

Bei den Verhören konnte Alexej Alexejewitsch kein Wort begreifen und sagte nur immer wieder, er habe für das revolutionäre Vaterland gelitten. Trotzdem wurde er zu 10 Jahren Verbannung in die nördlichen Regionen unseres Vaterlandes verurteilt. 1928 nach Leningrad zurückgekehrt, nahm Alexej Alexejewitsch sein altes Gewerbe wieder auf. Er stellte sich an die Ecke zum Wolodarski-Prospekt, warf würdevoll, stolz den Kopf zurück, stampfte mit dem Absatz und sang:

Auf die Bastionen
Wir uns erheben,
Wollen uns nicht schonen
Für Freiheit und Leben:
Lassen uns verderben
Die Knochen und sterben!

(1934–36)

37.

Über Gleichgewicht

Heute weiß jedermann, wie gefährlich es ist, Steine zu schlucken.

Ein Bekannter von mir hat sogar den Ausdruck geschöpft: »Stei-schlu-ge«, was »Steine schlucken ist gefährlich« bedeutet. Gut, nicht wahr? »Stei-schlu-ge« läßt sich leicht merken und fällt einem bei Bedarf sofort ein.

Gearbeitet hat mein Bekannter als Heizer einer Lokomotive. Mal fuhr er die Nordstrecke, mal nach Moskau. Er hieß Nikolai Iwanowitsch Serpuchow, rauchte Papirossy »Rakete«, 35 Kopeken die Schachtel, und sagte stets, von ihr müsse er weniger husten, doch von der zu fünf Rubel bleibe ihm, sagte er, jedesmal die Luft weg.

Eines Tages geschah es, daß Nikolai Iwanowitsch ins Europäische Hotel geriet, ins Hotelrestaurant. Sitzt also Nikolai Iwanowitsch an seinem Tischchen, und am Nachbartischchen sitzen Ausländer und mampfen Äpfel.

Und da sagt Nikolai Iwanowitsch zu sich: »Interessant«, sagt Nikolai Iwanowitsch zu sich, »wie der Mensch beschaffen ist!«

Kaum hat er das gesagt, erscheint wie aus der Luft gekommen eine Fee und sagt zu ihm: »Was möchtest du, guter Mann?«

Das Restaurant gerät natürlich in Bewegung – woher auf einmal diese fremde junge Dame? Die Ausländer vergessen sogar, ihre Äpfel weiterzuessen.

Auch Nikolai Iwanowitsch fährt ordentlich der Schreck in die Glieder, und nur, um wieder loszukommen, sagt er: »Verzeihung«, sagt er, »ich brauche nichts Besonderes.«

»Höre,« sagt die fremde junge Dame, »ich bin in der Tat«, sagt sie, »eine Fee. Im Nu kann ich bewerkstelligen, was du nur willst.«

Da sieht Nikolai Iwanowitsch, wie ein Mann im grauen Anzug ihrem Gespräch lauscht. Zur offenen Tür stürzt der Oberkellner herein, und ihm auf den Fersen folgt ein Subjekt mit einer Papirossa im Mund.

Du lieber Himmel! denkt Nikolai Iwanowitsch. Weiß der Geier, was daraus wird.

Und tatsächlich wird daraus weiß der Geier was. Der Oberkellner springt über die Tische, die Ausländer rollen die Teppiche ein, und überhaupt ist der Teufel los. Einer übertrumpft den andern.

Ohne seine Mütze von der Garderobe zu holen, läuft Nikolai Iwanowitsch hinaus in die Lassallestraße und sagt dabei zu sich: »Stei-schlu-ge! Steine schlucken ist gefährlich! Was es auf der Welt nicht alles gibt!«

Nach Hause gekommen, sagt Nikolai Iwanowitsch zu seiner Frau: »Kriegen Sie keinen Schreck, Jekaterina Petrowna, und machen Sie sich keine Gedanken. Aber es gibt auf der Welt kein Gleichgewicht. Der Fehler beträgt, aufs ganze Universum bezogen, höchstens anderthalb Kilogramm, und doch ist es erstaunlich, Jekaterina Petrowna, ganz erstaunlich!«

Schluß.

18. September 1934

38.

Der Sündenfall *oder*
Die Erkenntnis von Gut und Böse
Didaskalie

Eine Allee schön beschnittener Bäume, die den Garten Eden darstellt. In der Mitte der Baum des Lebens und der Baum der Erkenntnis von Gut und Böse. Rechts hinten eine Kirche.

FIGUR *zeigt auf einen der beiden Bäume* Und das ist der Baum der Erkenntnis von Gut und Böse. Von den anderen Bäumen sollt ihr essen, von diesem Baum nicht. *Geht in die Kirche.*

ADAM *zeigt auf den Baum* Das ist der Baum der Erkenntnis von Gut und Böse. Von den anderen Bäumen wollen wir essen, von diesem Baum nicht. Warte hier, Eva, ich gehe Himbeeren pflücken. *Ab.*

EVA Das ist der Baum der Erkenntnis von Gut und Böse. Adam hat mir verboten, von diesem Baum zu essen. Wie mögen die Früchte schmecken? Meister Leonardo!

Hinter dem Baum tritt Meister Leonardo hervor.

MEISTER LEONARDO Eva! Da bin ich nun zu dir gekommen!

EVA Und sagst du mir, warum, Meister Leonardo?

MEISTER LEONARDO Weil du schön bist, eine weiße Haut hast und eine volle Brust. Ich möchte dir zu deinem Nutzen dienen.

EVA Geb's Gott.

MEISTER LEONARDO Du weißt, ich liebe dich, Eva.

EVA Aber weiß ich denn, was das ist?

MEISTER LEONARDO Weißt du es etwa nicht?

EVA Woher?

MEISTER LEONARDO Du verblüffst mich.

Eva Oh, sieh mal, wie drollig der Fasan auf seinem Weibchen sitzt.

Meister Leonardo Genau das ist es.

Eva Genau was ist es?

Meister Leonardo Die Liebe.

Eva Dann ist es ja was zum Lachen. Und? Möchtest du dich auch auf mich setzen?

Meister Leonardo Ja! Nur darfst du Adam nichts sagen.

Eva Nein, ich sage ihm nichts.

Meister Leonardo Ich sehe, du bist in Ordnung.

Eva Ja, ich bin ein couragiertes Weib.

Meister Leonardo Und liebst du mich?

Eva Ja, ich hätte nichts dagegen, auf dir einen Ritt durch den Garten zu machen.

Meister Leonardo Steig auf meine Achseln.

Eva steigt auf Meister Leonardos Achseln, und er trabt mit ihr durch den Garten.

Adam, mit einer Schirmmütze voll Himbeeren.

Adam Eva! Wo bist du? Magst du Himbeeren? Eva! Wo ist sie bloß hin? Ich will sie suchen gehen. *Ab.*

Eva, auf Meister Leonardos Achseln.

Eva *springt ab* Na gut, danke. Es war sehr schön.

Meister Leonardo Und nun koste von diesem Apfel.

Eva Nicht doch, was fällt dir ein! Von diesem Baum soll man nicht essen.

Meister Leonardo Hör zu, Eva! Längst weiß ich über alle Geheimnisse des Paradieses Bescheid. Ich werde dir einiges erzählen.

Eva Bitte, sprich, ich höre zu.

Meister Leonardo Wirst du mir zuhören?

Eva Ja, ich werde dich nicht enttäuschen.

Meister Leonardo Wirst du mich auch nicht verraten?

Autograph von Charms. Dreißiger Jahre.

Eva Nein, bestimmt nicht.
Meister Leonardo Und wenn alles herauskommt?
Eva Nicht durch mich.
Meister Leonardo Schön, ich vertraue dir. Du bist in einer guten Schule gewesen. Ich habe Adam gesehen, der ist ganz dumm.
Eva Ein bißchen plump.
Meister Leonardo Er weiß überhaupt nichts. Er ist zuwenig gereist und hat nichts erlebt. Ihm wurde der Kopf vernebelt. Und nun vernebelt er deinen.
Eva Womit denn?
Meister Leonardo Er verbietet dir, von diesem Baum zu essen. Dabei schmecken gerade seine Früchte am besten. Und wenn du diese Frucht gegessen hast, erkennst du, was gut und was schlecht ist. Und weißt sehr viel, sogar mehr als Gott.
Eva Ist das möglich?
Meister Leonardo Wenn ich's dir sage.
Eva Hm, ich weiß wirklich nicht, was ich tun soll.
Meister Leonardo Iß diesen Apfel! Iß, iß!

Adam, mit der Schirmmütze.

Adam Ach, hier bist du, Eva! Und wer ist das?

Meister Leonardo versteckt sich im Gebüsch.

Adam Wer war das?
Eva Mein Freund, Meister Leonardo.
Adam Und was will er?
Eva Er hat mich auf seine Achseln genommen und ist mit mir durch den Garten gerannt. Ich habe furchtbar gelacht.
Adam Mehr habt ihr nicht getan?
Eva Nein.
Adam Und was hast du da in der Hand?
Eva Einen Apfel.

ADAM Von welchem Baum?

EVA Von dem.

ADAM Nein, du lügst, von diesem.

EVA Nein, von dem.

ADAM Hör auf, du lügst.

EVA Ehrenwort, ich lüge nicht.

ADAM Gut, ich will dir glauben.

SCHLANGE *auf dem Baum der Erkenntnis von Gut und Böse* Sie lügt. Glaube ihr nicht. Der Apfel ist von diesem Baum!

ADAM Wirf den Apfel weg! Lügnerin!

EVA Nein, du bist aber auch zu dumm. Man muß doch probieren, wie er schmeckt.

ADAM Eva! Paß auf, du!

EVA Es gibt nichts zum Aufpassen!

ADAM Nun, wie du willst.

Eva beißt in den Apfel, ißt. Die Schlange klatscht vor Freude in die Hände.

EVA Ah, köstlich! Aber was ist das? Du verschwindest immerzu und tauchst wieder auf. Oh! Alles verschwindet und taucht wieder auf. Wie interessant! Au wei, ich bin nackt! Adam, komm, ich möchte mich auf dich setzen!

ADAM Was hast du?

EVA Hier, iß auch von dem Apfel!

ADAM Ich traue mich nicht.

EVA Iß! Iß!

Adam beißt in den Apfel, ißt und verdeckt plötzlich seine Blöße mit der Schirmmütze.

ADAM Ich schäme mich.

Die Figur tritt aus der Kirche.

FIGUR Ihr, Mensch und Menschin, habt die verbotene Frucht gegessen. Darum schert euch raus aus meinem Garten!

Die Figur kehrt in die Kirche zurück.
ADAM Wo sollen wir nun hin?
EVA Wir bleiben hier.
Ein Engel mit feuriger Stirn erscheint und vertreibt sie aus dem Paradies.
ENGEL Fort mit euch beiden! Los, los, schert euch weg!
MEISTER LEONARDO *tritt aus dem Gebüsch* Los, los, ihr beiden! Los, los! *Schwenkt die Arme* Den Vorhang!
Vorhang

27. September 1934

39.

Fenorow in Amerika

Eine amerikanische Straße. Auf der Straße gehen Amerikaner. Rechts eine Kasse. Über der Kasse ein Schild mit der Aufschrift: »Music Hall. Das Jazz-Orchester des Mr. Woodlake und seiner Gattin Baronesse von der Klucken.« Vor der Kasse anstehende Amerikaner. Fenorow kommt auf die Bühne und blickt sich nach allen Seiten um. Die Amerikaner sehen ziemlich zerlumpt aus.

FENOROW Das ist nun Amerika! Ja! Na also, Amerika! Ts, ts, das ist ja was! He, hört mal! Ihr da! Ist das Amerika?

EIN AMERIKANER Yes, America.

FENOROW Die Stadt Chakago?

AMERIKANER Yes, Chicago.

FENOROW Und Sie sind Amerikaner?

AMERIKANER Amerikaner.

FENOROW *im Baß* Das ist ja was! Und die da, sind das auch Amerikaner?

AMERIKANER Amerikaner.

FENOROW *im Falsett* Sieh mal an! *Tiefer* Amerikaner! *Blickt sich um* Und gibt es hier beispielsweise auch, sagen wir mal, Milliardäre?

AMERIKANER Mehr als genug, mein Lieber.

FENOROW Und warum, beispielsweise, seid ihr Milliardäre und Amerikaner und geht, sagen wir mal, trotzdem gewissermaßen in Lumpen?

AMERIKANER Das kommt alles von der sogenannten Krise.

FENOROW *im Falsett* Sieh mal an!

AMERIKANER Aber ja, Ehrenwort!

FENOROW Das ist ja was!
AMERIKANER Und darf ich fragen, wer Sie sind?
FENOROW Ich heiße Fenorow und bin meiner sozialen Herkunft nach ... Frunzus.
AMERIKANER Hm ... Und? Parlez-vous français?
FENOROW Was?
AMERIKANER Parlez Sie französisch?
FENOROW *im Falsett* Hä?
AMERIKANER Na, können Sie französisch sabbeln?
FENOROW Nee, kann ich nich. Amerikanisch ja, jede Menge. Das kann ich! Aber sag mir mal lieber eins, guter Mann – wonach wird hier angestanden, was gibt's hier Interessantes?
AMERIKANER Hier wird nach nichts angestanden, hier gibt's nichts Interessantes, nach Karten wird angestanden!
FENOROW *im Falsett* Sieh mal an!
AMERIKANER Das ist nämlich eine Music Hall, dort spielt heute das Jazz-Orchester des berühmten Mister Woodlake und seiner Gattin, der Tochter des Barons von der Klucken.
FENOROW *im Baß* Das ist ja was! Dankeschönchen! Ich hol mir auch eine Karte.
Fenorow geht zur Kasse der Music Hall.
Vor der Kasse eine Schlange anstehender Amerikaner.
FENOROW Wer ist der letzte?
SUBJEKT Was suchst du hier? Stell dich gefälligst hinten an!
FENOROW Darum frage ich ja – wer ist der letzte?
SUBJEKT Mensch, halt hier keine Reden!
FENOROW Wer ist der letzte? *Tippt ein Fräulein an den Ellbogen*
FRÄULEIN Lassen Sie mich in Frieden, ich stehe hinter diesem Subjekt hier!

Subjekt Für Sie bin ich kein Subjekt, sondern der König der Pfefferminzplätzchen!
Fenorow *im Falsett* Sieh mal an!
Fräulein Na Sie! Sachte, ja! Ich bin die Königin der Hundewolle.
Fenorow *im Baß* Das ist ja was!
Subjekt Meinetwegen sei Königin der Hundewolle, ich pfeif drauf!
Fräulein Pefferminzplätzchen! Daß ich nicht lache!
Subjekt Ach, du Hundewolle!
Zirkuseinlage: Prügelei in der Schlange. Die Königin der Hundewolle rechnet mit dem König der Pfefferminzplätzchen ab. Die anderen Amerikaner springen um sie herum und rufen: »Wetten? Er sie! Wetten? Sie ihn!«
In der Music Hall. Die Bühne und der Zuschauersaal. Die Saaltüren tun sich auf, und zerlumpte Amerikaner drängen herein, nehmen schubsend und lärmend ihre Plätze ein. Als jeder auf seinem Platz sitzt, erstarren alle, und tiefe Stille tritt ein. Auf die Bühne kommt der amerikanische Conférencier.
Conférencier Ladies und Gentlemen! Als echte Amerikaner wissen wir, wie man die Zeit verbringt. Wir haben uns alle zusammengefunden, um uns ein bißchen zu amüsieren. Nur, wie euch verdammte Bande zum Lachen bringen? Ihr kaut euern Tabak und eure Gummis und verzieht keine Miene. Seid einfach nicht zum Lachen zu bringen!
Die Amerikaner Ü-ü-üh! Ü-ü-üh! Wir wollen lachen!
Conférencier Und wie macht man das? Weiß ich's?
Die Amerikaner *kläglich* Ü-ü-üh!
Conférencier Soll ich euch Fratzen schneiden?
Die Amerikaner Ja, ja!
Der Conférencier schneidet eine Fratze.

DIE AMERIKANER *lachen laut* Ha, ha, ha! Toll, umwerfend! Ho, ho, ho!
CONFÉRENCIER Reicht's?
DIE AMERIKANER Mehr! Mehr!
CONFÉRENCIER Nein, Schluß damit! Und nun spielt das Jazz-Orchester unter Leitung von Mister Woodlake ...
AMERIKANER *klatschen* Bravo! Bravo! Hurra! Hurra!
CONFÉRENCIER ... unter Mitwirkung seiner Gattin, der Baronesse von der Klucken, sowie ihrer Kinder!
Beifall. Conférencier ab. Vorhang.
Fenorows Stimme aus dem Zuschauersaal.
FENOROW Was soll denn das werden?
KÖNIG DER PFEFFERMINZPLÄTZCHEN *springt vom Platz auf* Leute, habt ihr gehört? Das ist doch wieder der!
KÖNIGIN DER HUNDEWOLLE Wieder macht dieses Pfefferminzplätzchen Krawall!
Der König setzt sich schnell wieder hin.
KÖNIGIN *drohend* Ich werde dich!
Der Vorhang öffnet sich von neuem.

(1934)

40.

(Meuterei)

»Trinken Sie Essig, meine Herren«, sagte Schujew.
Niemand antwortete.

»Meine Herren!« rief Schujew. »Ich empfehle Ihnen, Essig zu trinken!«

Aus dem Sessel erhob sich Makaronow und sagte: »Ich begrüße Schujews Gedanken. Laßt uns Essig trinken.«

Rastopjakin sagte: »Ich will aber keinen Essig trinken.«

Da trat Schweigen ein, und alle blickten zu Schujew. Schujew saß mit steinerner Miene. Es war nicht zu erkennen, was er dachte.

Ein paar Minuten vergingen. Sutschkow hüstelte in die Hand. Rywin rieb sich den Mund. Kaltajew nestelte an der Krawatte. Makaronow wackelte mit Ohren und Nase. Doch Rastopjakin saß zurückgelehnt und blickte wie gelangweilt in den Kamin.

Es vergingen noch sieben oder acht Minuten.

Rywin stand auf und verließ auf Zehenspitzen den Raum.

Kaltajew blickte ihm nach.

Als sich die Tür hinter Rywin geschlossen hatte, sagte Schujew: »So. Der Meuterer ist draußen. Zum Teufel mit dem Meuterer!«

Alle tauschten verwunderte Blicke, doch Rastopjakin hob den Kopf und starrte Schujew ins Gesicht.

Schujew sagte streng: »Wer meutert, ist ein Lump!«

Sutschkow zuckte vorsichtig, unterm Tisch, die Achseln.

»Ich bin dafür, daß wir Essig trinken«, sagte Makaronow leise und sah Schujew abwartend an.

Rastopjakin bekam einen Schluckauf und errötete vor Verlegenheit wie ein Mädchen.

»Tod den Meuterern!« rief Sutschkow und fletschte die schwärzlichen Zähne.

(1934?)

Zeichnung zu dem Werk Wwedenskis »Ermordung des Beamten«. Dreißiger Jahre.

Über Erscheinungen und Existenzen
Nr. 1

Der Maler Michelangelo setzt sich auf einen Haufen Ziegelsteine, stützt den Kopf in die Hände und beginnt zu denken.

Da kommt ein Hahn des Wegs, bleibt stehen und blickt mit seinen runden goldgelben Augen den Maler Michelangelo an. Blickt unverwandt und zwinkert nicht.

Der Maler Michelangelo hebt den Kopf und sieht den Hahn. Der Hahn wendet die Augen nicht ab, zwinkert nicht und bewegt auch nicht den Schwanz.

Der Maler Michelangelo senkt die Augen und spürt, daß es ihm in den Augen beißt. Der Maler Michelangelo reibt sich die Augen. Nun aber steht der Hahn nicht mehr da, er steht nicht mehr, sondern geht, geht und geht hinter die Scheune zum Hühnerhof, zum Hühnerhof zu seinen Hühnern.

Der Maler Michelangelo erhebt sich von den Ziegelsteinen, schüttelt den roten Ziegelstaub von den Hosen, wirft den Gürtel ab und geht zu seiner Frau.

Die Frau des Malers Michelangelo aber ist lang, ganz lang, so lang wie zwei Stuben.

Unterwegs trifft der Maler Michelangelo Komarow, packt ihn am Arm und schreit: »Paß auf!«

Komarow paßt auf und sieht eine Kugel.

»Was ist das?« flüstert Komarow.

Vom Himmel donnert es: »Das ist eine Kugel.«

»Was für eine Kugel?« flüstert Komarow.

Vom Himmel wieder Donner: »Eine Kugel mit glatter Oberfläche.«

Komarow und der Maler Michelangelo setzen sich

ins Gras und sitzen im Gras wie Pilze. Sie halten sich bei den Händen und blicken zum Himmel.

Am Himmel aber erscheint ein riesiger Löffel. Was ist das? Niemand kennt es. Die Leute laufen davon und verkriechen sich in ihren Häusern. Sie verrammeln Türen und Fenster. Aber denkt ihr, das hilft? Ach wo! Es hilft nicht.

Ich erinnere mich, wie 1884 ein gewöhnlicher Komet von der Größe eines Dampfers am Himmel erschien. Es war entsetzlich. Doch hier nun ein Löffel! Was ist ein Komet gegen eine solche Erscheinung!

Fenster und Türen zu verrammeln!

Denkt ihr, das hilft? Vor himmlischen Erscheinungen schützt kein Brett.

In unserm Haus wohnt Nikolai Iwanowitsch Stupin, er hat eine Theorie, derzufolge alles Rauch ist. Ich aber meine, es ist nicht alles Rauch. Vielleicht gibt es gar keinen Rauch. Vielleicht gibt es gar nichts. Nur die Unterteilung. Oder gibt es vielleicht auch die Unterteilung nicht? Schwer zu sagen.

Es wird erzählt, ein berühmter Maler habe einst einen Hahn betrachtet. Er habe ihn betrachtet und betrachtet und sei zu dem Schluß gekommen, daß der Hahn nicht existiert.

Der Maler erzählte das seinem Freund, da hat sein Freund aber gelacht! Wie kann er, sagte er, nicht existieren, wenn er, sagte er, direkt vor meiner Nase steht und ich ihn, sagte er, deutlich sehe?

Aber da senkte der große Maler den Kopf, und so, wie er stand, setzte er sich auf einen Haufen Ziegelsteine.

Ende.

18. September 1934

42.

Über Erscheinungen und Existenzen Nr. 2

Da steht eine Flasche Wodka, eine sogenannte Spirituose. Daneben sehen Sie Nikolai Iwanowitsch Serpuchow.

Aus der Flasche steigen Spirituosendämpfe. Sehen Sie, wie Nikolai Iwanowitsch Serpuchow durch die Nase atmet? Das gefällt ihm sichtlich, vor allem weil es Spirituosendämpfe sind.

Nun aber achten Sie darauf, daß hinter Nikolai Iwanowitsch nichts ist. Nicht nur, daß dort kein Schrank, keine Kommode oder dergleichen ist, sondern absolut nichts, nicht einmal Luft. Ob Sie's glauben oder nicht, aber hinter Nikolai Iwanowitsch ist nicht einmal luftleerer Raum oder, wie man so sagt, Weltenäther. Offen gesagt – da ist überhaupt nichts.

So was will einem natürlich nicht in den Kopf.

Doch das soll uns den Buckel herunterrutschen, uns interessieren nur die Spirituose und Nikolai Iwanowitsch Serpuchow.

Nun nimmt Nikolai Iwanowitsch die Flasche mit der Spirituose und hält sie sich unter die Nase. Nikolai Iwanowitsch riecht an der Flasche und mümmelt wie ein Kaninchen.

Jetzt wird es zu sagen Zeit, daß nicht nur hinter Nikolai Iwanowitsch, sondern auch vor ihm, vor seiner Brust sozusagen, und überhaupt rings um ihn nichts ist. Das volle Abhandensein jeglichen Seins oder, wie einmal gescherzt wurde, das Vorhandensein jeglichen Abhandenseins.

Doch wir wollen uns nur für die Spirituose und Nikolai Iwanowitsch interessieren.

Stellen Sie sich vor, Nikolai Iwanowitsch lugt in die Flasche mit der Spirituose, dann hebt er sie an die Lippen, kippt sie hoch und trinkt, denken Sie nur, die ganze Flasche aus.

Gut, was? Nikolai Iwanowitsch trinkt die Spirituose aus und klappt die Augen auf und zu. Gut, was? Wie er das gemacht hat!

Wir aber müssen nun folgendes sagen: Eigentlich war nicht nur hinter Nikolai Iwanowitsch oder vor ihm und rings um ihn nichts, sondern auch in ihm, auch da existierte nichts.

So könnte es natürlich gewesen sein, wie wir eben sagten, doch Nikolai Iwanowitsch selbst hätte dabei wunderbar existieren können. Das stimmt allerdings. Aber offen gesagt, der Witz ist ja gerade der, daß Nikolai Iwanowitsch nicht existiert hat und nicht existiert. Das ist der Witz.

Sie werden fragen: »Und was ist aus der Flasche mit der Spirituose geworden? Insbesondere, wo ist die Spirituose geblieben, wenn der nichtexistierende Nikolai Iwanowitsch sie getrunken hat?« Die Flasche, sagen wir mal, ist noch da. Und wo ist die Spirituose? Eben war sie noch da, und jetzt ist sie weg. »Nikolai Iwanowitsch existiert ja nicht«, werden Sie sagen. »Wie kann das sein?«

Hier verlieren auch wir uns in Mutmaßungen.

Doch was reden wir eigentlich? Wir haben doch gesagt, daß sowohl innerhalb als auch außerhalb von Nikolai Iwanowitsch nichts existiert. Und da sowohl innerhalb als auch außerhalb von ihm nichts existiert, kann auch die Flasche nicht existieren, nicht wahr?

Doch andererseits, beachten Sie folgendes: Wenn wir sagen, daß sowohl innerhalb als auch außerhalb nichts existiert, erhebt sich die Frage: innerhalb und außerhalb wovon? Etwas existiert also doch? Oder aber auch nicht. Weshalb sprechen wir also von innerhalb und außerhalb?

Nein, das ist eindeutig eine Sackgasse. Und wir wissen selber nicht, was wir sagen sollen.

Auf Wiedersehen.

Ende.

18. September 1934

43.

(Das Sofa)

Ein Franzose bekam ein Sofa, vier Stühle und einen Sessel geschenkt.

Der Franzose setzte sich auf den Stuhl am Fenster, dabei wollte er lieber auf dem Sofa liegen.

Nun legte sich der Franzose aufs Sofa, wollte aber eigentlich lieber im Sessel sitzen.

Nun stand der Franzose vom Sofa auf und setzte sich wie ein König in den Sessel, aber schon arbeitete in ihm der Gedanke, daß es im Sessel ganz schön pompös sei. Lieber schlichter, auf einen Stuhl.

Nun setzte sich der Franzose auf den Stuhl am Fenster, aber es mißfiel dem Franzosen auf diesem Stuhl, weil es am Fenster irgendwie zog.

Der Franzose setzte sich auf den Stuhl am Ofen und fühlte, daß er erschöpft war.

Da beschloß der Franzose, sich aufs Sofa zu legen, um sich auszuruhen, aber kurz vor dem Sofa bog er ab und setzte sich in den Sessel.

»So, hier ist es schön!« sagte der Franzose, fügte aber sofort hinzu: »Aber auf dem Sofa wäre es bestimmt schöner.«

44.

(Der Ziegel)

Ein Herr von kleiner Gestalt, der einen Stein im Auge hatte, ging auf die Tür eines Tabakladens zu und blieb stehen. Seine schwarzen Lackschuhe blitzten vor der steinernen Türschwelle, ihre Spitzen wiesen ins Ladeninnere. Noch zwei Schritte, und der Herr wäre hinter der Tür verschwunden.

Doch aus irgendeinem Beweggrund zögerte er, so als hielte er dem Ziegel, der gerade vom Dach fiel, absichtlich den Kopf hin. Der Herr nahm sogar, seine Glatze entblößend, den Hut ab, und der Ziegel fiel ihm auf den bloßen Kopf, durchschlug die Schädeldecke und blieb im Gehirn stecken.

Doch der Herr fiel nicht um. Nein, er schwankte nur kurz nach dem furchtbaren Schlag, dann zog er das Taschentuch, wischte sich das Gesicht ab ... und sagte zu der Menschenmenge, die sich im Nu angesammelt hatte: »Keine Sorge, Herrschaften, ich bin schon geimpft. Sehen Sie, in meinem rechten Auge steckt ein Stein. Das war genau so ein Fall. Das bin ich gewöhnt. Jetzt ist mir alles schnurz!«

Der Herr setzte den Hut auf, ging und ließ die verdutzte Menge in ihrer tiefen Ratlosigkeit allein.

45.

Die Karriere
des Iwan Jakowlewitsch Antonow

Dies hat sich noch vor der Revolution zugetragen.

Eine Kaufmannsfrau gähnte, da flog ihr ein Kuckuck in den Mund. Der Kaufmann eilte auf den Hilferuf seiner Gattin herbei, erfaßte alles sofort und handelte auf die gescheiteste Art und Weise.

Seitdem stand er bei der ganzen Stadtbevölkerung in hohem Ansehen, und er wurde in den Senat gewählt.

Nach fast vier Jahren Dienst im Senat aber gähnte eines Abends der arme Kaufmann, und ein Kuckuck flog ihm in den Mund.

Auf seinen Hilferuf eilte die Kaufmannsfrau herbei und handelte auf die gescheiteste Art und Weise.

Der Ruhm von ihrer Gescheitheit verbreitete sich im ganzen Gouvernement, sie wurde in die Hauptstadt gefahren und dem Metropoliten vorgestellt.

Während er dem langen Bericht der Kaufmannsfrau zuhörte, gähnte der Metropolit, und ein Kuckuck flog ihm in den Mund.

Auf den lauten Hilferuf des Metropoliten eilte Iwan Jakowlewitsch Grigorjew herbei und handelte auf die gescheiteste Art und Weise.

Dafür wurde Iwan Jakowlewitsch Grigorjew in Iwan Jakowlewitsch Antonow umbenannt und dem Zaren vorgestellt.

Jetzt wissen wir endlich, wie Iwan Jakowlewitsch Antonow Karriere gemacht hat.

8. Januar 1935

46.

Wie hieß dieser Vogel doch gleich?

Ein Engländer konnte und konnte sich nicht mehr erinnern, wie dieser Vogel heißt.
»Es ist ein Kruckuck«, sagte er. »Ach nein, nicht Kruckuck – Kurckuck! Oder nein, nicht Kurckuck, sondern Kurickuck. Verdammt! Nicht Kurickuck – Kiruckuck. Quatsch, auch nicht Kiruckuck, sondern Kuruckuck.«
Soll ich Ihnen eine Geschichte erzählen von diesem Kruckuck? Das heißt, nicht Kruckuck – Kurckuck! Oder nein, nicht Kurckuck, sondern Kurickuck. Verdammt! Nicht Kurickuck – Kuruckuck. Quatsch, nicht Kuruckuck, sondern Kuruckruck! Nein, wieder verkehrt! Kurickiruck? Nein, nicht Kurickiruck! Kuruckiruck? Nein, auch verkehrt!
Ich habe vergessen, wie dieser Vogel heißt. Aber hätte ich es nicht vergessen, dann würde ich Ihnen eine Geschichte erzählen von diesem Kruckurckurickiruckuruckruck.

47.

Eine Geschichte

Abram Demjanowitsch Pantopassow schrie laut auf und preßte das Taschentuch an die Augen. Aber es war schon zu spät. Asche und feiner Staub waren in Abram Demjanowitschs Augen gedrungen. Von diesem Tag an schmerzten Abram Demjanowitschs Augen, bedeckten sich nach und nach mit scheußlichem Grind, und Abram Demjanowitsch erblindete.

Der blinde Invalide Abram Demjanowitsch wurde aus seiner Arbeitsstelle hinausgedrängt und mit einer Rente von 36 Rubeln im Monat abgespeist.

Ganz klar, mit solch einer erbärmlichen Summe kam Abram Demjanowitsch nicht aus. Das Kilo Brot kostete einen Rubel zehn und der Porree auf dem Markt 48 Kopeken.

So begann sich der Arbeitsinvalide an Müllgruben zu halten.

Schwierig für einen Blinden, unter Haufen von Schalen und Schmutz einen eßbaren Abfall zu finden.

Doch allein schon die Müllgrube auf einem fremden Hof zu finden hatte seine Schwierigkeiten. Denn sie sehen konnte er ja nicht, und zu fragen: Wo ist hier Ihre Müllgrube? – war irgendwie peinlich.

Blieb nur das Schnuppern.

Manche Müllgruben haben einen so starken Geruch, daß man sie eine Werst weit riecht, andere wieder, die zugedeckt sind, lassen sich überhaupt nicht ausfindig machen.

Schön, wenn einem ein gutmütiger Hauswart unterkommt, manch einer fängt dermaßen an zu schnauzen, daß einem jeglicher Appetit vergeht.

Einmal kletterte Abram Demjanowitsch in eine fremde Müllgrube und wurde von einer Ratte gebissen, da kletterte er wieder hinaus. An diesem Tag aß er dann auch nichts mehr.

Doch siehe da, eines Morgens sprang von Abram Demjanowitschs rechtem Auge etwas ab.

Abram Demjanowitsch rieb dieses Auge und sah plötzlich Licht. Dann sprang auch vom linken Auge etwas ab, und Abram Demjanowitsch konnte wieder sehen. Von diesem Tag an ging es mit Abram Demjanowitsch aufwärts.

Alle rissen sich um Abram Demjanowitsch.

Und das Volkskommissariat für Schwerindustrie erst! Es trug Abram Demjanowitsch schier auf Händen.

Und Abram Demjanowitsch wurde ein großer Mann.

8. Januar 1935

48.

Feiertag

Auf dem Dach eines Hauses saßen zwei technische Zeichner und aßen Buchweizengrütze.

Plötzlich jauchzte der eine und zog ein langes Schnupftuch aus der Tasche. Ihm war eine glänzende Idee gekommen – in das Tuch ein Zwanzigkopekenstück zu knüpfen, es übers Dach auf die Straße zu werfen und zu gucken, was daraus würde.

Der zweite technische Zeichner hatte die Idee des ersten sofort erfaßt, aß die Buchweizengrütze auf, schneuzte sich, leckte sich die Finger und sah den ersten technischen Zeichner erwartungsvoll an.

Doch die Aufmerksamkeit der beiden technischen Zeichner wurde von dem Versuch mit dem Schnupftuch und dem Zwanzigkopekenstück abgelenkt. Auf dem Dach, wo die beiden technischen Zeichner saßen, vollzog sich ein Ereignis, das nicht unbemerkt bleiben konnte.

Hauswart Ibrahim brachte am Schornstein einen langen Mast mit einer ausgeblichenen Fahne an.

Die technischen Zeichner fragten Ibrahim, was das bedeute, worauf Ibrahim sagte: »Das bedeutet, daß die Stadt heute einen Feiertag hat.« – »Was denn für einen Feiertag, Ibrahim?« fragten die technischen Zeichner.

»Na den, zu dem unser geliebter Dichter ein neues Poem gedichtet hat«, sagte Ibrahim.

Die beiden technischen Zeichner, beschämt über ihre Unwissenheit, lösten sich in Luft auf.

9. Januar 1935

49.

Zwischenfall auf der Straße

Eines Tages sprang ein Mann von der Straßenbahn ab und sprang so ungeschickt, daß er unter ein Auto geriet.

Der Straßenverkehr stand still, und ein Milizionär kam, um zu klären, wie sich dieser Unfall zugetragen hatte.

Der Fahrer erklärte etwas lang und breit und zeigte dabei mit dem Finger auf die Vorderräder des Autos.

Der Milizionär betastete diese Räder und notierte in seinem Büchlein den Namen der Straße.

Es hatte sich ein recht großer Menschenauflauf gebildet.

Ein Bürger mit trüben Augen drohte fortwährend von der Bordsteinkante zu kippen.

Eine Dame blickte sich fortwährend nach einer anderen Dame um, und diese blickte sich wieder nach ihr um.

Dann zerstreute sich der Menschenauflauf, und der Straßenverkehr kam wieder in Gang.

Noch lange drohte der Bürger mit den trüben Augen von der Bordsteinkante zu kippen, doch dann gab er es offenbar auf, einen festen Stand auf der Bordsteinkante zu finden, denn er legte sich einfach auf den Bürgersteig. In diesem Moment kam ein Mann mit einem Stuhl gelaufen, stolperte und fiel unter die Straßenbahn.

Wieder kam der Milizionär, wieder bildete sich ein Menschenauflauf und stand der Straßenverkehr still.

Und wieder drohte der Bürger mit den trüben Augen von der Bordsteinkante zu kippen.

Nun, aber dann wurde wieder alles gut, und selbst Iwan Semjonowitsch Karpow kehrte in der Imbißstube ein.

10. Januar 1935

50.

Die privaten Schwierigkeiten eines Musikers

Ich wurde Ungeheuer genannt.
Aber stimmt das denn?
Nein, es stimmt nicht. Beweise dafür anführen werde ich nicht.

Ich habe gehört, wie meine Frau am Telefon zu einem gewissen Michussja sagte, ich sei dumm.
Ich saß gerade unterm Bett und war nicht zu sehen.
Oh! Was habe ich in diesem Moment durchgemacht!
Ich wollte hervorspringen und rufen: »Nein, ich bin nicht dumm!«
Ich kann mir vorstellen, was da los gewesen wäre!

Wieder saß ich unterm Bett und war nicht zu sehen.
Dafür konnte ich sehen, was dieser Michussja mit meiner Frau machte.

Heute hat meine Frau diesen Michussja wieder empfangen.
Langsam muß ich denken, daß ich in den Augen meiner Frau in den Hintergrund trete.
Michussja wühlte sogar in den Fächern meines Schreibtischs.
Ich selbst saß unterm Bett und war nicht zu sehen.

Wieder saß ich unterm Bett und war nicht zu sehen.
Meine Frau und Michussja sprachen über mich in den unangenehmsten Tönen.
Ich konnte mich nicht zurückhalten und rief zu ihnen hinauf, das sei alles gelogen.

Nun ist es schon fünf Tage her, daß sie mich verprügelt haben, aber meine Knochen tun immer noch weh.

(1935)

51.

Unversehenes Besäufnis

Eines Tages schlug Antonina Alexejewna ihren Mann mit dem Dienststempel und schmierte ihm dabei Stempelfarbe an die Stirn.

Der schwer gekränkte Pjotr Leonidowitsch, Antonina Alexejewnas Mann, schloß sich im Badezimmer ein und machte niemandem auf.

Die Mieter der Gemeinschaftswohnung hatten aber ein starkes Bedürfnis, dorthin zu gelangen, wo Pjotr Leonidowitsch saß, und beschlossen, die Tür aufzubrechen.

Pjotr Leonidowitsch sah, daß seine Sache verloren war, kam aus dem Badezimmer heraus, ging in sein Zimmer und legte sich aufs Bett.

Aber Antonina Alexejewna trieb es, ihren Mann weiter zu verfolgen. Sie riß Papier in kleine Schnipsel und bestreute damit den auf dem Bett liegenden Pjotr Leonidowitsch.

Wutschnaubend stürzte Pjotr Leonidowitsch in den Korridor und riß dort die Tapete von den Wänden.

Da eilten die Mieter herbei, und als sie den unglücklichen Pjotr Leonidowitsch bei seinem Treiben sahen, fielen sie über ihn her und zerfetzten ihm die Weste.

Pjotr Leonidowitsch lief zur Verwaltung der Wohnungsgenossenschaft.

Unterdessen zog sich Antonina Alexejewna nackt aus und versteckte sich in der Truhe.

Nach zehn Minuten kam Pjotr Leonidowitsch wieder und brachte den Hausverwalter mit.

Da sie die Hausfrau nicht finden konnten, beschlossen der Hausverwalter und Pjotr Leonidowitsch, die Gelegenheit der freien Räumlichkeit wahrzunehmen und Wodka zu trinken. Pjotr Leonidowitsch machte sich auf die Beine, dieses Getränk an der Ecke zu holen.

Als Pjotr Leonidowitsch gegangen war, stieg Antonina Alexejewna aus der Truhe und stellte sich dem Hausverwalter nackt zur Schau.

Erschüttert sprang der Hausverwalter vom Stuhl auf und flüchtete zum Fenster, aber als er die mächtige Statur der jungen sechsundzwanzigjährigen Frau sah, ergriff ihn ein wildes Entzücken.

Da kam Pjotr Leonidowitsch mit einem Liter Wodka wieder.

Angesichts dessen, was sich in seinem Zimmer tat, runzelte Pjotr Leonidowitsch die Stirn.

Aber seine Frau Antonina Alexejewna zeigte ihm den Dienststempel, und er beruhigte sich wieder.

Antonina Alexejewna äußerte den Wunsch, an dem Besäufnis teilzunehmen, allerdings nur nackt und noch dazu auf dem Tisch sitzend, auf dem der Imbiß zum Wodka angeboten werden sollte.

Die Männer setzten sich auf Stühle, Antonina Alexejewna setzte sich auf den Tisch, und das Besäufnis begann.

Hygienisch kann man das nicht nennen, wenn eine nackte junge Frau auf dem Tisch sitzt, an dem gegessen wird. Obendrein aber war Antonina Alexejewna eine Frau von recht üppiger Statur und nicht besonders reinlich, so daß es überhaupt ein starkes Stück war.

Bald aber waren alle betrunken und schliefen ein: die Männer auf dem Fußboden und Antonina Alexejewna auf dem Tisch.

Und in die Gemeinschaftswohnung zog Stille ein.

22. Januar 1935

52.

Anton und Maria

An die Tür klopfte Anton Bobrow. Hinter der Tür, den Blick an die Wand geheftet, ein Mützchen auf dem Kopf, saß Maria. In ihrer Hand blitzte ein kaukasisches Messer, die Uhr zeigte Mittag. Maria, die die törichten Träume aufgegeben hatte, zählte ihre Tage und fühlte ein Schaudern im Herzen. Verwirrt, ohne auf sein Klopfen Antwort erhalten zu haben, blieb Anton Bobrow vor der Tür stehen. Hinter die Tür durchs Schlüsselloch zu lugen hinderte ihn ein Tuch. Die Uhr zeigte Mitternacht. Anton war mit einer Pistole erschossen, Maria von dem Messer durchbohrt worden. Auch schien die Lampe nicht mehr an die Decke.

26. Januar (1935)

53.

Adam und Eva
Vaudeville in vier Aufzügen
Preis 30 Rubel

Erster Aufzug

ANTON ISSAAKOWITSCH Ich möchte nicht mehr Anton sein, ich möchte Adam sein. Und du sei die Eva, Natascha!
NATALJA BORISSOWNA *sitzt auf einer Chalwakiste* Na sag mal, bist du übergeschnappt?
ANTON ISSAAKOWITSCH Von wegen übergeschnappt! Ich werde Adam und du wirst Eva sein!
NATALJA BORISSOWNA *blickt nach links und rechts* Ich verstehe gar nichts!
ANTON ISSAAKOWITSCH Es ist ganz leicht! Wir steigen auf den Schreibtisch, und wenn einer reinkommt, verbeugen wir uns und sagen: »Gestatten – Adam und Eva.«
NATALJA BORISSOWNA Du bist übergeschnappt! Übergeschnappt!
ANTON ISSAAKOWITSCH *steigt auf den Schreibtisch, zieht Natalja Borissowna am Arm* So, wir stellen uns hier auf, und wenn einer reinkommt, verbeugen wir uns.
NATALJA BORISSOWNA *steigt auf den Schreibtisch* Warum? Warum?
ANTON ISSAAKOWITSCH Da, hörst du, wie es zweimal läutet? Jemand will zu uns. Jetzt aufgepaßt. *Es wird an die Tür geklopft.* Herein!
Weißbrehm tritt ein.
ANTON ISSAAKOWITSCH UND NATALJA BORISSOWNA *verbeugen sich* Gestatten – Adam und Eva!
Weißbrehm fällt um wie vom Donner gerührt.
Vorhang

Zweiter Aufzug

Durch die Straße springen Menschen mit drei Beinen. Aus Moskau weht violetter Wind.
Vorhang

Dritter Aufzug

Adam Issaakowitsch und Eva Borissowna fliegen über Leningrad. Das Volk liegt auf den Knien und fleht um Erbarmen. Adam Issaakowitsch und Eva Borissowna lachen gutmütig.
Vorhang

Vierter und letzter Aufzug

Adam und Eva sitzen auf einer Birke und singen.
Vorhang

23. Februar 1935

54.

Ein grausamer Tod

Ein Mann, der Hunger hatte, saß am Tisch und aß Bu-
 letten.
Und vor ihm stand seine Gattin und sagte und sagte,
Die Buletten enthielten zuwenig Fleisch.
Er aber aß, aß, aß und aß, aß und aß, bis er
In der Magengegend tödliche Schwere verspürte.
Da schob er von sich das tückische Essen, zitterte,
 weinte.
Seine goldene Uhr in der Tasche hörte zu ticken auf;
sein Haar wurde immer heller und sein Blick sonnen-
 klar;
seine Ohren fielen zu Boden wie im Herbst von der
 Pappel die gelben Blätter.
Und es ereilte ihn jählings der Tod.

April 1935

Fabel

Ein Mann von kleinem Wuchs sagte: »Ich bin ja mit allem einverstanden, nur daß ich gern ein kleines bißchen größer wäre.«

Kaum hatte er das gesagt, sah er, wie eine Zauberin vor ihn hintrat.

»Was möchtest du?« fragte die Zauberin.

Aber der Mann von kleinem Wuchs stand da und konnte vor Schreck nichts sagen.

»Nun?« sagte die Zauberin.

Aber der Mann von kleinem Wuchs stand da und schwieg. Die Zauberin verschwand.

Da begann der Mann von kleinem Wuchs zu weinen und an den Nägeln zu nagen. Erst nagte er die Nägel an den Händen ab, dann die an den Füßen.

Leser, vertief dich in diese Fabel, und du raufst dir das Haar.

1935

56.

Über das Drama

LOSCHKIN *kommt in den Saal gehumpelt* Kollegen! Hört! Ein paar Worte nun zum Drama.
Alle nehmen den Hut ab und hören zu.
In einem Drama muß die Rechtfertigung des Dramas gegeben sein. Bei der Komödie ist das leicht, die Rechtfertigung ist hier das Gelächter. Schwieriger bei der Tragödie.
KUGEL Wenn ich ein Wort einflechten darf?
LOSCHKIN Aber bitte.
KUGEL Sie hoben hervor, daß ein für ein Prosawerk unzureichendes Thema hinreichend ist für ein Werk der Dichtung.
LOSCHKIN Ganz richtig! Wenn das Thema unzureichend ist, erhält das Werk seine Rechtfertigung durch die Verse. Das ist der Grund, warum in den Blütezeiten der dramatischen Kunst die Tragödien in Versen geschrieben wurden.
ALLE *im Chor* Ja, das Prosadrama ist die schwierigste Form des künstlerischen Schaffens.

28. September 1935

57.

Es war einmal ein Mann namens Kusnezow

Es war einmal ein Mann namens Kusnezow.

Er kam aus dem Haus und ging zum Laden Tischlerleim kaufen, um einen Schemel zu leimen.

Als Kusnezow an einem nicht fertiggestellten Haus vorbeikam, löste sich ein Ziegelstein vom Dach und fiel ihm auf den Kopf.

Kusnezow fiel um, sprang aber gleich wieder auf die Füße und betastete den Kopf. Sein Kopf hatte eine riesige Beule.

Kusnezow strich sich über die Beule und sagte: »Ich, Bürger Kusnezow, bin aus dem Haus gekommen und wollte zum Laden gehen, um ... um ... um ... Ach, was ist das nur! Ich habe vergessen, was ich im Laden wollte.«

In diesem Moment löste sich ein zweiter Ziegelstein vom Dach und fiel Kusnezow auf den Kopf.

»Ach!« rief Kusnezow, griff sich an den Kopf und fühlte dort eine zweite Beule.

»So eine Bescherung!« sagte Kusnezow. »Ich, Bürger Kusnezow, bin aus dem Haus gekommen und gehe zum ... gehe zum ... Wohin wollte ich gehen? Ich habe vergessen, wohin ich gehen wollte.«

Da fiel Kusnezow ein dritter Ziegelstein auf den Kopf, und Kusnezows Kopf bekam eine dritte Beule.

»Eijeijei!« rief Kusnezow und griff sich an den Kopf. »Ich, Bürger Kusnezow, bin aus ... bin aus ... bin aus dem Bierkeller gekommen? Nein. Aus dem Faß? Nein. Woher bin ich gekommen?«

Vom Dach löste sich ein vierter Ziegelstein, fiel Kusnezow auf den Hinterkopf, und Kusnezows Kopf bekam eine vierte Beule.

»Ist es die Möglichkeit!« sagte Kusnezow und rieb sich den Hinterkopf. »Ich ... ich ... ich ... Wer bin ich? Habe ich etwa vergessen, wie ich heiße? So eine Bescherung! Wie heiße ich denn? Wassili Petuchow? Nein. Nikolai Sapogow? Nein. Pantelej Ryssakow? Nein. Wer bin ich?«

Aber da löste sich ein fünfter Ziegelstein vom Dach und fiel Kusnezow mit solcher Wucht auf den Hinterkopf, daß Kusnezow endgültig alles auf der Welt vergaß und »o-ho-ho« schreiend die Straße entlanglief.

Bitte! Wer auf der Straße einem Mann mit fünf Beulen am Kopf begegnet, möge ihm sagen, daß er Kusnezow heißt und daß er Tischlerleim kaufen und einen kaputten Schemel reparieren wollte.

1. November 1935

58.

Eine gewisse Person rang die Hände vor Kummer und sagte: »Ich brauche Interesse am Leben, nicht Geld. Ich suche die Entzückung, nicht Wohlleben. Ich brauche keinen Mann, der reich ist, sondern ein Talent, einen Regisseur, Meyerhold!«

1935

59.

Das Schicksal einer Professorenfrau

Eines Tages hatte ein Professor etwas gegessen, nur nicht das Richtige, und mußte sich übergeben.

Kam seine Frau und fragte:

»Was hast du?«

Und der Professor sagte:

»Nichts.«

Seine Frau machte wieder kehrt.

Der Professor legte sich auf die Ottomane und ruhte sich aus, dann ging er zur Arbeit.

Hier empfing ihn eine Überraschung – sein Gehalt war gekürzt worden: statt 650 Rubel nur noch 500.

Der Professor wandte sich dahin und dorthin – nichts half. Der Professor wandte sich an den Direktor, doch der Direktor gab ihm einen Tritt in den Hintern. Der Professor wandte sich an den Buchhalter, doch der Buchhalter sagte:

»Wenden Sie sich an den Direktor.«

Der Professor stieg in den Zug und fuhr nach Moskau.

Auf der Fahrt holte sich der Professor eine Grippe. Er traf in Moskau ein, konnte aber nicht mehr aussteigen.

Der Professor wurde auf eine Trage gelegt und ins Krankenhaus gebracht.

Im Krankenhaus lag der Professor knappe vier Tage und starb.

Der Leichnam des Professors wurde im Krematorium verbrannt, seine Asche wurde in eine Büchse getan und seiner Frau geschickt.

Die Professorenfrau trank eben Kaffee. Da klingelte es. Nanu?

»Ein Päckchen für Sie.«

Die Professorenfrau war erfreut, strahlte übers ganze Gesicht, steckte dem Postboten einen halben Rubel zu und öffnete das Päckchen.

Sie schaute hinein, und was sah sie? Eine Büchse mit Asche und einen Zettel: »Das wär's, was von Ihrem Gatten übriggeblieben ist.«

Die Professorenfrau war ganz untröstlich, weinte zwei, drei Stunden und machte sich auf, die Büchse mit der Asche unter die Erde zu bringen. Sie schlug die Büchse in eine Zeitung und nahm sie mit in den Park »Erster Fünfjahrplan« am Taurischen Boulevard.

Die Professorenfrau suchte sich eine etwas stillere Allee aus und wollte gerade die Büchse vergraben, da kam der Wächter.

»He!« rief der Wächter. »Was machst du da?«

Die Professorenfrau erschrak und sagte: »Ja wissen Sie, ich wollte mit der Büchse Frösche fangen.«

»Na meinetwegen«, sagte der Wächter, »aber sieh dich vor: das Betreten des Rasens ist verboten.«

Als der Wächter fort war, vergrub die Professorenfrau die Büchse, trampelte die Erde fest und machte einen Bummel durch den Park.

Im Park aber wurde sie von einem Matrosen belästigt.

»Komm, los, wir wollen«, sagte der Matrose, »schlafen.«

Sie sagte:

»Wozu denn am Tage schlafen?«

Doch er blieb bei seinem Schlafen. Und in der Tat, die Professorenfrau hätte gern geschlafen.

Sie ging durch die Straßen, doch sie hätte lieber geschlafen. Ringsum hasteten Leute, lauter irgendwie blaue und grüne, doch sie hätte viel lieber geschlafen.

Da schlief sie denn im Gehen und träumte, Lew Tolstoi käme ihr mit einem Nachttopf entgegen. Sie fragt: »Was soll das?«

Er zeigt mit dem Finger auf den Topf und sagt:

»Da«, sagt er, »ich habe hier etwas gemacht und gehe es nun der ganzen Welt zeigen. Sollen alle«, sagt er, »ruhig schauen.«

Schaut die Professorenfrau auch und sieht, daß da nicht mehr Tolstoi, sondern eine Scheune ist und in dieser Scheune ein Huhn sitzt.

Die Professorenfrau versucht das Huhn zu fangen, aber das Huhn flüchtet unter die Couch und guckt nun von da als Kaninchen hervor.

Die Professorenfrau kriecht unter die Couch, um das Kaninchen zu fangen, und wacht auf.

Die Professorenfrau wachte auf, und was war? Tatsächlich lag sie unter der Couch.

Kroch die Professorenfrau unter der Couch vor und sah, daß sie zu Hause war. Richtig, da stand auch der Tisch mit dem restlichen Kaffee. Auf dem Tisch lag der Zettel: »Das wär's, was von Ihrem Gatten übriggeblieben ist.«

Weinte die Professorenfrau nochmals ein bißchen und setzte sich, den kalten Kaffee zu trinken.

Da klingelte es. Nanu?

Herein kamen fremde Personen und sagten:

»Kommen Sie.«

»Wohin?« fragte die Professorenfrau.

»Ins Irrenhaus«, wurde ihr geantwortet.

Die Professorenfrau fing an zu schreien und sich zu sträuben, doch sie wurde gepackt und ins Irrenhaus gebracht.

Nun sitzt die völlig normale Professorenfrau im Irrenhaus auf dem Bett, hält eine Angel in der Hand und angelt auf dem Fußboden unsichtbare Fische.

Diese Professorenfrau ist nur ein trauriges Beispiel dafür, wie viele Unglückliche es gibt, die nicht den Platz im Leben einnehmen, den sie verdienen.

21. August 1936

60.

Die Kassiererin

Einmal fand Mascha einen Pilz, pflückte ihn und trug ihn zum Markt. Auf dem Markt bekam Mascha eins über den Kopf, und ihr wurde angedroht, auch noch eins an die Beine zu kriegen. Mascha erschrak und lief weg.

Mascha lief in den Konsum und wollte sich hinter der Kasse verstecken. Doch der Konsumchef bemerkte Mascha und sagte: »Was hast du da in der Hand?« Mascha sagte: »Einen Pilz.« Der Chef sagte: »Na, na, du bist mir ja eine Schelmin. Möchtest du, daß ich dich anstelle?« Mascha sagte: »Das machst du ja doch nicht.« Der Chef sagte: »Und ob ich es mache!« Und er stellte Mascha an, die Kassenkurbel zu drehen.

Mascha drehte die Kassenkurbel, und plötzlich starb sie. Kam die Miliz, setzte ein Protokoll auf und verlangte vom Chef 15 Rubel Strafe.

Der Chef fragte: »Wofür die Strafe?«

Die Miliz sagte: »Für Mord.« Der Chef erschrak, entrichtete schleunigst die Strafe und sagte: »Schafft aber die tote Kassiererin weg.«

Aber der Verkäufer vom Obststand sagte: »Nein, das stimmt nicht, Kassiererin war sie nicht. Sie hat nur die Kassenkurbel gedreht. Da, dort sitzt die Kassiererin!« Die Miliz sagte: »Uns ist das egal. Wir haben Anweisung, die Kassiererin fortzuschaffen, also machen wir's auch.«

Ging die Miliz auf die Kassiererin zu. Die Kassiererin legte sich auf den Fußboden hinter die Kasse und sagte: »Ich komm nicht mit.« Die Miliz fragte: »Warum willst du nicht mitkommen, Dummchen?« Die Kassiererin sagte: »Ihr begrabt mich bei lebendigem Leibe.«

Die Miliz versuchte die Kassiererin hochzuheben und aufzustellen, schaffte es aber nicht, denn die Kassiererin war sehr dick.

»Faßt sie an die Beine«, sagte der Verkäufer vom Obststand.

»Nein«, sagte der Chef, »diese Kassiererin dient mir als Frau. Darum bitte ich, sie unten nicht zu entblößen.« Die Kassiererin sagte: »Habt ihr gehört? Erlaubt euch nicht, mich unten zu entblößen.«

Die Miliz faßte die Kassiererin unter die Achseln und schleifte sie hinaus.

Der Chef befahl den Verkäufern, das Geschäft aufzuräumen und mit dem Verkauf zu beginnen.

»Und was machen wir mit der Toten?« fragte der Verkäufer vom Obststand und zeigte auf Mascha.

»Du liebes bißchen«, sagte der Chef, »wir haben ja alles falsch gemacht! In der Tat, was machen wir mit der Toten?«

»Und wer soll an der Kasse sitzen?« fragte der Verkäufer vom Obststand. Der Chef griff sich an den Kopf. Er stieß die Äpfel auf dem Tisch mit dem Knie auseinander und sagte: »Da haben wir's, so was Blödes.«

»So was Blödes«, sagten die Verkäufer im Chor.

Plötzlich rieb sich der Chef den Schnurrbart und sagte: »Hä-hä! So leicht reinzulegen bin ich nicht. Wir setzen die Tote an die Kasse, vielleicht merken die Kunden nicht, wer da an der Kasse sitzt.«

Sie setzten die Tote an die Kasse, klemmten ihr eine Papirossa zwischen die Zähne, damit sie einen lebendigen Eindruck machte, und steckten ihr, um den Eindruck zu vervollkommnen, den Pilz in die Hand.

Nun saß die Tote an der Kasse, als ob sie lebendig wäre, nur daß ihr Gesicht ziemlich grün und das eine Auge auf, das andere zu war.

»Macht nichts«, sagte der Chef, »so geht es.«

Die Kunden klopften bereits an die Tür und regten sich auf: Warum hat der Konsum noch immer geschlossen? Eine Hausfrau in einem Seidenmanteau kreischte, schüttelte die Tasche und versuchte mit dem Absatz gegen die Türklinke zu treten. Hinter der Hausfrau gestikulierte ein Mütterchen, das einen Kissenbezug um den Kopf hatte, und schimpfte den Konsumchef einen Halunken.

Der Chef öffnete die Tür und ließ die Kunden ein. Alle liefen zuerst zum Fleischstand und dann dahin, wo es Zucker und Pfeffer gab. Nur das Mütterchen steuerte schnurstracks auf den Fischstand zu. Unterwegs aber traf sein Blick die Kassiererin, und es blieb stehen.

»Großer Gott«, sagte das Mütterchen, »der Himmel steh uns bei!«

Die Hausfrau im Seidenmanteau, die alle Stände schon durch hatte, hastete zur Kasse. Kaum aber fiel ihr Blick auf die Kassiererin, blieb sie stehen und stand, schaute und schwieg. Die Verkäufer schwiegen auch und blickten zum Chef. Der Chef lugte hinterm Regal vor und wartete, was weiter passierte.

Die Hausfrau im Seidenmanteau drehte sich zu den Verkäufern um und fragte:

»Und wer sitzt da an Ihrer Kasse?«

Doch die Verkäufer schwiegen, denn sie wußten nicht, was sie antworten sollten.

Der Chef schwieg auch.

Doch schon kam Volk von allen Seiten gelaufen. Schon hatte sich draußen ein Auflauf gebildet. Hauswarte stellten sich auf. Pfiffe gellten. Kurzum, ein richtiger Skandal.

Die Menge machte Miene, vor dem Konsum bis in die tiefe Nacht auszuharren. Aber jemand sagte, in der Laternengasse sei eine alte Frau aus dem Fenster gefallen. Da begann sich die Menge vor dem Konsum zu lichten, denn viele liefen über zur Laternengasse.

31. August 1936

61.

Vater und Tochter

Natascha hatte zwei Stücke Konfekt. Ein Stück aß sie, und so hatte sie nur noch eins. Natascha legte das Stück Konfekt vor sich auf den Tisch und begann zu weinen.

Und siehe da, plötzlich lagen wieder zwei Stücke Konfekt auf dem Tisch.

Natascha aß eins und begann wieder zu weinen.

Natascha weinte, dabei guckte sie mit einem Auge zum Tisch, ob sich nicht wieder ein zweites Stück Konfekt angefunden hatte. Doch es hatte sich kein zweites Stück Konfekt angefunden.

Natascha hörte auf zu weinen und begann zu singen. Sie sang und sang, und auf einmal starb sie.

Kam Nataschas Vater, nahm Natascha und trug sie zum Hausverwalter.

»Da«, sagte Nataschas Vater, »bitte bescheinigen Sie ihren Tod.«

Der Hausverwalter hauchte auf den Stempel und drückte ihn auf Nataschas Stirn.

»Danke«, sagte Nataschas Vater und trug Natascha zum Friedhof.

Auf dem Friedhof war der Wächter Matwej, er saß am Tor und ließ niemanden ein, daher mußten die Toten auf der Straße beerdigt werden.

Beerdigte der Vater Natascha auf der Straße, nahm die Mütze ab, legte sie an die Stelle, wo er Natascha beerdigt hatte, und ging nach Hause.

Kam der Vater nach Hause, doch Natascha saß schon zu Hause. Wie das? Na ganz einfach: Sie ist aus der Erde gekrochen und nach Hause gelaufen.

Porträts.
Dreißiger Jahre.

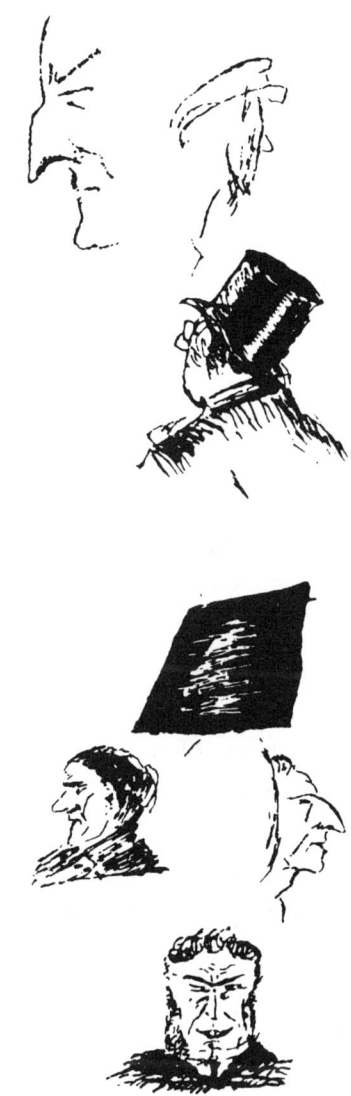

Nicht zu fassen! Der Vater war so schockiert, daß er umfiel und starb.

Rief Natascha den Hausverwalter und sagte:

»Bescheinigen Sie seinen Tod.«

Der Hausverwalter hauchte auf den Stempel und drückte ihn auf ein Blatt Papier, dann schrieb er auf dieses Papier:

»Hiermit wird bescheinigt, daß der und der wirklich gestorben ist.«

Nahm Natascha das Papier, trug es zum Friedhof, es dort zu beerdigen. Wächter Matwej sagte aber zu Natascha:

»Nichts da! Scher dich weg!«

Natascha sagte:

»Ich will doch nur dieses Papier beerdigen.«

Doch der Wächter sagte:

»Hör lieber zu bitten auf!«

Natascha beerdigte das Papier auf der Straße, legte an die Stelle, wo sie das Papier beerdigt hatte, ihre Socken und ging nach Hause.

Kam Natascha nach Hause, aber der Vater war schon zu Hause und spielte für sich allein an einem kleinen Billardtisch Billard.

Natascha wunderte sich, sagte aber nichts und ging auf ihr Zimmer, sich zu entwickeln.

Sie entwickelte und entwickelte sich, und nach vier Jahren hatte sie sich zu einem erwachsenen Fräulein entwickelt. Ihr Vater aber war alt und bucklig geworden. Doch sobald sich die beiden daran erinnerten, wie sie einander für tot gehalten hatten, warfen sie sich aufs Sofa und lachten. Manchmal lachten sie an die zwanzig Minuten.

Wenn aber die Nachbarn ihr Lachen hörten, zogen

sie sich hastig an und gingen ins Kino. Einmal gingen sie wieder ins Kino und kamen nicht mehr zurück. Sie waren wohl überfahren worden.

1. September 1936

62.

Die neuen Bergsteiger

Bibikow kletterte auf den Berg, dachte nach und fiel den Berg hinunter. Tschetschenen hoben Bibikow auf und stellten ihn wieder auf den Berg. Bibikow bedankte sich bei den Tschetschenen und fiel wieder den Berg hinunter. Weg war er.

Jetzt erklomm Augenapfel den Berg, blickte durchs Fernglas und sah einen Reiter.

»He!« rief Augenapfel. »Ist hier nicht irgendwo eine Schenke?«

Der Reiter verschwand hinter einem Berg, erschien wieder bei einem Gebüsch, verschwand hinter dem Gebüsch, erschien wieder im Tal, verschwand am Fuß des Berges, erschien wieder am Berghang und kam zu Augenapfel herauf.

»Wo ist hier die nächste Schenke?« fragte Augenapfel.

Der Reiter deutete sich auf Ohren und Mund.

»Was denn, bist du taubstumm?« fragte Augenapfel.

Der Reiter kratzte sich im Nacken und deutete sich auf den Bauch.

»Was soll das?« fragte Augenapfel.

Der Reiter holte einen hölzernen Apfel aus der Tasche und biß ihn zur Hälfte durch.

Da erschrak Augenapfel und ging rückwärts.

Der Reiter zog einen Stiefel aus und schrie aus Leibeskräften:

»Chaa-gallai!«

Augenapfel machte einen Sprung zur Seite und fiel den Berg hinunter.

In diesem Moment kam Bibikow, der vor Augenapfel zweimal den Berg hinuntergefallen war, zur Besinnung und begann den Berg auf allen vieren hinaufzuklettern. Plötzlich bemerkte er, daß ihm jemand von oben entgegenfiel. Er kroch zur Seite, schaute von dort und sah einen Herrn in karierter Hose neben sich liegen. Bibikow setzte sich auf einen Stein und wartete.

Der Herr in der karierten Hose lag vier Stunden, ohne sich zu rühren, dann hob er den Kopf und fragte:

»Wem gehört die Schenke?«

»Was für eine Schenke? Hier ist keine Schenke«, antwortete Bibikow.

»Und wer sind Sie?« fragte der Herr in der karierten Hose.

»Bergsteiger Bibikow. Und Sie?«

»Bergsteiger Augenapfel.«

Auf diese Weise haben sich Bibikow und Augenapfel kennengelernt.

1.–2. September 1936

63.

Tod eines alten Väterchens

Aus der Nase eines alten Väterchens sprang eine kleine Kugel und fiel zu Boden. Das alte Väterchen bückte sich, um die Kugel aufzuheben, da sprang ein kleines Stäbchen aus seinen Augen und fiel auch zu Boden. Das alte Väterchen erschrak, wußte nicht, was es tun sollte, und bewegte die Lippen. In diesem Moment sprang aus dem Mund des alten Väterchens ein kleines Quadrat. Das alte Väterchen faßte sich an den Mund, aber da sprang aus seinem Ärmel eine kleine Maus. Dem alten Väterchen wurde vor Schreck schlecht, und um nicht umzufallen, kauerte es sich hin. Doch da knackte etwas im Innern des alten Väterchens, und das alte Väterchen sackte wie eine weiche Plüschjacke um. Da schnellte aus dem Hosenschlitz des alten Väterchens eine lange, lange Rute, und auf der äußersten Spitze dieser Rute saß ein zierliches Vöglein. Das alte Väterchen wollte schreien, aber seine Kiefer hatten sich verkrampft, und statt des Schreis entrang sich ihm nur ein schwacher Schluckauf, und da schloß es ein Auge. Das andere Auge des alten Väterchens blieb offen, hörte aber auf, sich zu bewegen und zu blitzen, stand schließlich reglos und trüb wie bei einem Toten. So hatte der heimtückische Tod ein altes Väterchen ereilt, das seine Stunde nicht kannte.

(1936?)

64.

Vorfall mit meiner Frau

Bei meiner Frau haben mal wieder die Beine verrücktgespielt. Sie wollte sich in den Sessel setzen, aber die Beine trugen sie zum Schrank und dann sogar weiter in den Korridor, dort setzten sie sie auf eine Kiste. Meine Frau riß sich zusammen, stand auf und bewegte sich aufs Zimmer zu, aber die Beine spielten wieder verrückt und trugen sie an der Tür vorbei. »Verdammt noch mal!« sagte meine Frau und stemmte den Kopf gegen das Stehpult. Aber ihre Beine spielten weiter verrückt und zerschlugen sogar eine Glasschüssel, die in der Diele auf dem Fußboden stand.

Schließlich kam meine Frau in ihrem Sessel zum Sitzen.

»Bitte, da bin ich«, sagte meine Frau, strahlte breit und zog sich Holzspäne aus der Nase, die dort hineingeraten waren.

(1936–38)

65.

Über unsere Gäste

Unsere Gäste sind alle verschieden: Einer zum Beispiel hat eine Backe, wie man sie sich nicht schlimmer vorstellen kann. Und dann kommt immer eine Dame, die sieht vielleicht aus, lächerlich, überhaupt zu sagen wonach. Und es kommt auch ein Dichter: ganz behaart und immer über sonstwas aufgebracht. Umwerfend! Und ein Ingenieur kommt, der hat mal in unserm Tee irgendein Zeug gefunden. Und wenn unsere Gäste zu lange bleiben, werfe ich sie einfach raus. Damit hat sich's.

66.

(Wettlauf)

»Makarow! Warte!« rief Sampsonow, doch Makarow lief und lief und scherte sich nicht um Sampsonows Rufe. Schon ging ihm die Luft aus, schon hämmerte es in seiner Brust, doch er lief und lief, schwenkte die Fäuste und rang mit weit geöffnetem Mund nach Luft.

Wie sehr sich Makarow auch anstrengte, schnell lief er nicht; er stolperte alle naselang und stützte sich an allem, was ihm in den Weg kam, mit den Händen ab. Als er an einer Silberweide vorbeilief, verhakte sich ein Ast in seiner Tasche, und er blieb stehen.

Jetzt lief Sampsonow. Sampsonow lief leicht und locker, die Fäuste in die Hüften gestemmt. Auf seinem Gesicht lag ein seliges Lächeln, das Laufen machte ihm sichtlich Spaß.

»He, Makarow! Gleich hole ich dich ein!« rief Sampsonow, doch bei diesen Worten stolperte er über einen Huckel und fiel hin.

Jetzt lief wieder Makarow. Makarow lief in den Wald. Erst blinkte er zwischen den Wacholdern, dann zeigte sich sein Kopf über der Kiefernschonung, und dann geriet er ganz außer Sicht.

Sampsonow holte ein geschwungenes schwarzes Pfeifchen mit Metalldeckel und einen Tabakbeutel aus Gummi aus der Tasche, stopfte die Pfeife, steckte sie an, setzte sich auf einen Baumstumpf und stieß eine blaue Wolke Tabakrauch aus.

1937

67.

(Grigorjew und Semjonow)

GRIGORJEW *haut Semjonow eine runter* So, damit nun hätten wir Winter. Zeit, die Öfen zu heizen. Oder was meinen Sie?

SEMJONOW Ich meine, wenn ich Ihre Bemerkung ernst nehme, ist es wohl wirklich Zeit, die Öfen zu heizen.

GRIGORJEW *haut Semjonow eine runter* Und was meinen Sie, wie wird der Winter dieses Jahr sein, kalt oder warm?

SEMJONOW Zieht man in Betracht, daß der Sommer regnerisch war, so wird es wahrscheinlich ein kalter Winter. Auf einen regnerischen Sommer folgt immer ein kalter Winter.

GRIGORJEW *haut Semjonow eine runter* Aber mir, wissen Sie, ist nie kalt.

SEMJONOW Sie sagen völlig zu Recht, daß Ihnen nie kalt ist, Sie haben solch eine Natur.

GRIGORJEW *haut Semjonow eine runter* Ich friere nicht.

SEMJONOW Au!

GRIGORJEW *haut Semjonow eine runter* Was heißt au?

SEMJONOW *hält sich die Backe* Au! Mir tut das Gesicht weh!

GRIGORJEW Wieso tut es weh? *Bei diesen Worten, batsch, haut er Semjonow wieder eine runter.*

SEMJONOW *fällt auf den Stuhl* Au! Weiß ich selber nicht.

GRIGORJEW *tritt Semjonow ins Gesicht* Mir tut nichts weh.

SEMJONOW Hundesohn! Mich ständig zu prügeln! Ich werde dir helfen! *Versucht aufzustehen.*

GRIGORJEW *haut Semjonow eine runter* Auf solch einen Helfer habe ich gewartet.

SEMJONOW *fällt auf den Rücken* Räudiges Aas!
GRIGORJEW Na du, vergreif dich nicht in deinen Ausdrücken.
SEMJONOW *versucht aufzustehen* Mein Lieber, ich habe es lange ertragen. Jetzt reicht es. Im guten geht es mit dir wohl nicht. Du hast es dir selber zuzuschreiben, mein Lieber.
GRIGORJEW *tritt Semjonow mit dem Absatz ins Gesicht* Sprich dich aus! Ich höre.
SEMJONOW *fällt auf den Rücken* Au! Oh!

68.

Der Milchzahn

Bei einem kleinen Mädchen begann ein Milchzahn zu faulen. Es wurde beschlossen, das kleine Mädchen zum Zahnarzt zu bringen und den Milchzahn ziehen zu lassen.

Eines Tages nun stand dieses kleine Mädchen in einer Redaktion, stand zusammengekrümmt bei einem Schrank.

Eine Redakteurin fragte das kleine Mädchen, warum es so krumm stehe, und das kleine Mädchen antwortete, es stehe so krumm, weil es Angst habe, sich den Milchzahn ziehen zu lassen, denn sicherlich würde das weh tun. Da fragte die Redakteurin:

»Hast du große Angst, wenn dir mit einer Nadel in die Hand gestochen wird?«

Das kleine Mädchen antwortete:

»Nein.«

Die Redakteurin stach das kleine Mädchen mit einer Nadel in die Hand und sagte, den Milchzahn ziehen zu lassen würde nicht mehr weh tun als dieser Stich. Das kleine Mädchen glaubte ihr und ließ sich den kranken Milchzahn ziehen.

Die Einfallsgabe dieser Redakteurin ist nicht genug zu loben.

6. Januar 1937

69.

(Meine Ansicht)

1. Meine Ansicht über Reisen ist kurz und bündig. Wenn du verreist, reise nicht zu weit, denn sonst kannst du was erleben, was du nie mehr vergißt. Und ein Mensch, dem etwas zu fest im Gedächtnis sitzt, verliert zuerst seine Seelenruhe, und dann wird es ihm vollends schwer, guten Mutes zu bleiben.

2. Ein Beispiel: Ein Uhrmachermeister, der Genosse Badajew, konnte einen bestimmten Satz nicht vergessen, den er einmal gehört hatte: »Wäre der Himmel gekrümmt, so würde er davon nicht niedriger sein.« Diesen Satz konnte der Genosse Badajew einfach nicht fassen, er ärgerte sich über ihn, fand ihn unvernünftig, schlichtweg unsinnig, ja sogar schädlich, enthielt er doch eine These, die eindeutig falsch war (der Genosse Badajew fühlte, daß jemand, der etwas von Physik verstand, zu dem Punkt »Himmelshöhe« einiges zu sagen und an dem Ausdruck »der Himmel ist gekrümmt« einiges auszusetzen hätte. Der Genosse Badajew wußte, daß zum Beispiel Perelman diesen Satz in Fetzen reißen würde wie ein Welpe einen Hauspantoffel) und sich eindeutig feindlich stellte zum normalen europäischen Denken. Sollte die These in diesem Satz indes richtig sein, so wäre sie zu nichtig und unbedeutend, um überhaupt Erwähnung zu finden. Man hätte diesen Satz, nachdem man ihn nun einmal gehört hatte, wenigstens sofort vergessen sollen. Aber gerade das war nicht geschehen. Genosse Badajew mußte ständig an diesen Satz denken und litt darunter schwer.

3. Für den Menschen ist es gut, nur das zu wissen, was

ihm zukommt. Als Beispiel kann ich folgenden Fall anführen: Ein Mann wußte etwas mehr, und ein anderer Mann wußte etwas weniger, als ihnen zukam. Und was war? Der etwas weniger wußte, wurde reich, und der etwas mehr wußte, brachte sein ganzes Leben lediglich in Wohlstand zu.

4. Seit uralten Zeiten denken die Menschen darüber nach, was Klugheit und was Dummheit ist. Dazu fällt mir folgendes ein: Als meine Tante mir einen Schreibtisch schenkte, sagte ich zu mir: »Nun denn, jetzt setze ich mich an diesen Tisch, und das erste, was ich an diesem Tisch verfasse, soll ein besonders kluger Gedanke sein.« Aber ich konnte keinen besonders klugen Gedanken verfassen. Da sagte ich zu mir: »Na gut. Da es mir nicht gelungen ist, einen besonders klugen Gedanken zu verfassen, werde ich einen besonders dummen verfassen.« Aber ich konnte auch keinen besonders dummen Gedanken verfassen.

5. Alles Äußerste ist schwer zu machen. Die mittleren Teile lassen sich leichter machen. Das Zentrum erfordert überhaupt keine Mühe. Das Zentrum ist Gleichgewicht. Dort findet keinerlei Kampf statt.

6. Soll man aus dem Gleichgewicht kommen?

7. Bist du auf Reisen, so gib dich keinen Träumen hin, sondern laß die Phantasie spielen und achte auf alles, auch auf Kleinigkeiten.

8. Wenn du auf einem Platz sitzt, halte die Beine still.

9. Jede Weisheit ist schön, sobald sie von jemandem verstanden wird. Eine unverstandene Weisheit kann einstauben.

7. Januar 1937

70.

Allseitige Untersuchung

JERMOLAJEW Ich war bei Blinow, er zeigte mir, wie stark er ist. So etwas habe ich noch nicht erlebt. Die Kraft eines Tieres! Mir wurde angst und bange. Blinow hob den Schreibtisch hoch, holte aus und schleuderte ihn vier Meter weit.

ARZT Man sollte dieses Phänomen untersuchen. Der Wissenschaft sind solche Fakten nicht neu, nur ihre Ursachen unerklärlich. Wo solche Muskelkraft herkommt, kann sie bisher noch nicht sagen. Machen Sie mich mit Blinow bekannt, ich werde ihm die Untersuchungspille geben.

JERMOLAJEW Was ist das für eine Pille, die Sie Blinow geben wollen?

ARZT Wieso Pille? Ich will ihm keine Pille geben.

JERMOLAJEW Sie haben doch eben gesagt, Sie wollten ihm eine Pille geben.

ARZT Nein, nein, Sie irren sich. Ich habe von keiner Pille gesprochen.

JERMOLAJEW Entschuldigen Sie mal, ich habe doch gehört, wie Sie von einer Pille sprachen.

ARZT Nein.

JERMOLAJEW Was heißt nein?

ARZT Ich habe nicht gesprochen!

JERMOLAJEW Wer hat nicht gesprochen?

ARZT Sie haben nicht gesprochen.

JERMOLAJEW Was habe ich nicht gesprochen?

ARZT Sie haben meines Erachtens nicht zu Ende gesprochen.

JERMOLAJEW Ich verstehe überhaupt nichts mehr. Was habe ich nicht zu Ende gesprochen?

Arzt Ihre Sprechweise ist ganz typisch. Sie verschlukken Wörter, sprechen einen Gedanken nicht zu Ende, haspeln und stottern.

Jermolajew Wann habe ich gestottert? Ich spreche recht fließend.

Arzt Das ist ja gerade Ihr Irrtum. Sehen Sie? Vor Verkrampfung kriegen Sie schon rote Flecke. Sind Ihre Hände noch nicht kalt?

Jermolajew Nein. Warum?

Arzt Nur so, eine Vermutung. Mir scheint, Sie haben bereits Atemnot. Setzen Sie sich, sonst fallen Sie mir noch um. Na also. Jetzt können Sie sich ausruhen.

Jermolajew Aber wozu denn das?

Arzt Belasten Sie nicht Ihre Stimmbänder. Ich will versuchen, Ihnen Ihr Los zu erleichtern.

Jermolajew Doktor! Sie machen mir angst.

Arzt Lieber Freund! Ich will Ihnen helfen. Hier, nehmen sie dies. Herunterschlucken!

Jermolajew Oh! Pfui! So süß, widerlich! Was war denn das?

Arzt Nichts, nichts. Beruhigen Sie sich. Ein sicheres Mittel.

Jermolajew Mir ist so heiß, und alles kommt mir grün vor.

Arzt Ja, ja, ja, lieber Freund, jetzt werden Sie sterben.

Jermolajew Was sagen Sie da? Doktor! Ach, oh, ich kann nicht mehr! Doktor! Was haben Sie mir gegeben? Ach, oh, Doktor!

Arzt Sie haben die Untersuchungspille geschluckt.

Jermolajew Hilfe! Ach, oh! Hilfe! Ach, oh! Lassen Sie mich atmen! Ach, oh! Hil... Atmen.

Arzt Nun sagt er nichts mehr. Und atmet nicht mehr. Demnach ist er schon tot. Er ist gestorben, ohne auf

Erden eine Antwort auf seine Fragen gefunden zu haben. Ja, wir Ärzte müssen das Phänomen des Todes allseitig untersuchen.

21. Juni 1937

71.

Frage

»Gibt es etwas auf Erden, was Bedeutung hätte und sogar den Gang der Ereignisse nicht nur auf Erden, auch in anderen Welten ändern könnte?« fragte ich meinen Lehrer.

»Ja, das gibt es«, antwortete mir mein Lehrer.

»Und was ist es?« fragte ich.

»Es ist ...«, begann mein Lehrer und verstummte.

Ich stand und wartete gespannt auf seine Antwort. Aber er schwieg.

Auch ich stand und schwieg.

Auch er schwieg.

Auch ich stand und schwieg.

Auch er schwieg.

Wir standen beide und schwiegen.

Hollahi!

Wir stehen beide und schweigen!

Hollaho!

Ja, ja, wir stehen beide und schweigen!

16.–17. Juli 1937

72.

Passacaglia Nr. 1

Stilles Wasser schaukelte zu meinen Füßen.

Ich blickte ins dunkle Wasser und sah den Himmel.

Hier, an dieser Stelle, wird mir Ligudim die Formel für die Struktur nichtexistierender Dinge sagen.

Bis fünf Uhr werde ich warten, und wenn Ligudim bis dahin nicht zwischen den Bäumen in Sicht gekommen ist, gehe ich. Dieses Warten wird allmählich kränkend. Ich stehe nun schon zweieinhalb Stunden hier, und das stille Wasser schaukelt zu meinen Füßen.

Ich tauchte den Stock ins Wasser. Plötzlich packte jemand unter Wasser den Stock und zog. Ich ließ den Stock los, und er verschwand im Wasser mit einer Geschwindigkeit, daß es pfiff.

Verdutzt und erschrocken stand ich am Wasser.

Ligudim erschien um Punkt fünf. Es war Punkt fünf, weil am anderen Ufer der Zug kam. Jeden Tag um Punkt fünf brauste er an dem Häuschen vorbei.

Ligudim fragte mich, warum ich so bleich sei. Ich sagte es ihm. Vier Minuten vergingen, Ligudim blickte ins dunkle Wasser. Dann sagte er: »Dafür gibt es keine Formel. Mit solchen Dingen kann man Kinder erschrecken, uns interessiert so was nicht. Wir sind keine Sammler phantastischer Stoffe. Unserem Herzen sind nur die sinnlosen Dinge lieb. Volksdichtungen und E. T. A. Hoffmann verabscheuen wir. Zwischen uns und solch rätselhaften Fällen steht ein dichter Zaun.«

Ligudim wandte den Kopf umher und wich rückwärts aus meinem Blickfeld.

10. November 1937

73.

Ein Dreckskerl

Senka gab Fedka eine Maulschelle und versteckte sich unter der Kommode.

Fedka zerrte Senka mit dem Schürhaken unter der Kommode hervor und riß ihm das rechte Ohr ab.

Senka entwand sich Fedka und lief mit dem abgerissenen Ohr zu den Nachbarn.

Aber Fedka holte Senka ein und schlug ihm die Zuckerdose auf den Kopf.

Senka fiel um und starb wohl.

Da packte Fedka seine Sachen in einen Koffer und reiste nach Wladiwostok.

In Wladiwostok wurde Fedka Schneider; im Grunde genommen wurde er kein richtiger Schneider, denn er nähte nur Damenwäsche, vorwiegend Unterhosen und Büstenhalter. Die Damen genierten sich nicht vor Fedka, hoben vor seinen Augen die Röcke, und Fedka nahm bei ihnen Maß.

Fedka hatte fürwahr viel gesehen.

Fedka war ein Dreckskerl.

Fedka war Senkas Mörder.

Fedka war ein Lüstling.

Fedka war ein Freßsack, denn jeden Abend fraß er zwölf Buletten. Davon bekam er einen so dicken Bauch, daß er sich ein Korsett machte und es fortan trug.

Fedka war ein skrupelloser Mensch: Er nahm Kindern, die ihm über den Weg liefen, ihr Geld weg, stellte alten Männern ein Bein und erschreckte alte Frauen, indem er nach ihnen ausholte und, wenn sie erschrocken zurückfuhren, so tat, als hätte er nur die Hand gehoben, um sich den Kopf zu kratzen.

Es endete damit, daß Nikolai zu Fedka ging, ihm eine Maulschelle gab und sich unterm Schrank versteckte.

Fedka zerrte Nikolai mit dem Schürhaken unterm Schrank hervor und riß ihm die Mundwinkel auf.

Nikolai lief mit zerrissenem Mund zu den Nachbarn, aber Fedka holte ihn ein und schlug ihn mit dem Bierglas. Nikolai fiel um und starb.

Und Fedka packte seine Sachen und reiste aus Wladiwostok fort.

21. November 1937

74.

Wenn der Schlaf den Menschen flieht und der Mensch im Bett liegt, die Beine töricht ausgestreckt, und neben ihm auf dem Nachttisch die Uhr tickt und der Schlaf die Uhr flieht, dann meint der Mensch, ein riesiges schwarzes Fenster öffne sich vor ihm und zu diesem Fenster hinaus fliege seine feine, graue menschliche Seele, sein lebloser Körper aber, die Beine töricht ausgestreckt, bleibe im Bett liegen und die Uhr singe mit ihrem leisen Laut: »Wieder ist ein Mensch entschlafen«, und das riesige und ganz und gar schwarze Fenster klappe zu.

Ein Mann namens Oknow lag im Bett, die Beine töricht ausgestreckt, und versuchte einzuschlafen. Aber der Schlaf floh Oknow. Oknow lag mit offenen Augen, und furchtbare Gedanken tickten in seinem menschlichen Kopf.

8. März 1938. Ausgedacht am 5. März.

75.

Das Heft

Ich habe eine Backpfeife gekriegt.

Ich saß am Fenster. Plötzlich gellte draußen ein Pfiff. Ich steckte den Kopf aus dem Fenster und kriegte eine Backpfeife.

Ich zog mich ins Haus zurück. Meine Backe brannte von der, wie man früher sagte, ungetilgten Schmach.

Ein solcher Beleidigungsschmerz wurde mir vorher nur einmal zugefügt. Das kam so. Eine schöne Dame, die illegitime Tochter eines Königs, schenkte mir ein vornehmes Heft.

Das war für mich ein richtiges Fest: so schön war das Heft! Ich setzte mich und schrieb Gedichte hinein. Als aber die Dame, die illegitime Tochter eines Königs, sah, daß ich Entwürfe schrieb, sagte sie:

»Hätte ich gewußt, daß Sie Ihre unbegabten Entwürfe hineinschreiben, nie und nimmer hätte ich Ihnen dieses Heft geschenkt. Ich dachte, Sie würden es dazu verwenden, kluge und erbauliche Sätze aus verschiedenen Büchern abzuschreiben.«

Ich riß die beschriebenen Seiten heraus und gab das Heft der Dame zurück.

Und jetzt, als ich am Fenster die Backpfeife gekriegt hatte, überkam mich ein mir bekanntes Gefühl. Es war das gleiche Gefühl, das ich hatte, als ich der schönen Dame das vornehme Heft zurückgab.

12. Oktober 1938

76.

Ich werde Kapuzineraffe genannt. Dafür werde ich jedem, wie er's verdient, die Ohren abreißen, aber einstweilen läßt mir der Ruhm von Jean-Jacques Rousseau keine Ruhe. Warum hat Rousseau alles gewußt? Wie man Kinder windelt und wie man Fräuleins verheiratet! So gut möchte ich auch alles wissen. Ich weiß zwar schon alles, nur bin ich mir meines Wissens nicht sicher. Was Kinder angeht, so weiß ich genau, daß man sie nicht windeln, sondern vernichten sollte. Zu diesem Zweck würde ich in der Stadt eine Zentralgrube ausheben und die Kinder in diese Grube hineinwerfen. Damit aus der Grube kein Verwesungsgestank dringt, könnte man einmal die Woche ungelöschten Kalk drüberschütten. Auch alle Deutschen Schäferhunde würde ich in diese Grube stoßen. Und nun, wie man Fräuleins verheiratet. Das ist meines Erachtens noch einfacher. Ich würde einen öffentlichen Saal einrichten, wo sich die ganze Jugend, sagen wir einmal im Monat, trifft. Alle im Alter von siebzehn bis fünfunddreißig ziehen sich nackt aus und gehen im Saal auf und ab. Wenn zwei sich gefallen, treten sie zusammen in eine Ecke und betrachten sich dort nun schon näher. Ich vergaß zu sagen, daß jeder ein Schild mit seinem Vornamen, Nachnamen und seiner Adresse um den Hals tragen muß. So kann man dann dem, an dem man Geschmack gefunden hat, schreiben, um engere Bekanntschaft zu knüpfen. Wenn sich in diese Angelegenheiten ein alter Mann oder eine alte Frau einmischt, empfehle ich, sie mit der Axt zu erschlagen und dorthin zu schaffen, wohin auch die Kinder gehören, in die Zentralgrube.

Gern würde ich das in mir ruhende Wissen weiter darlegen, aber leider muß ich Machorka kaufen. Wenn ich auf der Straße gehe, habe ich immer einen dicken knorrigen Stock bei mir. Ich nehme ihn mit, um die Kinder, die mir vor die Füße geraten, zu verprügeln. Womöglich werde ich deshalb Kapuzineraffe genannt? Aber wartet, verdammte Bande, ich reiße euch die Ohren ab!

12. Oktober 1938

77.

Der Maler und die Uhr

Serow, der Maler, ging zum Obwodny-Kanal. Wozu er dorthin ging? Um Gummi zu kaufen. Wozu er Gummi brauchte? Um sich ein Gummiband zu machen. Wozu er ein Gummiband brauchte? Um es in die Länge zu ziehen. So. Was noch? Ach ja, das: der Maler Serow hatte seine Uhr zerschlagen. Die Uhr war gut gegangen, aber er hatte sie einfach zerschlagen. Was weiter? Nichts weiter. Nichts, und basta. Und steck deine dumme Nase nicht immer in Sachen, die dich nichts angehen! Herrgott noch mal!

Es lebte einmal eine alte Frau. Sie lebte und lebte und verbrannte im Ofen. Geschieht ihr recht. Jedenfalls sagt das Serow, der Maler.

Ach! Ich würde weiterschreiben, aber das Tintenfaß ist plötzlich verschwunden.

22. Oktober 1938

78.

Erinnerungen eines weisen alten Mannes

Ich war ein sehr weiser alter Mann.

Heute bin ich nicht mehr das, was ich mal war, ihr könnt mich sogar als nicht mehr vorhanden betrachten. Aber es gab eine Zeit, da wäre jeder von euch zu mir gekommen, und was ihn auch bedrücken, welche Sünde seine Gedanken auch plagen mochte, ich hätte ihn in die Arme geschlossen und gesagt: »Mein Sohn, tröste dich, denn es gibt nichts, was dich bedrückte, und keinerlei Sünde sehe ich an deinem Leib«, und froh und glücklich wäre er von mir fortgelaufen.

Ich war groß und stark. Die Menschen, die mir auf der Straße begegneten, schraken vor mir zurück, und ich ging durch die Menge wie ein Bügeleisen.

Mir wurden oft die Füße geküßt, doch ich habe nie protestiert, wußte ich doch, daß ich dessen würdig war. Warum den Menschen die Freude nehmen, mich zu ehren? Selbst ich, der ich körperlich überaus biegsam bin, habe einmal meinen eigenen Fuß geküßt. Ich setzte mich auf eine Bank, nahm mit beiden Händen meinen rechten Fuß und zog ihn zum Gesicht. Es gelang mir, den großen Zeh zu küssen. Ich war glücklich. Ich habe das Glück der anderen Menschen verstanden.

Alle huldigten mir! Und nicht nur die Menschen, selbst die Tiere, selbst die verschiedensten Käfer krochen vor mir und wedelten mit dem Schwanz. Und die Katzen erst! Sie liebten mich heiß und innig; irgendwie mit den Pfoten ineinander verkrallt, liefen sie vor mir her, wenn ich die Treppe hinunterging.

Damals war ich wirklich sehr weise und habe alles

verstanden. Es gab nichts, wo ich nicht weitergewußt hätte. Ein Moment Konzentration meines ungeheuren Verstandes – und das schwierigste Problem war auf die einfachste Art gelöst. Ich wurde sogar ins Gehirninstitut gebracht und den gelehrten Professoren vorgeführt. Die maßen meinen Verstand mit elektrischem Strom und waren perplex. »So was haben wir noch nicht erlebt«, sagten sie.

Ich war verheiratet, bekam meine Frau aber nur selten zu sehen. Sie fürchtete sich vor mir: die Kolossalität meines Verstandes schüchterte sie ein. Sie lebte nicht, sie bebte, und wenn ich sie ansah, bekam sie den Schlucken. Wir lebten lange zusammen, aber dann ist sie wohl plötzlich verschwunden, ich erinnere mich nicht genau.

Das Gedächtnis ist ja überhaupt eine sonderbare Erscheinung. Wie schwer, sich irgendwas zu merken, und wie leicht vergißt man! Manchmal ist es auch so: Man merkt sich etwas, erinnert sich aber an etwas ganz anderes. Oder: Man merkt sich etwas mit Mühe, dafür ganz fest, und kann sich nachher an nichts mehr erinnern. Das gibt es auch. Ich möchte jedem den Rat geben, an seinem Gedächtnis zu arbeiten.

Ich war immer gerecht und habe nie jemanden ohne Grund geschlagen, denn wenn man jemanden schlägt, verliert man den klaren Kopf und kann zu weit gehen. Kinder zum Beispiel sollte man nie mit dem Messer oder sonst etwas Eisernem schlagen. Frauen wiederum nie mit dem Fuß. Tiere, heißt es, vertragen mehr. Aber ich habe in dieser Richtung Versuche gemacht und weiß, daß es nicht immer so ist.

Wegen meiner Biegsamkeit konnte ich manches, was keiner sonst konnte. So gelang es mir einmal, mit der

»Abkürzungen«. Von Charms
erfundene Kryptogramme und Hieroglyphen.
Dreißiger Jahre.

Hand aus einem ziemlich gewundenen Abwasserrohr einen zufällig dort hineingerutschten Ohrring von meinem Bruder herauszuholen. Ich konnte mich zum Beispiel in einem relativ kleinen Korb verstecken und den Deckel über mir schließen.

Ja, gewiß, ich war phänomenal!

Mein Bruder war das ganze Gegenteil von mir: erstens größer von Wuchs und zweitens dümmer. Wir vertrugen uns nicht. Dabei vertrugen wir uns manchmal sogar sehr. Hier verwechsele ich etwas: gerade mit ihm vertrug ich mich nicht, wir waren sogar zerstritten. Und zerstritten hatten wir uns so. Ich stand an: Es gab Zukker, ich stand in der Schlange und bemühte mich, nicht zu hören, was rundum gesprochen wurde. Ich hatte ein bißchen Zahnweh und daher nicht die beste Laune. Es war sehr kalt, denn alle standen in wattierten Mänteln und froren doch. Ich trug auch einen wattierten Mantel, fror aber eigentlich nicht, es froren nur meine Hände, weil ich sie alle Augenblicke aus der Tasche nehmen mußte, um meinen Koffer zurechtzurücken, den ich zwischen die Beine gestellt hatte, damit er mir nicht abhanden kam. Plötzlich bekam ich einen Schlag auf den Rücken. Ich war unbeschreiblich empört und ließ mir blitzschnell durch den Kopf gehen, wie ich es dem Beleidiger heimzahlen sollte. Da bekam ich wieder einen Schlag auf den Rücken. Aufs höchste alarmiert, spitzte ich die Ohren, beschloß aber, den Kopf nicht zu wenden und so zu tun, als hätte ich nichts gemerkt. Ich nahm nur für alle Fälle den Koffer in die Hand. Es vergingen sieben Minuten, dann bekam ich zum drittenmal einen Schlag auf den Rücken. Da drehte ich mich um und sah vor mir einen großen älteren Mann in einem recht abgetragenen, doch immer noch schönen wattierten Mantel.

»Was wollen Sie von mir?« fragte ich mit strenger und etwas metallischer Stimme.

»Mensch, was drehst du dich nicht um, wenn man dich ruft?« sagte er.

Ich dachte über den Sinn seiner Bemerkung nach, da öffnete er wieder den Mund und sagte:

»Was ist los? Erkennst du mich nicht? Immerhin bin ich dein Bruder.«

Über diese Bemerkung dachte ich wieder nach, doch er öffnete erneut den Mund und sagte:

»Hör mal zu, Bruder. Mir fehlen für Zucker vier Rubel, und aus der Schlange deswegen wegzugehen wäre Quatsch. Borg mir einen Fünfer, und nachher rechnen wir ab.«

Nun dachte ich darüber nach, warum meinem Bruder vier Rubel fehlten, aber er packte mich am Ärmel und sagte:

»Also was ist: Borgst du deinem Bruder das bißchen Geld?« Mit diesen Worten knöpfte er meinen wattierten Mantel auf, faßte in meine Brusttasche und zog mein Portemonnaie heraus.

»So, mein Bruder«, sagte er, »ich nehme mir leihweise eine bestimmte Summe, und das Portemonnaie, hier, schau her, stecke ich in den Mantel zurück.« Er steckte das Portemonnaie in die Außentasche meines Mantels.

Ich wunderte mich natürlich über dieses so unverhoffte Wiedersehen mit meinem Bruder und schwieg eine Weile. Dann fragte ich:

»Und wo warst du bis jetzt?«

»Dort«, antwortete mein Bruder und deutete mit dem Daumen hinter sich.

Ich überlegte, wo dieses »dort« sein mochte, aber mein Bruder stieß mich in die Rippen und sagte:

»Da, sie machen auf.«

Bis zur Tür des Ladens gingen wir zusammen, aber im Laden stand ich plötzlich ohne meinen Bruder da. Ich schlüpfte für einen Moment aus der Schlange und spähte durch die Tür auf die Straße. Aber mein Bruder war nirgends zu sehen.

Als ich auf meinen Platz in der Schlange zurück wollte, wurde ich nicht wieder hingelassen und sogar abgedrängt, nach und nach bis auf die Straße. Ich unterdrückte meinen Ärger auf die schlimmen Zustände und ging nach Hause. Zu Hause stellte ich fest, daß mein Bruder das ganze Geld aus dem Portemonnaie genommen hatte. Da wurde ich furchtbar wütend auf ihn, und seitdem haben wir uns nie wieder vertragen.

Ich lebte allein und ließ nur die zu mir, die sich bei mir Rat holen wollten. Aber das waren zu viele, und so kam es, daß ich weder Tag noch Nacht Ruhe fand. Manchmal war ich derart erschöpft, daß ich mich auf den Fußboden legte und ausruhte. Ich lag so lange auf dem Fußboden, bis mir kalt wurde, da sprang ich auf und lief im Zimmer herum, damit mir warm wurde. Dann setzte ich mich wieder auf die Bank und fuhr fort, allen Bedürftigen Ratschläge zu erteilen.

Sie kamen hintereinanderweg, manchmal ohne die Tür zu öffnen. Es war lustig für mich, ihre gequälten Gesichter zu sehen. Ich konnte mir kaum das Lachen verbeißen, wenn ich mit ihnen sprach.

Einmal platzte mir das Lachen heraus, und sie ergriffen in Panik die Flucht, die einen durch die Tür, andere durchs Fenster und noch andere gleich durch die Wand.

Als sie alle weg waren, erhob ich mich zu meiner ganzen gewaltigen Größe, öffnete den Mund und sagte:

»Printinpram.«

Aber da gab es in mir einen Knacks, und seitdem könnt ihr mich als nicht mehr vorhanden betrachten.

(1936–1938)

79.

Ein neues Schriftstellertalent

Andrej Andrejewitsch hatte sich folgende Geschichte ausgedacht.

In einem alten Schloß wohnt ein Prinz, ein mordsmäßiger Trinker. Die Frau dieses Prinzen dagegen trinkt nicht einmal Tee, nur Wasser und Milch. Ihr Mann aber trinkt Wodka und Wein, Milch nicht. Dabei trinkt sie eigentlich auch Wodka, nur daß sie es verheimlicht. Ihr Mann aber ist ein frecher Hund und verheimlicht es nicht. »Ich trinke keine Milch, ich trinke Wodka!« sagt er bei jeder Gelegenheit. Sie jedoch zieht in aller Stille das Fläschchen unter der Schürze hervor, und gluck!, nun ja – trinkt. Ihr Mann, der Prinz, sagt: »Du könntest mir was abgeben.« Seine Frau, die Prinzessin, sagt: »Nein, ich habe selbst nicht genug. Kriä!« – »Ach du – Ampe!« sagt der Prinz. Und mit diesen Worten, batsch, haut er seine Frau auf den Fußboden. Seine Frau liegt auf dem Fußboden und weint, den ganzen Rüssel hat sie sich aufgeschlagen. Der Prinz aber hüllt sich in seinen Umhang und begibt sich auf seinen Turm. Dort hat er Käfige aufgestellt. Er züchtet dort Hühner, müssen Sie wissen. Der Prinz kommt also auf den Turm, dort spektakeln die Hühner, wollen Futter. Ein Huhn fängt sogar an zu wiehern. »Na warte, du«, sagt der Prinz, »Chanteclair! Halt den Rand, sonst kriegst du was in die Zähne!« Das Huhn versteht aber keine Wörter und wiehert weiter. Und das Ende vom Lied – das Huhn spektakelt auf dem Turm, der Prinz flucht auf Teufel komm raus, und seine Frau unten liegt auf dem Fußboden, kurz, das reinste Sodom.

Solch eine Geschichte hatte sich Andrej Andrejewitsch ausgedacht! Schon anhand dieser Geschichte läßt sich sagen, daß Andrej Andrejewitsch ein großes Talent ist. Andrej Andrejewitsch ist ein sehr kluger Mensch. Ein sehr kluger und sehr guter!

12.–30. Oktober 1938

80.

Hetzjagd

Ich wirbelte Staub auf. Kinder liefen hinter mir her und rissen sich die Kleider kaputt. Von den Dächern fielen alte Männer und alte Frauen. Ich pfiff, ich stampfte, ich klapperte mit den Zähnen und rumste mit dem Eisenstab. Die Kinder mit den zerrissenen Kleidern setzten mir nach, konnten aber nicht mithalten und brachen sich in ihrer wilden Hast die dünnen Beine. Die alten Männer und alten Frauen sprangen um mich herum.

Ich stürmte vorwärts! Schmutzige rachitische Kinder, Scharen von Giftpilzen gleich, gerieten mir zwischen die Füße. Das Laufen fiel mir schwer. Ich stolperte alle naselang, und einmal wäre ich sogar fast in den weichen Brei der am Boden strampelnden alten Männer und alten Frauen gefallen. Ich machte einen Sprung, riß ein paar Giftpilzen den Kopf ab und trat einer dürren Alten auf den Bauch, die laut knackte und hauchte:

»Jetzt ist es aus.«

Aber unaufhaltsam lief ich weiter. Nun war unter meinen Füßen die glatte, saubere Straße. Einzelne Laternen beleuchteten meinen Weg. Ich lief zum Schwitzbad. Schon winkte sein freundliches Licht und drang mir der angenehme, wenn auch stickige Badedampf in Nase, Ohren und Mund. Ohne mich zu entkleiden, lief ich quer durch den Vorraum, dann an den Hähnen, Zubern und Pritschen vorbei, geradewegs auf die Liegebank zu.

Etwas Heißes und Weißes hüllte mich ein. Ich hörte

einen schwachen, doch beharrlichen Laut. Ich lag, wie mir schien.

Da brachte eine kraftvolle Entspannung mein Herz zum Stehen.

1. Februar 1939

81.

Traktat mehr oder weniger
nach einem Konspekt von Emerson

1. Über Geschenke

Unvollkommene Geschenke, das sind zum Beispiel solche Geschenke: Wir schenken jemandem zum Geburtstag, sagen wir, den Deckel eines Tintenfasses. Wo ist das Tintenfaß selbst? Oder wir schenken ein Tintenfaß mit Deckel. Wo ist der Tisch, auf dem das Tintenfaß stehen soll? Wenn das Geburtstagskind schon einen Tisch hat, ist das Tintenfaß ein vollkommenes Geschenk. Daraus folgt: wenn das Geburtstagskind schon ein Tintenfaß hat, kann man ihm durchaus den Deckel dazu schenken, es wäre ein vollkommenes Geschenk. Schmuck für den nackten Körper wie Ringe, Armbänder, Ketten und so weiter sind stets vollkommene Geschenke (vorausgesetzt natürlich, das Geburtstagskind ist kein Krüppel). Das gilt auch für so etwas wie ein Stäbchen, das an einem Ende eine kleine Holzkugel und am anderen Ende einen kleinen Holzwürfel hat. Solch ein Stäbchen kann man in der Hand halten oder hinlegen, wo immer man will. Solch ein Stäbchen ist sonst zu nichts nütze.

2. Das richtige System, sich mit Gegenständen zu umgeben

Nehmen wir an, irgendein splitternackter Wohnungsbevollmächtigter hat beschlossen, sich mit Gegenständen auszustatten und zu umgeben. Beginnt er mit einem Stuhl, so wird er zu dem Stuhl einen Tisch brauchen, zu dem Tisch eine Lampe, dann ein Bett, eine Decke, ein Laken, eine Kommode, Wäsche, Kleider, einen Kleiderschrank, dann ein Zimmer, wo man das alles unterbringen kann, und so weiter. Bei jedem Punkt dieses Systems kann ein kleines Nebensystem, ein Zweig, entstehen: Auf ein rundes Tischchen möchte man ein Decklein legen und auf das Decklein eine Blumenvase und in die Blumenvase Blumen stellen. Solch ein System, sich mit Gegenständen zu umgeben, wo ein Gegenstand in den anderen greift, ist falsch, denn eine Blumenvase, in der keine Blumen sind, wird sinnlos, doch nimmt man die Blumenvase weg, so wird das runde Tischchen sinnlos. Schön, man kann auf das Tischchen eine Wasserkaraffe stellen, doch wenn man in die Wasserkaraffe kein Wasser tut, gelten die gleichen Schlußfolgerungen wie bei der Blumenvase. Die Beseitigung eines einzigen Gegenstandes zerstört das ganze System. Würde der nackte Wohnungsbevollmächtigte sich aber Ringe anstecken, Armbänder überstreifen und Ketten umhängen und sich mit Kugeln und Zelluloidechsen umgeben, so würde der Verlust von einem oder von siebenundzwanzig Gegenständen am Wesen der Sache nichts ändern. Dieses System, sich mit Gegenständen zu umgeben, ist richtig.

3. Die richtige Beseitigung der einen umgebenden Gegenstände

Ein französischer Schriftsteller von wie üblich kleinerem Format, Alphonse Daudet nämlich, äußerte den unbedeutenden Gedanken, daß nicht die Gegenstände an uns, sondern wir an den Gegenständen hingen. Selbst der anspruchsloseste Mensch wird den Verlust seiner

Uhr, seines Mantels oder seines Büfetts bedauern. Doch selbst wenn wir unsere Bindung an die Gegenstände aufgeben, wird jeder Mensch, der sein Bett und sein Kopfkissen, die Dielen seines Fußbodens und sogar seine mehr oder weniger bequemen Steine eingebüßt und eine unbeschreibliche Schlaflosigkeit kennengelernt hat, den Verlust dieser Gegenstände und der mit ihnen verbundenen Annehmlichkeiten bedauern. Daher ist die Beseitigung der nach dem falschen System, sich mit Gegenständen zu umgeben, zusammengetragenen Gegenstände die falsche Beseitigung der einen umgebenden Gegenstände. Die Beseitigung der einen umgebenden vollkommenen Geschenke wie Holzkugeln, Zelluloidechsen und so weiter wird einem mehr oder weniger anspruchslosen Menschen nicht den geringsten Kummer bereiten. Wenn wir die uns umgebenden Gegenstände richtig beseitigen, verlieren wir die Lust an der Erwerbung überhaupt.

4. Über die Annäherung an die Unsterblichkeit

Jedem Menschen ist das Streben nach Lust eigen, die entweder in der geschlechtlichen Befriedigung, in der Sättigung oder im Eigentumserwerb zu finden ist. Aber nur das, was nicht auf dem Wege zur Lust liegt, führt zur Unsterblichkeit. Alle Systeme, die zur Unsterblichkeit führen, laufen letztlich auf die eine Regel hinaus: *Tu immer nur das, was du nicht möchtest*, denn jeder Mensch möchte immer entweder sich sättigen oder seine geschlechtlichen Bedürfnisse befriedigen oder Eigentum erwerben oder mehr oder weniger alles auf einmal. Interessant, daß die Unsterblichkeit immer im Zusammenhang mit dem Tod steht oder von den verschiedenen religiösen Systemen entweder als ewige Lust oder als ewiges Leid oder als ewiges Ausbleiben von Lust und Leid interpretiert wird.

5. Über die Unsterblichkeit

Im Recht ist, wer von Gott das Leben als vollkommenes Geschenk erhalten hat.

14. Februar 1939

82.

Ritter

Es war einmal ein Haus voller alter Frauen. Die alten Frauen strichen den ganzen Tag durchs Haus und schlugen mit Papiertüten nach Fliegen. Sechsunddreißig waren es insgesamt. Die Resoluteste, Juflewa mit Namen, kommandierte die anderen herum. Für Ungehorsam kniff sie sie in die Schultern oder stellte ihnen ein Bein, so daß sie hinfielen und sich die Nase aufschlugen. Swjakina, von Juflewa derart bestraft, fiel so unglücklich, daß sie sich die Kinnlade brach. Es mußte der Arzt geholt werden. Der kam, zog den Kittel an, untersuchte Swjakina und sagte, sie sei zu alt, um mit einer Heilung ihrer Kinnlade rechnen zu können. Dann verlangte er einen Hammer, einen Meißel, eine Zange und einen Strick. Die alten Frauen schwirrten lange im Haus umher, und da sie nicht wußten, wie eine Zange und ein Meißel aussahen, brachten sie dem Arzt alles, was sie für Werkzeug hielten. Der Arzt schimpfte lange, doch schließlich waren die gewünschten Dinge beisammen, und er bat alle, sich zu entfernen. Die alten Frauen brannten vor Neugier und entfernten sich nur sehr ungern. Schimpfend und maulend gingen sie hinaus, und als sie alle draußen waren, schloß der Arzt die Tür ab und trat zu der Swjakina. »Nun denn«, sagte der Arzt, packte Swjakina und fesselte sie mit dem Strick. Dann, ohne sich um ihr Geheul und ihre Hilferufe zu scheren, setzte der Arzt den Meißel an ihr Kinn und schlug kräftig mit dem Hammer auf den Meißel ein. Swjakina heulte mit heiserem Baß. Als der Arzt ihre Kinnlade aufgemeißelt hatte, nahm er die Zange und riß damit die

Kinnlade heraus. Das Blut floß in Strömen, und die Swjakina heulte, schrie und röchelte. Doch der Arzt warf die Zange und Swjakinas herausgerissene Kinnlade auf den Fußboden, zog den Kittel aus, wischte sich damit die Hände ab, ging zur Tür und öffnete sie. Schnatternd drängten die alten Frauen herein und starrten mit aufgerissenen Augen bald auf Swjakina, bald auf den blutigen Klumpen auf dem Fußboden. Der Arzt bahnte sich zwischen den alten Frauen den Weg und ging. Die alten Frauen scharten sich um Swjakina. Die war verstummt, lag offensichtlich im Sterben. Juflewa stand dabei, sah auf sie nieder und kaute Sonnenblumensamen. Bjaschetschina sagte: »Siehst du, Juflewa, eines Tages werden auch wir einschlafen.« Juflewa trat mit dem Fuß nach ihr, sie aber sprang gerade noch rechtzeitig zur Seite.

»Kommt, Frauen!« sagte Bjaschetschina. »Was haben wir hier verloren? Um Swjakina kann sich Juflewa kümmern, wir gehen wieder Fliegen klatschen.«

Die alten Frauen begaben sich hinaus.

Juflewa blieb mitten im Zimmer stehen, kaute Sonnenblumensamen und sah auf Swjakina nieder. Swjakina lag reglos und still. Wahrscheinlich war sie gestorben.

Aber damit schließt der Autor seine Geschichte, denn er kann sein Tintenfaß nicht mehr finden.

21. Juni 1940

Vortrag

Puschkow sagte:
»Die Frau ist eine Werkbank der Liebe.«
Schon kriegte er eine geknallt.
»Weshalb?« fragte Puschkow.
Da er aber keine Antwort auf seine Frage erhielt, fuhr er fort:
»Ich denke folgendes: An die Frau muß man sich von unten heranmachen. Das gefällt den Frauen, sie tun nur so, als ob es ihnen mißfiele.«
Wieder kriegte er eine geknallt.
»Aber Freunde! Dann werde ich überhaupt nichts mehr sagen«, sagte Puschkow.
Kaum hatte er eine viertel Minute gewartet, fuhr er aber fort:
»Die Frau hat die Eigenart, ganz weich und feucht zu sein.«
Da kriegte Puschkow wieder eine geknallt. Puschkow versuchte so zu tun, als hätte er nichts gemerkt, und fuhr fort:
»Wenn man an der Frau riecht ...«
Da aber kriegte Puschkow so kräftig eine geknallt, daß er sich die Backe hielt und sagte:
»Freunde, unter solchen Umständen kann man wirklich keinen Vortrag halten. Wenn das noch einmal vorkommt, höre ich auf.«
Puschkow wartete eine viertel Minute und fuhr fort:
»Wo waren wir stehengeblieben? Ach ja! Also: Die Frau betrachtet sich gern selbst. Sie stellt sich vor den Spiegel und zieht sich nackt ...«

Bei diesem Wort kriegte Puschkow wieder eine geknallt.

»Nackt«, wiederholte Puschkow.

Batsch, kriegte er eine geknallt.

»Nackt!« rief Puschkow.

Batsch, kriegte er eine geknallt.

»Nackt! Eine nackte Frau! Ein nacktes Weib!« rief Puschkow.

Batsch, batsch, kriegte er eine links und rechts.

»Ein nacktes Weib mit erhobenem Humpen!« rief Puschkow.

Batsch, batsch, batsch, prasselten die Schläge auf ihn ein.

»Weiberstietz!« rief Puschkow und duckte sich vor den Schlägen. »Nackte Nonne!«

Doch da kriegte Puschkow einen solchen Schlag, daß er das Bewußtsein verlor und wie gemäht umfiel.

12. August 1940

84.

Geld

Alle Menschen lieben das Geld: sie streicheln es, küssen es, drücken es ans Herz, wickeln es in hübsche Fetzchen und wiegen es wie eine Puppe. Manche rahmen sich einen Geldschein ein, hängen ihn an die Wand und verneigen sich davor wie vor einer Ikone.

Manche füttern ihr Geld: sie sperren ihm den Mund auf und stecken ihm die besten Bissen hinein.

Bei Sommerhitze tragen sie es in den kühlen Keller, und im Winter, bei grimmiger Kälte, werfen sie es in den Ofen, ins Feuer.

Manche plaudern sogar mit ihrem Geld oder lesen ihm spannende Bücher oder singen ihm schöne Lieder vor.

Ich aber schenke dem Geld keine besondere Beachtung, ich trage es im Portemonnaie oder in der Brieftasche und gebe es je nach Bedarf aus. Juchhei!

August 1940

85.

Fallen

Zwei Menschen fielen vom Dach. Beide fielen vom Dach eines vierstöckigen Neubaus. Einer Schule offenbar. Sie waren sitzend das Dach bis zum Dachrand hinuntergerutscht, und von da hatten sie zu fallen begonnen.

Ihr Fallen wurde zuerst von Ida Markowna bemerkt. Ida Markowna stand am Fenster des Hauses gegenüber und schneuzte sich in ein Wasserglas. Plötzlich sah sie, daß vom Dach des Hauses gegenüber jemand zu fallen begann. Sie schaute genauer hin und sah, daß es sogar zwei waren, die vom Dach zu fallen begannen. Ganz außer sich, riß sich Ida Markowna das Hemd vom Leib und wischte damit die beschlagene Fensterscheibe, um besser zu sehen, wer dort vom Dach fiel. Doch da kam ihr der Gedanke, daß die vom Dach Fallenden vielleicht auch sie, die nun nackt war, sehen und sonstwas von ihr denken konnten, und sie sprang vom Fenster zurück und versteckte sich hinter dem geflochtenen Dreifuß, auf dem einmal ein Blumentopf gestanden hatte.

In diesem Moment wurden die vom Dach Fallenden von einer zweiten Person bemerkt, die im selben Haus wie Ida Markowna, nur zwei Treppen tiefer, wohnte. Diese Person hieß ebenfalls Ida Markowna. Sie saß gerade im Schneidersitz auf dem Fensterbrett und nähte einen Knopf an ihren Hausschuh. Als sie einen Blick aus dem Fenster warf, gewahrte sie die beiden vom Dach Fallenden. Sie kreischte auf, sprang vom Fensterbrett und versuchte hastig das Fenster zu öffnen, um besser zu sehen, wie die beiden vom Dach Fallenden auf der Erde aufschlugen. Aber sie bekam das Fenster nicht auf, und ihr fiel ein, daß sie das Fenster unten zugenagelt hatte, und sie stürzte zum Öfchen, in dem sie ihr Handwerkszeug verwahrte: vier Hämmer, einen Meißel und eine Zange.

Sie nahm die Zange, lief zum Fenster und riß den Nagel heraus. Nun ließ sich das Fenster leicht öffnen. Ida Markowna lehnte sich aus dem Fenster und sah, wie die beiden vom Dach Fallenden auf die Erde zuflogen, daß die Luft pfiff.

Auf der Straße hatte sich bereits ein kleinerer Menschenauflauf gebildet. Schon gellten Pfiffe, und dem Ort des zu erwartenden Geschehens näherte sich gemächlichen Schrittes ein untersetzter Milizionär. Ein Hauswart mit dicker Nase fuhrwerkte umher und stieß die Leute auseinander, wobei er ihnen erklärte, die vom Dach Fallenden könnten ihnen auf die Köpfe fallen.

Zu diesem Zeitpunkt lehnten bereits beide Ida Markownas aus dem Fenster, die eine im Kleid, die andere nackt, und kreischten und trampelten mit den Füßen.

Und da endlich, die Arme breit, die Augen aufgerissen, schlugen die beiden vom Dach Fallenden auf der Erde auf.

So schlagen zuweilen auch wir, wenn wir von den erreichten Gipfeln fallen, in dem trübseligen Käfig unserer Zukunft auf.

Abgeschlossen am 7. (September) 1940

86.

Macht

Faol sagte: »Blindlings begehen wir Sünden oder tun Gutes. Ein Advokat fuhr mit einem Fahrrad, und als er zur Kasan-Kathedrale kam, war er plötzlich verschwunden. Ob er gewußt hatte, was zu tun ihm beschieden war: Gutes oder Böses? Oder dieser Fall: Ein Schauspieler kaufte sich einen Pelz und tat damit, könnte man sagen, der alten Frau, die diesen Pelz aus Not verkaufte, Gutes, einer anderen alten Frau dagegen, nämlich seiner Mutter, die bei ihm wohnte und meistens im Flur schlief, wohin er seinen neuen Pelz hängte, tat er damit offenbar Böses, denn der neue Pelz roch so unerträglich nach Formalin oder Naphtalin, daß die alte Frau, die Mutter des Schauspielers, eines Tages nicht mehr aufwachen konnte und starb. Oder das: Ein Graphologe hatte sich mit Wodka vollaufen lassen und tat etwas, von dem wohl nicht einmal Feldmarschall Diebitsch hätte sagen können, ob es gut war oder schlecht. Das Böse ist sehr schwer vom Guten zu unterscheiden.«

Myschin dachte über Faols Worte nach und fiel vom Stuhl.

»Ho-ho«, sagte er, auf dem Fußboden liegend, »tschä-tschä.«

Faol fuhr fort: »Nehmen wir die Liebe. Gewissermaßen ist sie gut, gewissermaßen auch wieder schlecht. Einerseits steht geschrieben: liebe, andererseits: sei nicht übermütig. Vielleicht am besten überhaupt nicht lieben? Aber geschrieben steht: du sollst lieben. Und liebst du – bist du übermütig. Was tun? Lieben, nur nicht so? Aber warum wird bei allen Völkern das eine wie das andere Lieben mit ein und demselben Wort ausgedrückt? Da liebte nun ein Schauspieler sowohl seine Mutter als auch ein hübsches molliges Fräulein. Doch er liebte sie verschieden. Dem Fräulein gab er einen großen Teil seines Gehalts. Die Mutter mußte oft hungern, das Fräulein trank und aß für drei. Die Mutter wohnte im Flur und schlief auf dem Fußboden, das Fräulein verfügte über zwei schöne Zimmer. Das Fräulein besaß vier Mäntel, die Mutter einen. Den einen nahm der Schauspieler ihr auch noch weg und ließ daraus einen Rock für das Fräulein machen. Und endlich: mit dem Fräulein war der Schauspieler übermütig, mit der Mutter nicht, die liebte er reinen Herzens. Den Tod der Mutter fürchtete der Schauspieler, den Tod des Fräuleins nicht. Als die Mutter starb, weinte der Schauspieler, als aber das Fräulein aus dem Fenster fiel und ebenfalls starb, weinte der Schauspieler nicht, sondern schaffte sich ein anderes Fräulein an. Folglich wird die Mutter als Unikat geschätzt, wie eine seltene, unersetzliche Briefmarke.«

»Scho-scho«, sagte Myschin, auf dem Fußboden liegend. »Ho-ho.«

Faol fuhr fort: »Und das nennt sich reine Liebe! Ist solche Liebe gut? Wenn nicht, wie soll man dann lieben? Eine Mutter liebte ihr Kind. Dieses Kind war zweieinhalb Jahre alt. Die Mutter trug es in den Park und setzte es in den Sand. Auch andere Mütter brachten ihre Kinder dorthin. Manchmal sammelten sich im Sand bis zu vierzig Kinder. Eines Tages strolchte ein tollwütiger Hund durch den Park, überfiel die Kinder und begann sie zu beißen. Schreiend stürzten die Mütter zu ihren Kindern, auch unsere Mutter. Aufopferungsvoll sprang sie auf den Hund los und entriß ihm, wie sie annahm, ihr Kind. Entriß es ihm und sah, daß es nicht ihr Kind war, und da warf sie es dem Hund wieder hin, um ihr Kind, das daneben lag, an sich zu reißen und vor dem Tode zu retten. Wer kann mir die Frage beantworten: Hat sie Gutes oder Böses getan?«

»Schü-schü«, sagte Myschin und drehte sich auf den Bauch.

Faol fuhr fort: »Begeht der Stein Sünden? Begeht der Baum Sünden? Begeht das Tier Sünden? Oder begeht Sünden allein der Mensch?«

»Mlam-mlam«, sagte Myschin, Faol lauschend. »Schup-schup.«

Faol fuhr fort: »Wenn nur der Mensch Sünden begeht, heißt das, alle Sünden der Welt befinden sich allein beim Menschen. Die Sünde dringt nicht in den Menschen ein, kommt aber aus ihm heraus. Das ist so ähnlich wie mit der Nahrung: der Mensch nimmt Gutes zu sich und gibt nur Schlechtes von sich. Es gibt nichts Schlechtes auf der Welt; nur das, was durch den Menschen gegangen ist, kann zu etwas Schlechtem werden.«

»Klugscher«, sagte Myschin und versuchte vom Fußboden aufzustehen.

Faol fuhr fort: »Nun habe ich von der Liebe gesprochen, von unseren Zuständen, die mit dem Wort ›Liebe‹ bezeichnet werden. Ein Irrtum der Sprache? Oder sind all diese Zustände ein und dasselbe? Die Liebe der Mutter zum Kind, die Liebe des Sohnes zur Mutter und die Liebe des Mannes zur Frau, ist das nicht vielleicht ein und dieselbe Liebe?«

»Bestimmt«, sagte Myschin und nickte.

Faol sagte: »Ja, ich denke, das Wesen der Liebe ist unveränderlich, egal, wer wen liebt. Jedem Menschen wurde ein bestimmtes Quantum Liebe zugeteilt. Und jeder Mensch trachtet danach, es möglichst verlustlos anzulegen. Die Geheimnisse der Permutationen und kleinen Eigenschaften unserer Seele zu entdecken, die gleich einem Haufen Sägespäne ...«

»Ex-bex!« rief Myschin und sprang vom Fußboden auf. »Hau ab!«

Und Faol fiel auseinander wie schlechter Zucker.

29. September 1940

87.

Myschins Sieg

»He, Myschin, steh auf!«
Myschin sagte: »Nein, ich stehe nicht auf«, und blieb auf dem Fußboden liegen.
Da trat Kulygin zu Myschin und sagte:
»Myschin, wenn du nicht aufstehst, werde ich dich dazu zwingen.«
»Nein«, sagte Myschin und blieb auf dem Fußboden liegen.
Zu Myschin trat Frau Selisnjowa und sagte:
»Myschin, immerzu liegen Sie im Korridor auf dem Fußboden und hindern uns, auf und ab zu gehen.«
»Ich hindere euch und werde euch hindern«, sagte Myschin.
»Na hören Sie mal«, sagte Korschunow, doch Kulygin fiel ihm ins Wort und sagte:
»Was gibt es da noch zu reden! Rufen Sie die Miliz an.«
Sie riefen die Miliz an und bestellten einen Milizionär.
Nach einer halben Stunde kamen der Milizionär und der Hauswart.
»Was ist hier los?« fragte der Milizionär.
»Sehen Sie sich das an«, sagte Korschunow, doch Kulygin fiel ihm ins Wort und sagte:
»Also: dieser Mann liegt hier fortwährend auf dem Fußboden, und wir können nicht durch den Korridor gehen. Wir haben's ihm so rum und so rum ...«
Da fiel Frau Selisnjowa Kulygin ins Wort und sagte:
»Wir haben ihn gebeten, sich wegzubegeben, aber er macht es nicht.«

»Ja«, sagte Korschunow.

Der Milizionär trat zu Myschin.

»Bürger, warum liegen Sie hier?« fragte der Milizionär.

»Um mich auszuruhen«, sagte Myschin.

»Sich hier auszuruhen, Bürger, ist unzulässig«, sagte der Milizionär. »Wo wohnen Sie, Bürger?«

»Hier«, sagte Myschin.

»Wo ist Ihr Zimmer?« fragte der Milizionär.

»Er ist in unserer Wohnung eingetragen, er hat aber kein Zimmer«, sagte Kulygin.

»Moment, Bürger!« sagte der Milizionär. »Ich bin es jetzt, der mit ihm spricht. Wo schlafen Sie, Bürger?«

»Hier«, sagte Myschin.

»Erlauben Sie«, sagte Korschunow, doch Kulygin fiel ihm ins Wort und sagte:

»Er hat ja nicht mal ein Bett, er liegt auf dem nackten Fußboden.«

»Die Leute beschweren sich über ihn schon lange«, sagte der Hauswart.

»Es ist einfach nicht möglich, durch den Korridor zu gehen«, sagte Frau Selisnjowa. »Ich kann doch nicht immerzu über einen Mann hinwegsteigen. Und er spreizt noch absichtlich die Beine, und die Arme spreizt er auch, außerdem liegt er auf dem Rücken und guckt. Ich komme müde von der Arbeit und brauche zu Hause Ruhe.«

»Ich möchte hinzufügen«, sagte Korschunow, doch Kulygin fiel ihm ins Wort und sagte:

»Er liegt sogar nachts hier. Über ihn stolpern ja alle im Dunkeln. Und durch seine Schuld habe ich mir in meine Bettdecke ein Loch gerissen.«

Frau Selisnjowa sagte:

»Immerzu fallen ihm Nägel oder so was aus der Tasche. Unmöglich, barfuß durch den Korridor zu gehen; ehe man sich's versieht, hat man sich was eingetreten.«

»Neulich wollten sie ihn mit Petroleum anzünden«, sagte der Hauswart.

»Wir haben ihn mit Petroleum begossen«, sagte Korschunow, doch Kulygin fiel ihm ins Wort und sagte:

»Mit Petroleum haben wir ihn nur zum Schreck begossen, anzünden wollten wir ihn nicht.«

»Aber ich hätte auch gar nicht geduldet, einen lebendigen Menschen zu verbrennen in meinem Beisein«, sagte Frau Selisnjowa.

»Und warum liegt dieser Bürger im Korridor?« fragte plötzlich der Milizionär.

»Na, guten Morgen!« sagte Korschunow, doch Kulygin fiel ihm ins Wort und sagte:

»Weil er eben keinen anderen Wohnraum hat: Hier in diesem Zimmer wohne ich, in dem die da, in diesem der da, und Myschin wohnt demnach im Korridor.«

»Das ist unzulässig«, sagte der Milizionär. »Jeder hat in seinem Wohnraum zu liegen.«

»Er hat aber keinen anderen Wohnraum als den im Korridor«, sagte Kulygin.

»So ist es«, sagte Korschunow.

»Darum liegt er nun immerzu hier«, sagte Frau Selisnjowa.

»Das ist unzulässig«, sagte der Milizionär und ging mit dem Hauswart.

Korschunow sprang zu Myschin hin.

»Na?« rief er. »Wie hat Ihnen das geschmeckt?«

»Moment«, sagte Kulygin und trat zu Myschin. »Hast du gehört, was der Milizionär sagte? Steh vom Fußboden auf.«

»Nein, ich stehe nicht auf«, sagte Myschin und blieb auf dem Fußboden liegen.

»Jetzt wird er ewig hier liegen«, sagte Frau Selisnjowa.

»Bestimmt«, sagte Kulygin wütend.

Und Korschunow sagte:

»Für mich steht das außer Zweifel. Parfaîtement!«

8. Oktober 1940

88.

Pasquill

Der berühmte Rezitator Anton Issaakowitsch Sch., jene historische Person, die im September 1940 im Litejny-Saal auftrat, liebte es, vor seinem Auftritt ein, zwei Stündchen zu liegen und sich auszuruhen. Legt er sich also aufs Sofa und sagt:

»Ich werde schlafen«, schläft aber nicht.

Nach dem Auftritt liebte er es, das Abendessen einzunehmen.

Kommt er also nach Hause, läßt sich am Tisch nieder und sagt zu seiner Frau:

»Nun, mein Schatz, mach wir was Schönes mit Nudeln.«

Während seine Frau das Abendessen bereitet, sitzt er am Tisch und liest ein Buch.

Seine Frau ist hübsch, hat ein Spitzenschürzchen um und ein Täschchen in der Hand, und in dem Täschchen stecken ein Taschentüchlein und ein Quarkröllchen. Seine Frau läuft durchs Zimmer wie ein Schmetterling und klappert mit den Absätzen, und er sitzt friedlich am Tisch und wartet auf das Abendessen.

Alles ganz harmonisch und wohlanständig. Seine Frau sagt ihm etwas Freundliches, und er nickt. Schon huscht seine Frau zur Anrichte und klirrt mit den Gläschen.

»Na gieß mir schon ein, Herzchen«, sagt er.

»Paß auf, Spätzchen, daß du dich nicht betrinkst«, sagt seine Frau zu ihm.

»Ach woher, das werde ich schon nicht, mein Schnuddelchen«, sagt er und kippt das Gläschen.

Seine Frau droht ihm mit dem Fingerchen und verdrückt sich schnell in die Küche.

Ja, und in diesem netten Ton spielt sich das ganze Abendessen ab. Dann gehen sie beide zu Bett.

Nachts, wenn sie nicht von Fliegen gestört werden, schlafen sie ruhig und sanft, denn wirklich, es sind einfach zu gute Menschen!

12. Oktober 1940

89.

In einer Straßenbahn saßen zwei Männer und philosophierten.

Der eine sagte: »Ich glaube nicht an ein Leben nach dem Tode. Für ein Leben nach dem Tode gibt es keine realen Beweise. Verbindliche Zeugnisse kennen wir auch nicht. In den Religionen aber spricht man davon entweder ganz unglaubwürdig, wie etwa im Islam, oder ganz nebulös, wie etwa im Christentum, oder gar nicht, wie etwa in der Bibel, oder unverhohlen in der Form, daß es nicht existiert, wie etwa im Buddhismus. Fälle von Hellseherei, Prophetie, verschiedensten Wundern und sogar Visionen haben mit dem Leben nach dem Tode nichts zu tun und können nicht als Beweis für seine Existenz gelten. Berichte der Art zum Beispiel, wie ein Mann von einem Löwen träumte und am nächsten Tag von einem Löwen, der aus dem Zoologischen Garten ausgebrochen war, getötet wurde, interessieren mich nicht im geringsten. Mich interessiert lediglich die Frage, ob es ein Leben nach dem Tode gibt oder nicht. Was meinen Sie?«

Der andere sagte: »Lassen Sie mich darauf so antworten: Auf Ihre Frage werden Sie nie eine Antwort erhalten, wenn einst aber doch, so dürfen Sie ihr nicht glauben. Sie können sich diese Frage nur selbst beantworten. Wenn Sie sie mit Ja beantworten, dann existiert es, wenn mit Nein, dann nicht. Nur müssen Sie mit voller Überzeugung antworten, ohne den leisesten Zweifel oder, genauer, mit dem absoluten Glauben an Ihre Antwort.«

Der erste sagte: »Nur zu gern würde ich mir diese Frage selbst beantworten. Aber man muß sie mit Glauben beantworten. Um sie mit Glauben zu beantworten, muß man von der Richtigkeit seiner Antwort überzeugt sein. Wo aber nehme ich diese Überzeugung her?«

Der zweite sagte: »Eine Überzeugung oder, richtiger, einen Glauben kann man nicht erwerben, sondern muß man in sich entwickeln.«

Der erste sagte: »Aber wie kann ich den Glauben an meine Antwort in mir entwickeln, wenn ich nicht einmal weiß, wie ich antworten soll, mit Ja oder Nein?«

Der zweite sagte: »Entscheiden Sie sich für das, was Ihnen besser gefällt.«

»Gleich kommt Ihre Haltestelle«, sagte der erste, und beide standen von ihren Plätzen auf, um zum Ausstieg zu gehen.

»Entschuldigen Sie«, sprach ein überaus langaufgeschossener Mann in Militäruniform sie an. »Ich habe Ihr Gespräch gehört und, Verzeihung, würde gern eines wissen: Wie ist es nur möglich, daß zwei noch junge Menschen ernsthaft erörtern, ob es ein Leben nach dem Tode gibt oder nicht?«

(1940)

90.

Störung

Pronin sagte:
»Sie haben sehr schöne Strümpfe an.«
Irina Maser sagte:
»Ihnen gefallen meine Strümpfe?«
Pronin sagte:
»O ja. Sehr.« Und faßte nach den Strümpfen.
Irina sagte:
»Und warum gefallen Ihnen meine Strümpfe?«
Pronin sagte:
»Weil sie so glatt sind.«
Irina hob den Rock und sagte:
»Und sehen Sie, wie weit sie reichen?«
Pronin sagte:
»Oh! Ja, ja!«
Irina sagte:
»Aber hier sind sie nun zu Ende. Hier kommt schon das nackte Bein.«
»Oh, was für ein Bein!« sagte Pronin.
»Ich habe sehr dicke Beine«, sagte Irina. »Aber sehr breite Hüften.«
»Darf ich mal sehen?« fragte Pronin.
»Das geht nicht«, sagte Irina, »ich habe keine Unterhosen an.«
Pronin kniete vor ihr nieder.
Irina sagte:
»Warum knien Sie?«
Pronin küßte ihr Bein dicht überm Strumpf und sagte:
»Darum.«

Irina sagte:

»Warum heben Sie meinen Rock noch höher? Ich sagte doch, ich habe keine Unterhosen an.«

Aber Pronin hob trotzdem den Rock hoch und sagte: »Macht nichts, macht nichts.«

»Wieso, wie meinen Sie das – ›macht nichts‹?« sagte Irina.

Aber da klopfte es an die Tür. Irina schob hastig den Rock herunter, und Pronin stand vom Fußboden auf und ging zum Fenster.

»Wer ist da?« fragte Irina durch die Tür.

»Öffnen Sie«, sagte eine barsche Stimme.

Irina öffnete die Tür, und herein kam ein Mann in einem schwarzen Mantel und hohen Stiefeln. Ihm folgten, das Gewehr im Anschlag, zwei Armisten vom untersten Dienstgrad und ihnen wiederum der Hauswart. Die untersten Dienstgrade stellten sich an der Tür auf, der Mann im schwarzen Mantel ging auf Irina Maser zu und sagte:

»Wie heißen Sie?«

»Maser«, sagte Irina.

»Wie heißen Sie?« fragte der Mann im schwarzen Mantel und wandte sich zu Pronin um.

»Ich heiße Pronin.«

»Haben Sie eine Waffe bei sich?« fragte der Mann im schwarzen Mantel.

»Nein«, sagte Pronin.

»Setzen Sie sich hierhin«, sagte der Mann im schwarzen Mantel und zeigte auf einen Stuhl.

Pronin setzte sich.

»Und Sie«, sagte der Mann im schwarzen Mantel zu Irina, »ziehen Ihren Mantel an. Sie haben mit uns ein Stück zu fahren.«

»Weshalb?« fragte Irina.

Der Mann im schwarzen Mantel antwortete nicht.

»Ich muß mich umziehen«, sagte Irina.

»Nein«, sagte der Mann im schwarzen Mantel.

»Aber ich muß mir noch etwas überziehen«, sagte Irina.

»Nein«, sagte der Mann im schwarzen Mantel.

Irina zog schweigend den Mantel an.

»Leb wohl«, sagte sie zu Pronin.

»Gespräche sind untersagt«, sagte der Mann im schwarzen Mantel.

»Soll ich auch mitkommen?« fragte Pronin.

»Ja«, sagte der Mann im schwarzen Mantel. »Ziehen Sie sich an.«

Pronin stand auf, nahm seinen Mantel und seinen Hut vom Kleiderhaken, zog sich an und sagte:

»Nun gut, ich bin fertig.«

»Kommen Sie«, sagte der Mann im schwarzen Mantel.

Die untersten Dienstgrade und der Hauswart schlugen die Hacken zusammen.

Alle traten in den Korridor.

Der Mann im schwarzen Mantel schloß die Tür zu Irinas Zimmer ab und sicherte sie mit zwei braunen Siegeln.

»Raus auf die Straße«, sagte er.

Und alle verließen die Wohnung, und laut fiel die Tür hinter ihnen ins Schloß.

1940

91.

Wenn eine Ehefrau allein verreist, läuft ihr Mann im Zimmer umher und weiß mit sich nicht wohin.

Seine Fingernägel werden lang und länger, sein Kopf zittert, und sein Gesicht kriegt lauter schwarze Punkte.

Die Zimmernachbarn trösten den verwaisten Ehemann und bringen ihm Schweinesülze zu essen. Doch der verwaiste Ehemann hat keinen Appetit und trinkt meistenteils nur Teewasser.

Seine Frau unterdessen badet in einem See und stößt dabei mit dem Fuß an eine Wurzel. Unter der Wurzel schießt ein Hecht hervor und beißt sie in die Ferse. Sie schreit auf, springt an Land und eilt zu ihrem Quartier. Ihr entgegen eilt der Quartierwirtin Tochter. Der zeigt sie ihren verletzten Fuß und bittet, ihn zu verbinden.

Am Abend schreibt sie ihrem Mann einen Brief, in dem sie ihr Mißgeschick ausführlich schildert.

Ihr Mann liest den Brief und regt sich darüber derartig auf, daß ihm das Glas Wasser aus der Hand fällt. Es fällt zu Boden und zerbricht.

Der Ehemann liest die Glasscherben auf und verletzt sich dabei die Hand.

Er verbindet sich den verletzten Finger, setzt sich mit dem verbundenen Finger hin und schreibt an seine Frau. Dann geht er den Brief einwerfen.

Doch unterwegs findet der Ehemann eine Zigarettenschachtel und in dieser Zigarettenschachtel 30 000 Rubel.

Mit einem Eilbrief bittet er seine Frau dringend zurück, und sie beginnen ein glückliches Leben.

92.

Märchen

Es war einmal ein Mann namens Semjonow.

Semjonow machte einst einen Spaziergang und verlor das Taschentuch.

Ging Semjonow das Taschentuch suchen und verlor die Mütze.

Ging Semjonow die Mütze suchen und verlor die Jacke.

Ging Semjonow die Jacke suchen und verlor die Stiefel.

»Ach«, sagte Semjonow, »hier verliert man ja alles. Gehe ich lieber nach Hause.«

Ging Semjonow nach Hause und verirrte sich.

»Nein«, sagte Semjonow, »setz ich mich lieber hin und ruhe mich aus.«

Semjonow setzte sich auf einen Stein und schlief ein.

93.

Der eherne Blick

»Wissen Sie«, sagte er, »ich habe gesehen, wie Sie vor drei Tagen Boot fuhren. Einer saß am Steuer, zwei ruderten, und der vierte saß neben Ihnen und sprach. Ich stand lange am Ufer und beobachtete, wie die beiden ruderten. Ja, ich kann kühn behaupten, daß sie Sie ertränken wollten. So rudert man nur vor einem Mord.«

Die Dame mit den gelben Handschuhen blickte Klopow an.

»Was soll das heißen?« fragte sie. »Wie kann man vor einem Mord denn besonders rudern? Und überhaupt, was hätten die davon gehabt, mich zu ertränken?«

Klopow drehte sich heftig der Dame zu und sagte:

»Wissen Sie, was ein eherner Blick ist?«

»Nein«, sagte die Dame und rückte unwillkürlich ein wenig von Klopow ab.

»Aha!« sagte Klopow. »Wenn eine dünne Porzellantasse vom Schrank fällt, wissen Sie bereits während ihres Falls, daß sie auf dem Fußboden aufschlagen und zerspringen wird. Und ich weiß: Wenn ein Mensch einen anderen mit dem ehernen Blick ansieht, wird er ihn früher oder später unweigerlich ermorden.«

»Und die beiden haben mich mit dem ehernen Blick angesehen?« fragte die Dame mit den gelben Handschuhen.

»Ja, gnädige Frau«, sagte Klopow und setzte den Hut auf.

Sie schwiegen eine Weile. Klopow saß und ließ den Kopf tief hängen.

»Verzeihen Sie mir bitte«, sagte er plötzlich leise.

Die Dame mit den gelben Handschuhen musterte Klopow verwundert und schwieg.

»Das ist alles gar nicht wahr«, sagte Klopow. »Das mit dem ehernen Blick habe ich mir eben erst ausgedacht, hier nämlich, neben Ihnen auf der Bank. Wissen Sie, heute ist meine Uhr kaputtgegangen, und da sehe ich alles schwarz.«

Klopow holte sein Schnupftuch aus der Tasche, schlug es auf und hielt der Dame die defekte Uhr hin.

»Sechzehn Jahre habe ich sie getragen. Begreifen Sie, was das bedeutet? Wenn einem die Uhr kaputtgeht, die sechzehn Jahre hier unterm Herzen getickt hat? Haben Sie eine Uhr?«

94.

Theaterstück

SCHASCHKIN *in der Bühnenmitte stehend* Meine Frau ist mir weggelaufen. Tja, was soll man da machen? Wenn sie weggelaufen ist, dann ist sie eben weg, da holt sie dir keiner zurück. Man muß Philosoph sein und alles, was auch passiert, weise sehen. Glücklich der Mensch, der im Besitze von Weisheit ist. Kurow, der ist es nicht, aber ich. Ich habe in der Öffentlichen Bibliothek zweimal ein Buch gelesen. Wie klug dort von allem geschrieben stand!

Ich habe für alles Interesse, sogar für Sprachen. Ich weiß, wie man französisch zählt und wie man deutsch Bauch sagt. Där magen. Jawohl! Mit mir ist sogar Maler Koslow befreundet. Wir trinken zusammen Bier. Aber Kurow? Kurow kann nicht mal auf die Uhr sehen. Und die Nase schnaubt er sich durch die Finger, und Fisch ißt er mit der Gabel, außerdem schläft er in Stiefeln und putzt sich nicht die Zähne. Pfui Deibel! Na ja, ein Bauer. Geh auf eine Gesellschaft mit dem, und du fliegst raus und kriegst auch noch Dreck an den Kopf, so als wie – komm uns mit keinem Bauern, wo du selber Intelligenzler bist!

Von der deutschen Sprache weiß ich wohl eigentlich noch zu wenig. Obwohl ich: Bauch – där magen weiß. Aber würde zu mir einer sagen: »Där magen findel mun« – da wüßte ich schon nicht mehr, was das bedeutet. Aber Kurow weiß nicht mal »där magen«. Und mit so einem Dummen ist sie weggelaufen! Das ist es also, was sie wollte! Ich bin nämlich in ihren Augen kein Mann. »Du hast«, sagt sie, »eine Weiberstimme.«

Dabei habe ich gar keine Weiberstimme, sondern eine wie ein Kind. Eine zarte wie ein Kind und überhaupt keine Weiberstimme! Dumme Gans! Was sie an dem Kurow bloß hat? Maler Koslow sagt, von mir kann man sich hinsetzen und ein Bild malen.

Aus dem Notizbuch

Ein altes Männlein kratzte sich mit beiden Händen. Da, wo es nicht mit beiden Händen hinreichte, kratzte es sich mit einer, dafür aber ganz schnell. Und zwinkerte dabei schnell mit den Augen.

Aus dem Schornstein eines Dampfers stieg Dampf oder sogenannter Rauch. Ein eleganter Vogel flog in diesen Rauch hinein und kam zerknittert und abgelutscht wieder heraus.

Chwilistschewski aß Preiselbeeren und bemühte sich, nicht das Gesicht zu verziehen. Er erwartete, daß alle sagten: »Welche Charakterstärke!« Aber niemand sagte etwas.

Es war zu hören, wie ein Hund an der Tür schnüffelte. Chwilistschewski ballte die Hand mit der Zahnbürste zur Faust und riß die Augen auf, um besser hören zu können. Wenn der Hund hereinkommt, dachte Chwilistschewski, hau ich ihm diesen beinernen Griff an die Schläfe!

Aus einer Schachtel stiegen Blasen. Chwilistschewski ging auf Zehenspitzen aus dem Zimmer und schloß leise die Tür hinter sich. »Sie kann mir den Buckel runterrutschen!« sagte Chwilistschewski zu sich. »Was geht es mich an, was in dieser Schachtel ist! Na wirklich! Den Buckel kann sie mir runterrutschen!«

Ein dicker Mann dachte sich eine Abmagerungskur aus. Und er wurde mager. Damen sprachen ihn an und fragten, wie es ihm gelungen sei, mager zu werden. Aber der mager gewordene Mann antwortete den Damen, einem Mann stehe es, mager zu werden, Damen dagegen nicht. Damen, sagte er, müßten voll sein. Damit hatte er zutiefst recht.

Aus den Notizbüchern

Gedichte muß man so schreiben, daß sie, wenn man sie durchs Fenster wirft, die Fensterscheibe zerschlagen.

Ein Mensch legte sich mit einem Glauben im Herzen schlafen und wachte ohne Glauben wieder auf.
Zum Glück stand in seinem Zimmer eine Dezimalwaage, auf der er sich jeden Morgen und jeden Abend zu wiegen pflegte. So hatte dieser Mensch, bevor er sich schlafen legte, festgestellt, daß er 4 Pud und 21 Pfund wog. Am nächsten Tag, ohne Glauben aufgestanden, wog er sich wieder und stellte fest, daß er nur noch 4 Pud und 13 Pfund wog. »Folglich«, sagte sich dieser Mensch, »hat mein Glaube ungefähr acht Pfund gewogen.«

Auf den Tadel: »Sie haben einen Rechtschreibfehler gemacht«, antworte: »In meiner Rechtschreibung sieht das immer so aus.«

Porträts.
Dreißiger Jahre.

97.

Symphonie Nr. 2

Anton Michailowitsch spuckte aus, sagte »äh«, spuckte wieder aus, sagte wieder »äh«, spuckte wieder aus, sagte wieder »äh« und ging. Na, in Gottes Namen. Erzähle ich lieber von Ilja Pawlowitsch.

Ilja Pawlowitsch wurde 1893 in Konstantinopel geboren. Schon als kleiner Junge wurde er nach Petersburg gebracht, und hier absolvierte er die deutsche Schule in der Kirotschnaja-Straße. Dann arbeitete er als Verkäufer in einem Geschäft, dann machte er noch irgendwas, und als die Revolution begann, emigrierte er ins Ausland. Na, in Gottes Namen. Erzähle ich lieber von Anna Ignatjewna.

Aber von Anna Ignatjewna zu erzählen ist gar nicht so leicht. Erstens weiß ich kaum was von ihr, und zweitens bin ich gerade vom Stuhl gefallen und habe vergessen, wovon ich erzählen wollte. Erzähle ich lieber von mir.

Ich bin groß von Wuchs, nicht dumm, kleide mich elegant und geschmackvoll, trinke nicht und gehe nicht zu Pferderennen, aber zu Damen fühle ich mich hingezogen. Und die Damen gehen mir nicht aus dem Weg. Es gefällt ihnen sogar, wenn ich mich mit ihnen amüsiere. Serafima Ismailowna hat mich schon mehrmals zu sich eingeladen, und auch Sinaida Jakowlewna sagte, es freue sie stets, mich zu sehen. Aber wissen Sie, mit Marina Petrowna ist mir mal eine komische Sache passiert, die ich erzählen möchte. Eine ganz normale Sache eigentlich, aber doch komisch, denn Marina Petrowna ist durch mich plötzlich kahl geworden, so kahl wie die flache Hand. Das geschah so: Eines Tages kam ich zu Marina Petrowna, und ruck, zuck war sie kahl. Das ist alles.

Nacht von Montag zu Dienstag 9.–10. Juni 1941

IV

98.

Wie ich eine Gesellschaft auseinandernahm

1

Eines Tages ging ich zum Staatsverlag und traf im Staatsverlag Jewgeni Lwowitsch Schwarz. Er war wie immer schlecht, doch mit einer gewissen Anmaßung gekleidet.

Als er mich sah, begann er die Zunge zu wetzen, auch wie immer ohne Erfolg.

Ich wetzte sie dagegen mit Erfolg und hatte Schwarz in geistiger Hinsicht bald aufs Kreuz gelegt.

Alle rings beneideten mich um meinen Witz, konnten aber keinerlei Maßnahmen ergreifen, weil sie buchstäblich vor Lachen krepierten. Besonders krepierten Nina Wladimirowna Gernet und David Jefimowitsch Rachmilowitsch, der sich aus euphonischen Gründen Jushin nannte.

Schwarz sah, daß mit mir nicht gut Kirschen essen war, da mäßigte er seinen Ton, beschimpfte mich nur wüst und erklärte, Sabolozki sei in Tiflis jedem bekannt, ich aber so gut wie keinem.

Das erboste mich, und ich sagte, ich sei historischer als Schwarz und Sabolozki, von mir werde in der Geschichte ein heller Fleck bleiben, sie aber würden bald vergessen sein.

Als Schwarz meine Größe und Weltbedeutung endlich begriff, erschauerte er und lud mich zum Essen ein.

2

Ich wollte eine Gesellschaft auseinandernehmen, und nun mache ich's auch.

Ich beginne mit Valentina Jefimowna. Diese ungastliche Person lädt uns ein und setzt uns statt Essen irgendwas Saures vor. Ich esse gern und verstehe etwas von Speisen. Mit solch saurem Zeug lasse ich mich nicht an der Nase herumführen. Manchmal gehe ich sogar in ein Restaurant und sehe mir an, wie das Essen dort ist. Und ich kann mir nicht bieten lassen, daß dieser Eigenheit meines Charakters nicht Rechnung getragen wird.

Jetzt komme ich zu Leonid Saweljewitsch Lipawski. Der entblödete sich nicht, mir ins Gesicht zu sagen, er habe im Monat zehn Ideen.

Erstens ist das gelogen. Er hat nicht zehn, sondern weniger.

Und zweitens habe ich mehr. Ich habe zwar nicht gezählt, wie viele im Monat, doch mehr als er bestimmt.

Ich für meinen Teil stoße zum Beispiel niemanden mit der Nase darauf, daß ich bekanntlich kolossal geistreich bin. Ich habe alle Ursache, mich für einen großen Mann zu halten. Und tue es übrigens auch.

Daher kränkt es und schmerzt es mich, unter Menschen zu sein, die ihrem Geist, ihrer Weitsicht und ihrem Talent nach unter mir stehen, und den mir unbedingt gebührenden Respekt nicht zu spüren.

Warum, warum bin ich besser als alle?

3

Jetzt ist mir alles klar: Leonid Saweljewitsch ist ein Deutscher. Er hat sogar deutsche Manieren. Sehen Sie nur, wie er ißt! Na, ein reiner Deutscher, und wie! Sogar seinen Beinen sieht man an, daß er ein Deutscher ist.

Ohne aufzuschneiden, kann ich sagen, daß ich eine gute Beobachtungsgabe habe und sehr witzig bin.

Zum Beispiel: Nehmen wir Leonid Saweljewitsch, Julius Bersin und Wolf Ehrlich und stellen sie nebeneinander auf den Gehsteig, so können wir sagen: klein, kleiner, am kleinsten.

Meines Erachtens ist das witzig, weil in Maßen komisch.

Und doch – Leonid Saweljewitsch ist ein Deutscher! Bei der nächsten Gelegenheit werde ich ihm das unbedingt sagen.

Nicht, daß ich mich für besonders intelligent hielte, aber ich muß sagen, ich bin intelligenter als alle. Vielleicht gibt es auf dem Mars jemanden, der intelligenter als ich ist, aber auf der Erde kenne ich keinen.

Da heißt es nun immer, Olejnikow sei sehr intelligent. Ich finde ihn zwar intelligent, aber nicht sehr. Er entdeckte zum Beispiel, daß die 6, wenn man sie hinschreibt und umdreht, die 9 ergibt. Ich finde das nicht intelligent.

Leonid Saweljewitsch sagt völlig zu Recht, die Intelligenz des Menschen sei des Menschen Vorzug. Und wenn keine Intelligenz da sei, sei auch kein Vorzug da. Jakow Semjonowitsch widerspricht Leonid Saweljewitsch und sagt, die Intelligenz des Menschen sei des Menschen Schwäche. Meines Erachtens ist das erst recht paradox. Warum sollte Intelligenz Schwäche sein? Das ist sie durchaus nicht. Eher Stärke. So meine ich.

Wir treffen uns oft bei Leonid Saweljewitsch und sprechen darüber.

Wenn Streit aufkommt, gehe ich stets als Sieger hervor. Ich weiß selbst nicht warum.

Ich weiß nicht warum, aber alle betrachten mich mit Staunen. Was ich auch tue, alle finden es erstaunlich.

Dabei lege ich es gar nicht darauf an. Es ergibt sich alles von selbst.

Sabolozki sagte einmal, es sei mir eigen, Sphären zu lenken. Das wird ein Scherz gewesen sein. Nie im Leben habe ich an so was auch nur im Traum gedacht.

Seltsam, aber alle im Schriftstellerverband halten mich für so was wie einen Engel.

Hört mal, Freunde! Mir so zu huldigen, das geht doch nun wirklich nicht. Ich bin nicht anders als ihr, nur besser.

4

Ich habe einmal den Ausdruck gehört: »Fange den Moment ein!« Leicht gesagt! Ich finde diesen Ausdruck sinnlos. In der Tat, man sollte nicht zu Unmöglichem auffordern.

Ich sage das in vollem Ernst, denn ich habe es an mir selbst ausprobiert. Ich haschte nach dem Moment, aber fing ihn nicht ein, zerschlug dabei nur meine Uhr. Jetzt weiß ich, es ist unmöglich.

Es ist genauso unmöglich, wie »die Epoche einzufangen«, weil die Epoche ja auch ein Moment ist, nur etwas größer.

Auf einem anderen Blatt steht der Ausdruck: »Haltet fest, was in diesem Moment geschieht!« Der steht schon auf einem anderen Blatt.

Ein Beispiel: eins, zwei, drei! Es ist nichts geschehen! Also habe ich einen Moment festgehalten, in dem nichts geschehen ist.

Davon erzählte ich Sabolozki. Dem gefiel das so sehr, daß er den ganzen Tag saß, »eins, zwei, drei!« zählte und feststellte, daß nichts geschehen war.

Bei dieser Beschäftigung traf Schwarz ihn an. Auch Schwarz war fasziniert von diesem originellen Verfahren, festzuhalten, was in unserer Epoche geschieht, weil ja die Epoche aus Momenten besteht. Aber bitte, seien Sie eingedenk, daß der Urheber dieses Verfahrens ich bin. Ich und nochmals ich! Zu erstaunlich!

Was anderen schwerfällt, fällt mir leicht.

Ich kann sogar fliegen. Aber davon werde ich nicht erzählen, es würde sowieso keiner glauben.

5

Wenn zwei Menschen Schach spielen, habe ich immer den Verdacht, daß sie sich gegenseitig bemogeln. Zumal wenn es um Geld geht.

Überhaupt, jede Art Spiel um Geld ist mir zuwider. Ich verbiete allen, es in meinem Beisein zu treiben.

Und Kartenspieler würde ich hinrichten lassen. Das ist das einzig richtige Mittel im Kampf gegen das Glücksspiel. Statt Karten zu spielen, sollte man sich lieber versammeln und sich Moral beibringen.

Doch übrigens, Moral ist langweilig. Frauen sind interessanter.

Frauen interessieren mich schon immer. Frauenbeine regen mich immer so auf, besonders oberhalb der Knie.

Viele halten die Frauen für lasterhafte Wesen. Ich nicht! Im Gegenteil, in bestimmter Hinsicht finde ich sie sogar sehr angenehm.

Eine mollige junge Frau! Wo kann da ein Laster sein? Nirgends!

Was Leonid Saweljewitsch auch sagt, ich habe es schon irgendwann eher gesagt.

Das betrifft nicht nur Leonid Saweljewitsch.

Jeder ist froh, wenn er wenigstens ein paar Gedankenfetzen von mir übernehmen kann. Ich muß schon darüber lachen.

Gestern zum Beispiel kam Olejnikow angelaufen und sagte, er sei mit den Problemen des Lebens ganz durcheinander. Ich gab ihm diesen und jenen Rat und ließ ihn gehen. Von mir beglückt, ging er in seiner allerbesten Laune.

Die Leute sehen in mir einen Rückhalt, wiederholen meine Worte, bestaunen meine Taten, bezahlen mich aber nicht.

Ihr dummen Leute! Bringt mir etwas mehr Geld, und ihr werdet sehen, wie zufrieden ich darüber bin.

6

Nun ein paar Worte über Alexander Iwanowitsch.

Ein Schwätzer und Glücksspieler. Doch wenn ich ihn für etwas schätze, so dafür, daß er mir so ergeben ist.

Tag und Nacht beobachtet er mich, immer bereit, auch nur die Andeutung eines Auftrags von mir entgegenzunehmen. Ich brauche nur eine Andeutung zu machen, schon saust Alexander Iwanowitsch los wie der Wind, um meinen Willen zu vollstrecken. Dafür habe ich ihm Schuhe gekauft und zu ihm gesagt: »Da, trag sie!« Und er trägt sie.

Wenn Alexander Iwanowitsch zum Staatsverlag kommt, lachen alle und sagen untereinander, Alexander Iwanowitsch komme Geld holen.

Konstantin Ignatjewitsch Drewazki versteckt sich unterm Tisch. Bildlich gesprochen.

Was Alexander Iwanowitsch am meisten mag, sind Makkaroni. Er verrührt sie mit Zwiebackbröseln und ißt davon fast ein ganzes Kilo, wenn nicht noch viel mehr.

Wenn er sie aufgegessen hat, sagt er, ihm sei übel, und legt sich aufs Sofa. Manchmal kommen die Makkaroni wieder heraus.

Fleisch mag Alexander Iwanowitsch nicht und Frauen auch nicht. Das heißt, manchmal schon. Sehr oft sogar, glaube ich.

Aber die Frauen, die Alexander Iwanowitsch mag, sind für meinen Geschmack alle häßlich, daher können wir annehmen, daß es überhaupt keine Frauen sind.

Was ich sage, ist immer richtig. Sich mit mir zu streiten, will ich keinem geraten haben, er würde schlecht wegkommen, denn ich behalte immer die Oberhand.

Auch steht euch nicht zu, euch mit mir zu messen. Das haben schon ganz andere versucht. Alle habe ich kleingekriegt. Wenn ich auch aussehe, als könnte ich keinen Ton sagen – habe ich erst einmal angefangen, dann bin ich nicht mehr zu halten.

Einmal fing ich bei den Lipawskis an, und los ging's! Ich redete alle tot. Dann ging ich zu Sabolozkis und redete auch dort alle tot. Dann ging ich zu Schwarzens, und auch dort redete ich alle tot. Dann ging ich nach Hause, und zu Hause redete ich noch die halbe Nacht!

99.

Brief an T. A. Meier

17. Juli 1931, Zarskoje Selo

Mein liebes Tantchen Tamara Alexandrowna, ich schreibe nicht gern, wenn nichts ist. Nichts, aber auch gar nichts hat sich verändert seit Ihrer Abreise. Nach wie vor rennt Valentina Jefimowna zu Tamara Grigorjewna, Tamara Grigorjewna zu Valentina Jefimowna, Alexandra Grigorjewna zu Leonid Saweljewitsch und Leonid Saweljewitsch zu Alexander Iwanowitsch. Auch von mir kann ich kein bißchen was sagen. Ich habe etwas Farbe bekommen, bin etwas dicker und etwas schöner geworden, aber nicht einmal darin stimmen mir alle zu.

So schreibe ich Ihnen wenigstens eine Sache, die Leonid Saweljewitsch passiert ist. Leonid Saweljewitsch wollte mich mal besuchen kommen, traf mich aber nicht zu Hause an. Er wurde auch gar nicht erst reingelassen, sondern nur durch die Tür gefragt: »Wer ist da?« Erst fragte er nach mir, doch dann nannte er seinen Nachnamen. »Saweljew« sagte er komischerweise. Mir wurde hinterher ausgerichtet, ein Fräulein Sevilla wollte zu mir. Nur mit Mühe kam ich drauf, wer das in Wirklichkeit war. Ja, und neulich war noch so was. Leonid Saweljewitsch und ich gingen in den Zirkus. Vor Beginn kommen wir hin, und stellen Sie sich vor, es gibt keine einzige Karte. Ich sage: »Los, Leonid Saweljewitsch, schummeln wir uns durch.« Wir also hin. Am Eingang werde ich festgehalten, er dagegen, sehe ich, geht fröhlich weiter. Das empört mich, und ich sage: »Der da hat auch keine Karte. Warum lassen Sie den rein?« Da wird mir gesagt: »Das ist das Stehaufmännchen, es hat bei uns Teppichdienst.« Wissen Sie, ganz bleich und elend ist er geworden, der arme Leonid Saweljewitsch, winkt allein schon beim Wort »Staatsverlag« ab und will Friseur werden. Alexander Iwanowitsch hat sich eine Hose gekauft und behauptet, sie sei Oxford. Weit ist sie ja, das stimmt, unheimlich weit, weiter als Oxford, aber dafür ganz kurz, man sieht, bis wohin die Socken reichen. Aber Alexander Iwanowitsch läßt es sich nicht verdrießen und sagt: »Ich trage sie, sie wird sich schon eintragen.« Valentina Jefimowna ist umgezogen. Auch aus der neuen Wohnung wird sie bald rausfliegen. Tamara Grigorjewna und Alexandra Grigorjewna machen es sich ganz ungeniert in Ihrem Zimmer bequem; ich rate Ihnen, die Augen offenzuhalten. Die Sinaiskis sind übrigens Halunken.

Das ist ungefähr alles, was seit Ihrer Abreise war. Sobald es etwas Interessantes gibt, schreibe ich ausführlich.

Wir haben alle solche Sehnsucht nach Ihnen! Ich habe mich schon in drei schöne Frauen verliebt, die Ihnen ähnlich sehen. Leonid Saweljewitsch hat mit Bleistift an die Tapete neben seinem Bett geschrieben: »Tamara A.K.N.«. Und Olejnikow hat seinen Sohn Tamara genannt. Und Alexander Iwanowitsch nennt alle seine Bekannten Tamaralein. Und Val. Jef. hat Barski einen Brief geschrieben und ein »T« druntergesetzt, was »toi-toi-toi« heißt oder »Tamara«. Ob Sie's glauben oder nicht, aber sogar Boba Lewin hat mir aus Simbirsk geschrieben und gefragt: »Wie geht es Dir, wen siehst Du so alles?« Natürlich will er wissen, ob ich Sie sehe. Neulich bin ich Danilewitsch begegnet. Er strahlte mich an und fing an zu zittern, doch als er mich erkannt hatte, fiel er förmlich in sich zusammen. »Ich habe Sie«, sagte er,* »für Tamara gehalten, aber es war ein Irrtum, wie ich sehe.« Ja, »für Tamara« hat er gesagt. Ich habe nichts gesagt, ich blickte ihm nur nach und murmelte leise: »Eiszapfen!« Aber anscheinend hatte er das gehört, denn er kam blitzschnell zurück und haute mir, ich weiß nicht womit, eine runter. Mir kamen direkt die Tränen, so leid haben Sie mir getan.

Mit dem Bleistift kann ich nun auch nicht mehr schreiben.

Ihr Daniil Charms

17. Juli 1931
Nadeshdinskaja-Str. 11, W. 8
(Schreiben Sie mir an diese Stadtadresse.)

---

* Eben nimmt mir meine Tante die Tinte weg. Ich schreibe aus Zarskoje Selo. D. Ch.

100.

Brief an T. A. Meier-Lipawskaja und L. S. Lipawski

28. Juni 1932, Zarskoje Selo

Liebe Tamara Alexandrowna und Leonid Saweljewitsch, vielen Dank für Ihren wundervollen Brief. Ich habe ihn dutzendmal gelesen und auswendig gelernt. Man kann mich mitten in der Nacht wecken, und ohne zu stocken lege ich los: »Hallo, lieber Daniil Iwanowitsch, Sie fehlen uns so, wie uns das grämt! Lena hat sich neue ...« usw. usw.

Ich habe den Brief allen meinen Bekannten in Zarskoje Selo vorgelesen, und allen gefällt er sehr. Gestern besuchte mich mein Freund Balnis. Er wollte bei mir übernachten. Ich habe ihm Ihren Brief sechsmal vorgelesen. Er lächelte vergnügt, sichtlich gefiel ihm der Brief. Seine genaue Meinung konnte er allerdings nicht mehr sagen, denn er ging wieder, blieb nicht zur Nacht. Heute besuchte ich ihn und las ihm den Brief noch einmal vor, um ihn ihm wieder gut in Erinnerung zu bringen. Dann fragte ich ihn nach seiner Meinung. Aber er riß vom Stuhl ein Bein ab und jagte mich mit diesem Bein aus dem Haus. Dabei sagte er, wenn ich ihm noch einmal mit diesem Stuß käme, würde er mich an den Armen fesseln und mir mit Mülldreck den Mund stopfen. Das war natürlich grob und geistlos von ihm. Ich bin natürlich gegangen und dachte mir, daß er bestimmt starken Schnupfen hatte und daher nicht recht beisammen war. Von Balnis aus ging ich zum Jekaterinski-Park und machte eine Bootspartie. Auf dem ganzen See waren nur noch zwei, drei andere Boote. Nebenbei gesagt, in einem fuhr ein sehr schönes Mädchen. Und ganz allein. Ich wendete (beim Wenden muß man übrigens vorsichtig rudern, sonst springen die Riemen

T. A. Lipawskaja und L. S. Lipawski (L. Saweljew).
Dreißiger Jahre.

aus den Dollen) und fuhr der Schönen nach. Mir war, als sähe ich wie ein Norweger aus, und meine Figur mit der grauen Weste und der flatternden Krawatte strahlte vor Gesundheit und Frische, atmete sozusagen das Meer. Aber bei der Orlow-Säule badeten irgendwelche Rowdys, und als ich vorbeikam, wollte einer mir in die Quere schwimmen. Da rief ein anderer: »Warte, bis diese krumme, verschwitzte Figur vorbei ist!« und zeigte mit dem Fuß nach mir. Das war mir sehr peinlich, weil die Schöne es gehört hatte. Da sie vor mir fuhr und man beim Rudern bekanntlich mit dem Rücken in Fahrtrichtung sitzt, hatte sie auch noch gesehen, wie dieser Rowdy mit dem Fuß nach mir zeigte. Ich tat so, als ob mich das gar nichts anginge, und blickte lächelnd umher. Aber es war kein anderes Boot in der Nähe. Da rief der Rowdy wieder etwas. »Was guckst du groß?« rief er. »Hast du nicht verstanden? He du, Pumpe mit Hut!«

Ich begann aus Leibeskräften zu rudern, aber die Riemen sprangen immerzu aus den Dollen, und das Boot kam nur langsam vom Fleck.

Endlich, mit großer Mühe, hatte ich die Schöne eingeholt, und ich stellte mich ihr vor. Sie hieß Jekaterina Pawlowna. Wir gaben ihr Boot ab, und sie stieg bei mir ein. Ich stellte fest, daß sie eine geistreiche Gesprächspartnerin war, und kam auf die Idee, mit dem Geist meiner Bekannten zu glänzen. Ich zog also Ihren Brief aus der Tasche und begann ihn vorzulesen: »Hallo, lieber Daniil Iwanowitsch, Sie fehlen uns so, wie uns das grämt! Lena hat sich neue ...« usw. Jekaterina Pawlowna sagte, wenn wir ans Ufer führen, würde ich etwas erleben. Und ich erlebte, wie Jekaterina Pawlowna wegging und aus dem Gebüsch ein dreckiger Bengel kroch und sagte: »Rudere ab, Onkel!«

Heute abend ist der Brief verschwunden. Das kam so: Ich stand auf dem Balkon, las Ihren Brief und aß dabei Grießbrei. In diesem Moment rief mich die Tante ins Zimmer und bat, ihr die Uhr aufziehen zu helfen. Ich deckte den Grießbrei mit dem Brief zu und ging ins Zimmer. Als ich wiederkam, hatte der Brief den Grießbrei völlig aufgesogen, und ich aß ihn auf.

Das Wetter in Zarskoje Selo ist schön: wechselnde Bewölkung, Sturmböen, gelegentlich Regen.

Heute morgen kam ein Leierkastenmann in unseren Garten und spielte den Hundewalzer, dann nahm er die Hängematte und lief weg.

Ich habe ein sehr interessantes Buch gelesen, es handelt davon, wie sich ein junger Mann in eine junge Person verliebt und diese junge Person einen anderen jungen Mann liebt und dieser junge Mann eine andere junge Person liebt und diese junge Person wiederum einen anderen jungen Mann liebt, der nicht sie liebt, sondern eine andere junge Person.

Plötzlich stolpert diese junge Person, stürzt durch eine offene Luke und bricht sich die Wirbelsäule an. Aber als sie längst wieder gesund ist, erkältet sie sich und stirbt. Und der junge Mann, der sie liebt, jagt sich eine Kugel durch den Kopf. Und die junge Person, die diesen jungen Mann liebt, wirft sich unter den Zug. Und der junge Mann, der diese junge Person liebt, klettert vor Trauer auf einen Straßenbahnmast, faßt an die Leitung, bekommt einen elektrischen Schlag und stirbt. Und die junge Person, die diesen jungen Mann liebt, ißt gestoßenes Glas und stirbt an Darmblutungen. Und der junge Mann, der diese junge Person liebt, flieht nach Amerika und verfällt dermaßen dem Suff, daß er seinen letzten Anzug verkauft, in Ermangelung eines Anzugs im Bett liegen muß, im Bett Liegegeschwüre bekommt und an diesen Liegegeschwüren stirbt.

Demnächst bin ich in der Stadt. Ich möchte Sie unbedingt sehen. Grüßen Sie bitte Valentina Jefimowna und Jakow Semjonowitsch.

Daniil Charms

T. A. Lipawskaja und L. S. Lipawski (L. Saweljew).
Dreißiger Jahre.

101.

Brief an T. A. Meier-Lipawskaja

Liebe Tamara Alexandrowna,
Leonid Saweljewitsch, Jakow Semjonowitsch und Valentina Jefimowna, bitte richten Sie Leonid Saweljewitsch, Valentina Jefimowna und Jakow Semjonowitsch einen schönen Gruß von mir aus.

Wie geht es Ihnen, Tamara Alexandrowna, Valentina Jefimowna, Leonid Saweljewitsch und Jakow Semjonowitsch? Was macht Valentina Jefimowna? Tamara Alexandrowna, schreiben Sie mir unbedingt, wie sich Jakow Semjonowitsch und Leonid Saweljewitsch fühlen.

Ich habe solche Sehnsucht nach Ihnen, Tamara Alexandrowna. Ebenso aber auch nach Valentina Jefimowna, Leonid Saweljewitsch und Jakow Semjonowitsch. Wie denn, ist Leonid Saweljewitsch noch immer auf der Datsche oder ist er schon zurück? Bitte grüßen Sie ihn von mir, wenn er zurück ist. Ebenso aber auch Valentina Jefimowna, Jakow Semjonowitsch und Tamara Alexandrowna. Sie sind mir alle so unvergeßlich, daß ich manchmal denke, ich könnte sie nie vergessen. Valentina Jefimowna steht mir wie lebendig vor Augen, und sogar Leonid Saweljewitsch – wie lebendig. Für Jakow Semjonowitsch empfinde ich wie für Bruder und Schwester, aber auch für Sie wie für eine Schwester oder zumindest Cousine. Leonid Saweljewitsch ist für mich wie ein Schwager, aber auch Valentina Jefimowna ist wie eine Art Verwandte für mich.

Ich denke an Sie auf Schritt und Tritt, mal an den einen, mal an den anderen, und mit einer Klarheit und Deutlichkeit immer – einfach schlimm. Aber im Traum ist mir von Ihnen noch keiner erschienen, ich wundere mich schon, warum. Denn erschiene mir Leonid Saweljewitsch im Traum, das wäre etwas ganz anderes, als wenn mir Jakow Semjonowitsch im Traum erschiene. Dem zuzustimmen kann nun wirklich keiner umhin. Und erschienen mir Sie im Traum, so wäre auch das etwas anderes, als wenn mir im Traum Valentina Jefimowna gezeigt werden würde. Neulich war hier was los! Denken Sie nur, ich will ausgehen und nehme den Hut, um ihn aufzusetzen, plötzlich stutze ich: der Hut! Als ob es nicht meiner wäre und doch meiner und wieder nicht meiner. Uff! denke ich, das ist ein Ding! Ist das mein Hut oder nicht mein Hut? Und setze ihn auf und wieder ab und wieder auf. Als ich den Hut aufhabe, schaue ich in den Spiegel und sage: »Doch, es ist meiner«, denke dabei aber: Und wenn es nun nicht meiner ist? Na, es stellte sich heraus, daß es wirklich meiner war. Und Wwedenski, der hat sich, als er in einem Fluß badete, in einem Fischernetz verfangen und war davon so erschüttert, daß er, kaum daß er sich befreit hatte, schnurstracks nach Hause ging und sich aufs Sofa setzte. Bitte schreiben Sie mir, wie es Ihnen allen geht. Ist Leonid Saweljewitsch nun noch auf der Datsche oder schon zurück?

            Daniil Charms

Kursk, 1. August 1932

102.

Brief an T. A. Meier-Lipawskaja

2. September 1932. Kursk

Liebe Tamara Alexandrowna,
wie geht es Ihnen gesundheitlich? Alexander Iwanowitsch hat Ihren Brief gelesen und sich übergeben. Was ist denn nun wirklich mit Ihren Nieren? Ich habe lange darüber nachgedacht, bin aber zu keinen positiven Schlüssen gekommen. Die Nieren sind bekanntlich dazu da, Schadstoffe aus dem Organismus abzusondern, und sehen der Form nach wie Bohnen aus. Was kann mit denen schon Sonderliches passieren? Bei Ihnen ist das jedenfalls etwas Spannendes. Was bedeutet Nierenwanderung? Stellen Sie sich – um es an einem Beispiel zu veranschaulichen – vor, daß Sie und Valentina Jefimowna zwei Nieren sind. Plötzlich fängt eine von Ihnen an zu wandern. Was bedeutet das? Es ist absurd. Setzen Sie statt Valentina Jefimowna Leonid Saweljewitsch hin oder Jakow Semjonowitsch oder überhaupt irgendwen sonst, so oder so würde nichts als Nonsens daraus. Valentina Jefimowna habe ich eine Gratulation gesandt. Wie immer sie auch sein mag, trotzdem, meine ich, sollte man ihr gratulieren.

Daniil Charms

103.

Brief an K. W. Pugatschowa

Mittwoch,
20. September 1933
Petersburg

Liebe Klawdija Wassiljewna,
es hat sich als nicht so ganz leicht erwiesen, Ihnen den versprochenen Brief zu schreiben. Nun, worin sich bloßstellen? Und woher die versprochene Beredsamkeit nehmen? Darum lasse ich den versprochenen Brief lieber bleiben und schreibe Ihnen einfach aus ganzem Herzen und freien Stücken. Den ersten Teil dieses Briefes will ich zärtlich halten, den zweiten spielerisch und den dritten sachlich. Manches von dem Versprochenen mag sogar einfließen in dieses Werk, mich besonders darum bemühen werde ich allerdings nicht. Das einzige, was ich bestimmt erfülle, ist, daß ich den Brief am 21. September 1933 in die Postbüchse werfe.

1. Teil *(zärtlich)*

Liebste Klawdija Wassiljewna, dieser Briefteil soll zärtlich werden. Das läßt sich auch unschwer machen, denn mein Verhältnis zu Ihnen hat in der Tat eine Zärtlichkeit von erstaunlichem Ausmaß erlangt. Ich brauche nur aufzuschreiben, was mir in den Sinn kommt, wenn ich an Sie denke (auch das kostet keine Mühe, denn ich denke ständig an Sie), und der Brief wird ganz von allein zärtlich.

Ich weiß selbst nicht, wie es gekommen ist, doch eines schönen Tages war es auf einmal so: Sie sind nicht mehr Sie, sondern eine Art Teil von mir, oder ich bin ein Teil von Ihnen, oder wir beide sind ein Teil davon, was vorher ein Teil von mir war, wäre ich nicht selbst ein Teil-

Aus Charms' Notizbuch. Dreißiger Jahre.

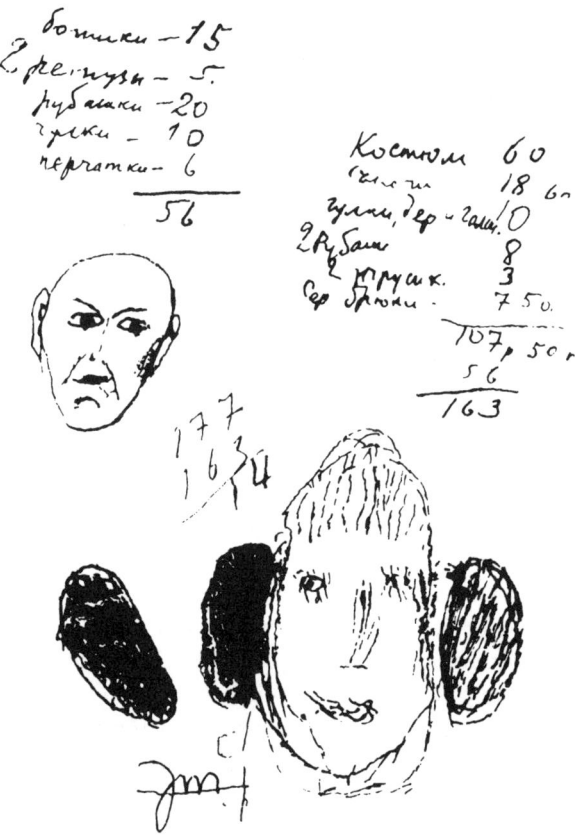

chen davon, was seinerseits ein Teil war von ... Verzeihung, ein recht komplizierter Gedanke, und wie man sieht, habe ich mich darin verheddert.

Kurz und gut, liebe Klawdija Wassiljewna, glauben Sie mir nur das eine – ich habe noch nie einen Freund gehabt und mir auch noch nie einen gewünscht, weil ich meinte, der Teil von mir (wieder dieser Teil!), der einen Freund sucht, könnte den verbliebenen Teil als genau das Wesen ansehen, das am besten imstande ist, die Idee der Freundschaft zu verkörpern – jene Offenheit, Aufrichtigkeit, jene Selbstaufopferung, d. h. Aufopferung (ich merke, daß ich wieder zu weit greife und mich zu verheddern beginne), jenen rührenden Austausch geheimster Gedanken und Gefühle, der zu rühren imstande ist ... Nein, ich habe mich wieder verheddert. Besser, ich sage es alles in zwei Worten:

Ich stehe unendlich zärtlich zu Ihnen, Klawdija Wassiljewna!

Kommen wir zum zweiten Teil.

2. Teil *(spielerisch)*

Wie leicht, nach einem »zärtlichen Teil«, für den man die ganze Differenziertheit seiner Seelenregungen aufbieten muß, einen »spielerischen Teil« zu schreiben, der weniger seelische Differenziertheit als vielmehr geschliffenen Geist und Gedankenvielfalt verlangt. Auf Grund meiner unseligen Sprachnot mich schöner Sätze mit langen Perioden enthaltend, richte ich meine Gedanken ganz auf Sie, und schon rufe ich aus: »Oh, wie sind Sie schön, Klawdija Wassiljewna!«

Gott steh mir bei, den nächsten Satz zu Ende zu bringen und nicht mittendrin steckenzubleiben. Nun denn, ich bekreuzige mich und hebe an: Liebe Klawdija Wassiljewna, ich bin so froh, daß Sie nach Moskau gezogen sind, denn wenn Sie geblieben wären (kürzer!), hätte ich binnen kurzem vergessen (noch kürzer!), hätte ich mich in Sie verliebt und alles um mich vergessen! (Geschafft.)

Um diesen vollen Erfolg zu halten und den Eindruck, den der zweite Teil hinterließ, nicht zu verwischen, komme ich schnell zum dritten Teil.

3. Teil *(wie er auch sein soll – sachlich)*

Liebe Klawdija Wassiljewna, schreiben Sie mir recht bald, wie Sie in Moskau Fuß gefaßt haben. Ich sehne mich nach Ihnen. Schlimm der Gedanke, daß der Mensch sich allmählich an alles gewöhnt oder, richtiger, daß er vergißt, wonach er sich einmal gesehnt hat. Doch manchmal genügt schon ein kleines Zeichen, und alle Wünsche flammen von neuem auf, sofern sie einmal, wenigstens einen Augenblick lang, echt waren. Von einem Briefwechsel zwischen Bekannten halte ich nichts, eher schon etwas von einem zwischen ganz fremden Menschen, und daher bitte ich Sie nicht um Briefe nach »Form und Regel«. Doch wenn Sie mir von Zeit zu Zeit ein Fetzchen Papier mit Ihrem Namen schickten, wäre ich Ihnen sehr dankbar. Freilich, über einen Brief von Ihnen wäre ich genauso gerührt.

Bei den Litejny-Schwarzens war ich noch nicht; doch sobald ich hinkomme, werde ich dort alles ausrichten, worum Sie mich baten.

Dieses Leben aber auch! Wie teuer ist dieses Leben geworden! Der Porree auf dem Markt kostet nicht mehr 30, sondern 35 oder gar 40 Kopeken. Daniil Charms

Leningrad, Nadeshdinskaja 11, W. 8

104.

Brief an K. W. Pugatschowa

5. Oktober 1933. Leningrad

Liebe Klawdija Wassiljewna,
nichts auf der Welt wünsche ich mir mehr, als Sie zu sehen. Sie haben mich erobert. Vielen Dank für Ihren Brief. Ich denke sehr viel an Sie. Und wieder glaube ich, daß es nicht recht war von Ihnen, nach Moskau zu ziehen. Ich liebe das Theater sehr, doch leider gibt es zur Zeit kein Theater. Die Zeit des Theaters, der großen Poeme und der schönen Architektur ist seit hundert Jahren vorbei. Geben Sie sich nur nicht der Hoffnung hin, Chlebnikow hätte große Poeme geschrieben, und Meyerhold, das wäre Theater. Chlebnikow ist besser als alle anderen Dichter der zweiten Hälfte des 19. und des ersten Viertels des 20. Jahrhunderts, doch seine Poeme sind lediglich lange Gedichte; und Meyerhold hat nichts gemacht.

Ich glaube fest, daß die Zeit der großen Poeme, der großen Architektur und des großen Theaters einmal wiederkehrt. Doch soweit ist es noch nicht. Solange keine neuen Vorbilder in diesen drei Künsten geschaffen sind, bleiben die alten Wege die besten. Ich an Ihrer Stelle würde entweder versuchen, selbst ein neues Theater zu schaffen, wenn ich die genügende Größe für solch ein Werk in mir fühlte, oder ein Theater der eher archaischen Formen vertreten.

Nebenbei, das TJUS ist in einer günstigeren Lage als die Erwachsenentheater. Wenn es auch keine Epoche der Wiedergeburt eröffnet, so ist es doch, dank der besonderen Gegebenheiten des Kinderpublikums, obwohl durchaus auch verunreinigt von Theaterwissenschaft,

»Konstruktionen« und »Linksradikalismus« (vergessen Sie nicht, daß ich selbst zu den »linksradikalen Dichtern« gezählt werde), so ist es doch reiner als andere Theater.

Liebste Klawdija Wassiljewna, wie bedaure ich, daß Sie meine Stadt verlassen haben, und ich bedaure es um so mehr, als ich Ihnen von ganzem Herzen zugetan bin.

Ich wünsche Ihnen, liebste Klawdija Wassiljewna, viele Erfolge.

Daniil Charms

Brief an K. W. Pugatschowa

Montag,
9. Oktober 1933.
Petersburg

Liebe Klawdija Wassiljewna,
Sie sind in eine fremde Stadt gezogen – begreiflich, daß Sie noch keine vertrauten Menschen haben. Warum aber ich keine mehr habe, seit Sie fort sind, das ist mir wenn nicht unbegreiflich, so zumindest verwunderlich! Verwunderlich, daß ich Sie nur ganze vier Mal gesehen habe und doch alles, was ich erlebe und denke, nur Ihnen sagen möchte.

Verzeihen Sie mir, wenn ich fortan ganz aufrichtig zu Ihnen bin.

Ich tröste mich: es sei gut, daß Sie nach Moskau gezogen sind. Denn was hätten wir gehabt, wenn Sie geblieben wären? Entweder wären wir nach und nach voneinander enttäuscht worden, oder ich hätte mich in Sie verliebt und Sie kraft meines Konservatismus als meine Frau sehen wollen.

Besser vielleicht, ich kenne Sie von fern.

Gestern war ich im »Schatz« von Schwarz, im TJUS.

Die Stimme der Ochotina klingt oft wie Ihre. Ganz klar, sie ahmt sie nach.

Nach dem TJUS machten Schwarz und ich einen langen Spaziergang, und Schwarz bedauerte, daß Sie nicht mehr da sind. Er erzählte mir, wie erfolgreich Sie in »Underwood« spielten. Um mehr über Sie zu hören, bat ich Schwarz, mir Ihre Rolle im »Underwood« zu erzählen. Schwarz erzählte, und ich erkundigte mich nach allen Einzelheiten, und Schwarz war geschmeichelt von meinem Interesse für sein Stück.

Gerade habe ich Eckermanns »Gespräche mit Goethe« ausgelesen. Sollten Sie sie noch nicht gelesen haben oder schon gelesen haben, doch vor langem, so lesen Sie sie noch mal. Ein sehr gutes und ruhiges Buch.

Seit Sie fort sind, habe ich erst ein Gedicht geschrieben. Ich lege es Ihnen bei. Es heißt »Die Freundin«, meint aber nicht Sie. Es ist eine Freundin, die recht grausig aussieht – Kreise im Gesicht und ein geplatztes Auge. Ich weiß nicht, wer sie ist. Vielleicht, wie lächerlich es in unserer Zeit auch sein mag, die Muse. Doch wenn das Gedicht traurig ist, wäre das allerdings nun schon Ihre Schuld. Schade, daß Sie meine Gedichte nicht kennen. »Die Freundin« ist meinen üblichen Gedichten nicht ähnlich, wie ich mir auch selbst nicht mehr ähnlich bin. Schuld daran sind Sie. Ebendarum schicke ich Ihnen dieses Gedicht.

Die Freundin

Freundin, über deine lieben
Züge ging der Wurm und fraß
Dreißig Kreise ein, vier Sieben,
Sieben K und ein Kreuz-As.
Hin ziehn über dir die Jahre,
Und ein Aug, geplatzt, starrt blind,
Grün die Lippen, storr die Haare,
Und im Nasloch singt der Wind.
Gott weiß, was in dieser Ruhe
In dir waltet! Doch ich weiß,
Irgendwann springt auf die Truhe,
Gibt dein großes Sinnen preis.

Und da wird die Welt verstehen
Deiner Schlafwut guten Grund,
Und dein Geist als Atemwehen
Aufsteigen aus Brust und Mund.
Wartest du, gestützt gelassen
Auf den Stab, daß sich erhöben
Die Planeten, Sternenmassen?
Sich verbänden Menschenleben?
Oder auch, daß dir Verlangen
Zuflöge vom Himmel dort,
Dich entzündend, den Gedanken
Umzuwandeln in sein Wort?
Trägen Schritts gehn wir auf Erden
Nehmen unsre Frist nicht wahr,
Die Minuten aber werden
Sichtbarer mit jedem Jahr.
Immer härter nimmt der kalte
Haß und Geiz uns beim Genick,
Und zur Erde senkt die alte
Dummheit ihren dumpfen Blick.
Doch einst stimmen wir die Leier,
Und einst singen wir im Hain,
Und der Welt wird diese Feier
Wie ein süßes Träumen sein.
Und die Flüsse schwellen brausend,
Und vom Uferfels herab,
Hundert Menschenalter, tausend,
Reglos, aufrecht überm Stab,
Kühlen Augs wirst du uns folgen
Auf den ruhmbestreuten Wegen,
Und es werden keine Wolken
Um dein hohes Haupt sich legen.

28. September 1933

Ihr Tschekan hat eine seltsame Eigenheit: er spielt fünf Minuten, dann fängt er an zu zischen. Deshalb spiele ich ihn zweimal am Tag: morgens und bei Sonnenuntergang.

Liebste Klawdija Wassiljewna, bleiben Sie guten Mutes, doch scheuen Sie sich auch nicht, mir Trauriges zu schreiben. Ich bin sogar froh, daß Sie in der ersten Zeit Moskau leer und langweilig fanden. Das sagt nur, daß Sie ein großer Mensch sind.

Daniil Charms

106.

Brief an K. W. Pugatschowa

Montag,
16. Oktober 1933.
Petersburg

> Das Talent wächst, einreißend wie ein Zyklon
> Und bauend. Wohlstand ist Stagnation!

Liebe Klawdija Wassiljewna,
Sie sind ein erstaunlicher und wahrer Mensch!

Wie schmerzlich es auch für mich ist, Sie nicht zu sehen, ich will Sie nicht länger ans Tjus und in meine Stadt rufen. Wie gut, zu wissen, daß es noch einen Menschen gibt, der etwas will. Ich weiß nicht, mit welchem Wort diese Kraft zu benennen ist, die mich an Ihnen so freut. Ich nenne sie für gewöhnlich *Reinheit*.

Ich habe daran gedacht, wie schön alles Erste ist. Wie schön ist die erste Realität! Wie schön die Sonne und das Gras und der Stein und das Wasser und der Vogel und der Käfer und die Fliege und der Mensch. Doch ebensoschön sind das Gläschen und das Messer und der Schlüssel und das Kämmchen. Wenn ich aber erblindet und ertaubt bin und alle meine Sinne verloren habe, wie kann ich dann wissen von all diesem Schönen? Dann ist alles verschwunden, und es existiert für mich nichts. Doch plötzlich gewinne ich meinen Tastsinn wieder, und fast die ganze Welt ersteht mir neu. Ich gewinne mein Gehör wieder, und die Welt ist bedeutend schöner. Ich gewinne alle anderen Sinne wieder, und die Welt ist noch größer und schöner. Die Welt beginnt zu existieren, sowie ich sie nur in mich einlasse. Wenn auch noch ohne Ordnung, aber sie existiert.

Ich habe jedoch angefangen, die Welt in Ordnung zu bringen. Und da ist die Kunst erschienen. Erst jetzt erkenne ich den wirklichen Unterschied zwischen der

Sonne und dem Kämmchen, erkenne aber auch gleichzeitig, daß beides ein und dasselbe ist.

Jetzt ist mir darum zu tun, eine richtige Ordnung zu schaffen. Ich bin davon gepackt und denke allein daran. Ich spreche darüber, versuche es zu erzählen, zu beschreiben, zu zeichnen, zu tanzen, zu bauen. Ich bin der Schöpfer der Welt, und das ist das Wesentliche an mir. Wie sollte ich auch nicht ständig daran denken! In alles, was ich mache, lege ich das Bewußtsein, Schöpfer der Welt zu sein. Und ich mache nicht einfach Stiefel, sondern schaffe zuförderst eine neue Sache. Mir genügt nicht, daß der Stiefel bequem, haltbar und schön wird. Mir kommt es darauf an, daß in ihm dieselbe Ordnung wie in der ganzen Welt sei; daß die Ordnung der Welt nicht Einbuße erleide, nicht verunreinigt werde durch die Berührung von Leder und Nägeln, daß die Welt, trotz der Form des Stiefels, ihre Form bewahre, daß sie die bleibe, die sie war, daß sie *rein* bleibe.

Dies die Reinheit, von der alle Kunst durchdrungen ist. Wenn ich Gedichte schreibe, kommt es mir nicht auf die Idee an, nicht auf den Inhalt und nicht auf die Form und auch nicht auf den nebligen Begriff »Qualität«, sondern auf etwas noch viel Nebligeres und dem rationalistischen Verstand Unverständlicheres, doch für mich und hoffentlich auch für Sie, liebe Klawdija Wassiljewna, Verständliches – die *Reinheit der Ordnung*.

Diese Reinheit ist sowohl in der Sonne, im Gras, im Menschen als auch im Gedicht. Wahre Kunst steht mit der ersten Realität auf einer Stufe, sie erschafft die Welt und ist ihr erstes Abbild. Unbedingt ist sie real.

Aber mein Gott, aus was für Kleinigkeiten besteht doch die wahre Kunst! Die »Göttliche Komödie« ist eine große Sache, doch das Gedicht »Durch die welligen

Nebelschwaden dringt herab der Mond ...« ist nicht weniger groß. Denn hier wie dort herrscht Reinheit und folglich dieselbe Nähe zur Realität, d. h. zur selbständigen Existenz. Es sind nicht mehr nur Worte und Gedanken, auf Papier gedruckt, sondern es ist eine Sache, genauso real wie das kristallene Tintenfläschchen vor mir auf dem Tisch. Man hat das Gefühl, man könnte diese zur Sache gewordenen Gedichte vom Papier nehmen und durchs Fenster werfen, und die Fensterscheibe ginge entzwei. Ja, das vermögen Worte zu tun!

Doch diese selben Worte, wie können sie andererseits hilflos und schwach sein! Ich lese grundsätzlich keine Zeitung. Das ist eine ausgedachte, nicht erschaffene Welt. Nichts als eine klägliche, holprige typographische Schrift auf schlechtem, sprödem Papier.

Was braucht der Mensch mehr als Leben und Kunst? Ich denke, nichts: mehr ist nicht nötig, alles Wahre mündet hierein.

Ich denke, in allem kann Reinheit sein, selbst darin, wie ein Mensch Suppe ißt. Es ist richtig, daß Sie nach Moskau gezogen sind. Sie laufen durch die Straßen und spielen in einem hungrigen Theater. Darin ist mehr Reinheit, als hier in einem gemütlichen Zimmer zu wohnen und im TJUS zu spielen.

Alles Wohlbehaltene ist mir verdächtig.

Heute war Sabolozki bei mir. Schon lange hat die Architektur es ihm angetan, und so hat er nun ein Poem geschrieben, das manchen vorzüglichen Gedanken zur Architektur und zum menschlichen Leben enthält. Ich weiß, viele werden davon entzückt sein. Ich weiß aber auch, daß das Poem schlecht ist. Allenfalls teilweise, mehr oder weniger zufällig, ist es gut. Hier haben wir zwei Kategorien.

Die erste Kategorie ist einfach und verständlich. Hier ist von vornherein klar, was zu geschehen hat. Klar, was anzustreben, was zu erreichen und wie alles zu realisieren ist. Der Weg ist zu sehen. Es kann erörtert werden, und irgendwann wird ein Literaturkritiker dazu einen ganzen Band schreiben und ein Kommentator sechs Bände darüber, was es bedeutet. Hier ist alles wohlbehalten.

Über die zweite Kategorie wird niemand ein Wort sagen, dabei ist es gerade sie, die dieser ganzen Architektur und all diesen Gedanken zum menschlichen Leben einen Wert gibt. Sie ist unverständlich, unfaßbar und doch schön, diese zweite Kategorie! Aber erreichen kann man sie nicht, sie anzustreben ist sogar Unsinn, es führen keine Wege zu ihr. Diese zweite Kategorie macht, daß der Mensch plötzlich alles hinwirft und sich der Mathematik ergibt und dann die Mathematik hinwirft und sich der arabischen Musik ergibt und dann heiratet und dann Frau und Sohn erstickt und sich auf den Bauch legt und eine Blume betrachtet.

Dies ist die Kategorie des Nicht-Wohlbehaltenen, die das Genie ausmacht. (Übrigens, damit meine ich nun nicht Sabolozki mehr, er hat seine Frau noch nicht umgebracht, ja sich noch nicht mal der Mathematik ergeben.)

Liebe Klawdija Wassiljewna, ich lache durchaus nicht darüber, daß Sie gern im Zoologischen Garten sind. Eine Zeitlang bin auch ich jeden Tag zum hiesigen Zoologischen Garten gegangen. Ich hatte dort zwei Bekannte, einen Wolf und einen Pelikan. Wenn Sie möchten, kann ich Ihnen einmal beschreiben, wie nett wir die Zeit verbrachten.

Soll ich Ihnen nicht auch beschreiben, wie ich mal einen ganzen Sommer lang in der zoologischen Station von Lachta wohnte, im Schloß des Grafen Stenbock-Fermor, mich von lebendigen Würmern und Nestle-Pulver ernährte und einen halbverrückten Zoologen sowie Spinnen, Schlangen und Ameisen zur Gesellschaft hatte?

Es gefällt mir sehr, daß Sie gern im Zoologischen Garten sind. Und wenn Sie dort nicht nur sind, um spazierenzugehen, sondern auch um Tiere anzuschauen, werde ich Sie noch inniger lieben.

Daniil Charms

107.

Brief an K. W. Pugatschowa

Sonnabend,
21. Oktober 1933.
Petersburg

Liebe Klawdija Wassiljewna,
am 16. Oktober gab ich einen Brief an Sie auf, traurigerweise nicht als Einschreiben. Am 18. erhielt ich von Ihnen ein Telegramm und beantwortete es gleichfalls mit einem Telegramm. Nun weiß ich nicht, ob Sie meinen vierten Brief erhalten haben.

In unserem Briefwechsel ist eine bestimmte Kontinuität entstanden, und um Ihnen den nächsten Brief schreiben zu können, wüßte ich gern, ob Sie den vorigen erhalten haben.

Gestern war ich in der Philharmonie. Mozart. Nur daß Sie fehlten, sonst wäre ich vollkommen glücklich gewesen.

Heute mehr denn je wünsche ich mir, Sie zu sehen. Aber ich rufe Sie nun trotzdem nicht mehr ans Tjus und in meine Stadt. Sie sind ein wahrer und talentierter Mensch und verachten Wohlbehaltenheit zu Recht.

All das habe ich angelegentlich in meinem vierten Brief dargelegt.

Wenn in vier Tagen keine Nachricht von Ihnen da ist, schicke ich, in der Annahme, daß Sie den vierten Brief nicht erhalten haben, den nächsten regulären Brief an Sie ab.   Daniil Charms

Dieser Brief ist irregulär und hat nur die Absicht, die Unregelmäßigkeiten der Post wiederherzustellen.

Brief an K. W. Pugatschowa

24. Oktober 1933. Leningrad

»Meine bezaubernde Klawdija Wassiljewna«, sage ich zu Ihnen, »Sehen Sie, daß ich Ihnen zu Füßen liege?«

Sie antworten: »Nein.«

Ich sage: »Aber ich bitte Sie, Klawdija Wassiljewna. Soll ich mich auch noch auf den Fußboden setzen?«

Sie wieder: »Nein.«

»Liebste Klawdija Wassiljewna«, ereifere ich mich. »Ich bin doch der Ihre. Nur der Ihre.«

Aber Sie schütteln sich vor Lachen, daß Ihre ganze Architektur in Bewegung gerät, und glauben und glauben mir nicht.

Mein Gott! denke ich. Dabei ist es doch der Glaube, der Berge bewegt!

Unglaube ist wie Windstille. Alle Segel sind gehißt, doch das Schiff bleibt, wo es ist. Da ist doch ein Dampfer ganz was anderes!

Mir ist nun folgender Plan gekommen: Nein, stopp, ich lasse Sie aus dem Herzen nicht raus! Freilich, es gibt solche Behenden, die durchs Auge ein- und durchs Ohr wieder ausfahren. Aber ach was, ich stopfe mir Watte in die Ohren! Was machen Sie dann?

Und in der Tat, ich stopfte mir Watte in die Ohren und ging zum Staatsverlag.

Anfangs hatte die Watte in den Ohren keinen richtigen Halt: Wenn ich schlucken mußte, sprang sie nach draußen. Aber dann drückte ich sie mit dem Finger fest in die Ohren, da bekam sie Halt.

Meine liebste und teuerste Klawdija Wassiljewna, verzeihen Sie mir die scherzhafte Einleitung (schneiden

Sie den oberen Briefteil aber bitte nicht ab, sonst bekämen diese Worte eine irgendwie andere Färbung), doch ich möchte Ihnen unbedingt sagen, daß ich Sie von keiner Seite her, oder richtiger, wenn ich mich so ausdrükken darf, *absolut nicht* ironisch betrachte. Mit jedem Brief werden Sie mir vertrauter und lieber. Ich sehe sogar, wie aus den Seiten Ihrer Briefe Kunst oder Dunst aufsteigt und mir in die Augen dringt. Und durch die Augen ins Hirn, wo er sich lichtet oder verdichtet und von wo er, nun schon in Ihrer Gestalt, durch die Nervenfasern oder, wie man in alten Zeiten sagte, durch die Adern in mein Herz eilet. Hier nehmen Sie mit Beinen und Armen auf dem Sofa Platz und werden zur unumschränkten Herrin dieses, alles was recht ist, originellen Hauses.

Jetzt komme ich in mein eigenes Herz zu Gast und klopfe erst einmal zaghaft an. Und Sie rufen: »Bitte, herein!«

Schüchtern trete ich ein, und schon bieten Sie an: herrlichen Fleischsalat, Heringspastete, Tee mit Bonbons, Zeitschrift mit Picasso und, wie man so sagt, den Tschekan zwischen die Zähne.

Im Staatsverlag lachen sie über mich und ziehen mich auf. »Na Mensch«, rufen sie, »bist du nun endgültig übergeschnappt?«

Und ich antworte: »Ganz recht, übergeschnappt. Und alles vor Liebe. Vor Liebe, Menschen, bin ich übergeschnappt!«

109.

Brief an K. W. Pugatschowa

4. November 1933

Liebe Klawdija Wassiljewna,
in letzter Zeit habe ich Ihnen zwei lange Briefe geschrieben, sie aber nicht abgeschickt. Der eine war zu scherzhaft und der andere so verworren, daß ich es vorzog, einen dritten zu schreiben. Doch die beiden Briefe hatten mich aus der Tonart gebracht, und so kommt es, daß ich Ihnen nun schon seit elf Tagen nichts schreiben kann.

Vor drei Tagen war ich bei Marschak und erzählte ihm von Ihnen. Wie blitzten seine Augen, und wie flammend klopfte sein kleines Herz! (Sehen Sie, wieder ist mir ein ganz unpassender und blödsinniger Satz unterlaufen. So ein Quatsch! Marschak mit flammenden Augen!)

Ich bin ganz von Mozart erfüllt. Eine wunderbare Reinheit! Dreimal am Tag, fünf Minuten jeweils, gestalte ich diese Reinheit auf Ihrem Tschekan nach. Ach, wenn er doch wenigstens zwanzig Minuten hintereinander Töne hergäbe!
In Ermangelung eines Klaviers habe ich mir eine Zither angeschafft. Auf diesem taktvollen Instrument übe ich mit meiner Schwester um die Wette. Bis Mozart habe ich es noch nicht gebracht, doch gelegentlich meiner Beschäftigung mit Musiktheorie verfiel ich auf die Zahlenharmonie. Zahlen interessieren mich übrigens schon lange. Die Menschheit weiß nichts weniger, als was die Zahl ist. Seltsamerweise wird allgemein ange-

nommen: Wenn eine Erscheinung in Zahlen ausgedrückt und darin eine bestimmte Gesetzmäßigkeit zu erkennen ist, so daß sich aus ihr die nächste Erscheinung voraussagen läßt, dann sei auch alles verständlich.

So entdeckte Helmholtz numerische Gesetzmäßigkeiten bei den Klängen und Lauten und hoffte damit zu erklären, was ein Klang und ein Laut ist. Das erbrachte nur ein System, gab dem Klang und dem Laut nur eine Ordnung, erbrachte eine Vergleichsmöglichkeit, doch keine Erklärung.

Denn wir wissen nicht, was die Zahl ist.

Was ist die Zahl? Eine Erfindung von uns, die nur als Attribut stofflich wird? Oder ist sie so etwas wie Gras, das wir im Blumentopf säten und von dem wir meinen, es sei unsere Erfindung und existiere nirgends mehr sonst als auf unserem Fensterbrett?

Nicht die Zahl wird erklären, was ein Klang und ein Laut ist, sondern der Klang und der Laut sind es, die Licht, und sei es nur ein Quentchen, ins Innere der Zahl werfen werden.

Liebe Klawdija Wassiljewna, ich lege Ihnen mein Gedicht »Das Gras« bei.

Ich habe Sehnsucht nach Ihnen und möchte Sie sehen. Auch wenn ich lange geschwiegen habe – Sie sind der einzige Mensch, an den ich mit Freude im Herzen denke. Kein Zweifel, wenn Sie hier wären, wäre ich wirklich verliebt, zum zweitenmal in meinem Leben.

           Dan. Charms

110.

Brief an K. W. Pugatschowa

> Petersburg,
> Nadeshdinskaja 11, W. 8
> Sonnabend, 10. Februar 1934

Liebe Klawdija Wassiljewna,
eben erhielt ich Ihren Brief, wo Sie schreiben, Sie hätten nun schon drei Wochen keinen Brief von mir erhalten. Tatsächlich war ich ganze drei Wochen in einem so seltsamen Zustand, daß ich Ihnen nicht schreiben konnte. Ich bin beschämt, daß Sie mich darauf aufmerksam machen.

Ihre Freundin, wie rührend von ihr, kam vorbei und brachte mir den Hahn. »Von Klawdija Wassiljewna«, sagte sie. Ich habe mich lange gefreut angesichts dieses Vogels.

Dann traf ich Alexander Ossipowitsch Margulis. Er hat ein langes Poem geschrieben und es Ihnen gewidmet. Außerdem erfand er ein Streichholzspiel, wo derjenige gewinnt, dem es zuerst gelingt, mit Streichhölzern die Wörter »Klawdija Wassiljewna« zusammenzulegen. Wir spielten dieses amüsante Spiel, und so einiges verlor er dabei an mich.

Vom TJUS eine erfreuliche Nachricht: Die Bühne wurde vergrößert und eine Garderobe auf ihr errichtet, wo das Publikum seine Oberbekleidung ablegt. Das bringt ordentlich Leben in die Aufführungen.

Brjanzew hat ein neues Stück geschrieben – »Der Vampir«.

Gestern war ich bei Anton Antonowitsch; den ganzen Abend sprachen wir von Ihnen. Vera Michailowna will ihre Puljashen wiederholen. Wie gefällt Ihnen das?

Ihr Metropolit belagert mich von früh bis spät. Wenn

ihm gesagt wird, ich sei nicht zu Hause, versteckt er sich im Lift und paßt mich von dort ab.

Bei den Schwarzens bin ich ziemlich oft. Ich besuche sie unter allerlei Vorwänden, in Wirklichkeit aber nur, um einen Blick auf Sie zu werfen. Jekaterina Iwanowna hat das bemerkt und es Jewgeni Lwowitsch gesagt. Jetzt heißen meine Besuche bei Schwarz »Pugatschowiade«.

Liebe Klawdija Wassiljewna, Sie erscheinen mir häufig im Traum. Sie rennen durchs Zimmer mit einem Glöckchen und fragen immerzu: »Wo ist das Geld? Wo ist das Geld?« Ich rauche meine Pfeife und antworte: »In der Truhe. In der Truhe.«

Daniil Charms

111.

Brief an K. W. Pugatschowa

Liebe Klawdija Wassiljewna,
jetzt habe ich verstanden – Sie machen sich über mich lustig. Wie kann ich glauben, daß Sie zwei Nächte lang nicht geschlafen haben, doch die ganze Zeit mit Jachontow und Margulis zusammen waren! Mehr noch – geistreich und treffend deuten Sie mir mit Teil zwei von »Zurückgegebene Jugend« meine zweitrangige Stellung in Ihrem Leben an, und mit den Worten »zurückgegebene Jugend« wollen Sie sagen, daß zumindest meine Jugend sich nicht zurückbringen läßt und ich mir überhaupt zuviel auf mich einbilde. Auch habe ich sehr wohl verstanden, daß Sie mich für dumm halten. Dabei bin ich gar nicht dumm. Und was meine Augen und meinen Gesichtsausdruck angeht, so ist erstens der äußere Eindruck stets falsch und bleibe ich zweitens, wie dem auch sei, bei meiner Meinung.

                                                                (Ichronie)

112.

Brief an Nikandr Andrejewitsch

Lieber Nikandr Andrejewitsch,
ich habe Deinen Brief erhalten und gleich gewußt, daß er von Dir ist. Erst dachte ich, womöglich ist er nicht von Dir, aber kaum hatte ich ihn geöffnet, wußte ich, daß er von Dir ist, aber beinahe hätte ich gedacht, er wäre nicht von Dir. Es freut mich, daß Du inzwischen längst geheiratet hast, denn wenn ein Mann eine heiratet, die er heiraten wollte, so heißt das, daß er erreicht hat, was er wollte. So freut es mich nun, daß Du geheiratet hast, denn wenn ein Mann eine heiratet, die er heiraten wollte, so heißt das, daß er erreicht hat, was er wollte. Ich habe Deinen Brief gestern erhalten und gleich gedacht, daß er von Dir ist, öffnete ihn aber und sah, daß er tatsächlich von Dir ist. Es war sehr schön von Dir, mir zu schreiben. Erst hast Du mir nicht geschrieben, und nun schreibst Du mir auf einmal, dabei hast Du mir früher, bevor Du mir eine Zeitlang nicht geschrieben hast, auch schon geschrieben. Als ich Deinen Brief erhielt, habe ich mir gleich gesagt, daß er von Dir ist, außerdem freut es mich sehr, daß Du inzwischen geheiratet hast. Wenn nämlich ein Mann heiraten will, muß er eine, wie es gerade kommt, heiraten. Darum freut es mich sehr, daß Du endlich genau die geheiratet hast, die Du auch heiraten wolltest. Und es war sehr schön von Dir, mir zu schreiben. Ich habe mich sehr gefreut, als ich Deinen Brief sah, und gleich gedacht, daß er von Dir ist. Während ich ihn öffnete, kam mir freilich kurz der Gedanke, daß er nicht von Dir sei, aber dann sagte ich mir trotzdem, daß er von Dir ist. Danke,

daß Du mir geschrieben hast. Ich sage Dir hiermit meinen Dank und freue mich sehr für Dich. Vielleicht wirst Du Dich wundern, warum ich mich so für Dich freue, aber ich sage Dir gleich, daß ich mich deshalb so für Dich freue, weil Du geheiratet hast, und zwar genau die, die Du auch heiraten wolltest. Das ist sehr schön, weißt Du, genau die zu heiraten, die man heiraten will, weil man da auch genau das erreicht, was man wollte. Deshalb freue ich mich so für Dich. Ebenso freue ich mich, daß Du mir geschrieben hast. Schon von weitem hatte ich mir gesagt, daß der Brief von Dir ist, doch wie ich ihn in der Hand hielt, dachte ich auf einmal: womöglich nicht von Dir? Aber dann dachte ich: ach wo, natürlich von Dir. Beim Öffnen habe ich immer wieder gedacht, ob er von Dir ist oder nicht? Na, und als ich den Brief geöffnet hatte, sah ich es dann – von Dir. Ich habe mich sehr gefreut und mir vorgenommen, Dir auch zu schreiben. Es gibt so viel zu erzählen, nur habe ich buchstäblich keine Zeit. Was ich konnte, habe ich Dir in diesem Brief geschrieben, alles andere schreibe ich Dir später, jetzt habe ich überhaupt keine Zeit. Zumindest ist es schön, daß Du mir geschrieben hast. Schon aus den früheren Briefen wußte ich, daß Du geheiratet hast, aber nun sehe ich: es ist wirklich wahr, Du hast geheiratet. Und es freut mich sehr, daß Du geheiratet und mir geschrieben hast. Schon als ich Deinen Brief sah, sagte ich mir, daß Du wieder geheiratet hast. Nun, dachte ich, das ist aber schön, daß Du wieder geheiratet und es mir geschrieben hast. Jetzt schreibe mir, wer Deine neue Frau ist und wie das alles zustande kam. Bitte einen schönen Gruß an Deine neue Frau.

25. September und Oktober 1933

113.

Fünf unvollendete Geschichten

Lieber Jakow Semjonowitsch!
1. Ein Mann nahm Anlauf und rannte mit dem Kopf so heftig gegen eine Schmiede, daß der Schmied den Hammer, den er gerade erhoben hatte, aus der Hand legte, die Lederschürze abnahm, sich das Haar glattstrich und vors Haus trat, um nachzusehen, was dort passiert war. 2. Der Schmied sah den Mann auf der Erde sitzen. Der Mann saß auf der Erde und hielt sich den Kopf. 3. »Was ist passiert?« fragte der Schmied. »Au«, sagte der Mann. 4. Der Schmied ging näher an den Mann heran. 5. Wir brechen die Geschichte über den Schmied und den fremden Mann ab und beginnen mit einer neuen über vier Haremsfreunde. 6. Es waren einmal vier Haremsfreunde. Sie meinten, es müßte schön sein, acht Frauen auf einmal zu haben. Allabendlich setzten sie sich zusammen und redeten über das Haremsleben. Sie tranken; sie betranken sich; sie fielen unter den Tisch; sie übergaben sich. Es war nicht mit anzusehen. Sie bissen einander in die Beine. Sie warfen sich Schmutzwörter an den Kopf. Sie rutschten auf dem Bauch. 7. Wir brechen die Geschichte über sie ab und wenden uns einer neuen Geschichte über Bier zu. 8. Es war einmal ein Faß Bier, es stand da, und ein Philosoph saß davor und philosophierte: »Dieses Faß ist mit Bier gefüllt. Das Bier gärt und wird stark. In mir gärt die Vernunft und hebt mich in überirdische Höhen, und so werde ich stark im Geist. Das Bier ist ein Getränk, das im Raum fließt, ich bin ein Getränk, das in der Zeit fließt. 9. Ist das Bier im Faß eingeschlossen, dann kann

es nicht fließen. Dann bleibt die Zeit stehen, und ich stehe auf. 10. Aber die Zeit wird nicht stehenbleiben, und so ist mein Fließen unbestreitbar. 11. Nein, soll schon ruhig auch das Bier frei fließen, denn sein Stillstand widerspricht den Naturgesetzen. Mit diesen Worten öffnete der Philosoph den Hahn am Faß, und das Bier floß auf den Fußboden. 12. Wir haben recht lange von dem Bier erzählt; wollen wir jetzt von der Trommel erzählen. 13. Ein Philosoph schlug die Trommel und rief: »Ich schlage philosophischen Lärm! Diesen Lärm will keiner haben, denn er stört alle. Da er aber alle stört, kann er nicht von dieser Welt sein. Und da er nicht von dieser Welt ist, ist er von jener Welt. Und da er von jener Welt ist, schlage ich ihn.« 14. Lange schlug der Philosoph Lärm. Wir aber verlassen diese laute Geschichte und kommen zur nächsten, einer stillen, über Bäume. 15. Ein Philosoph wandelte unter Bäumen und schwieg, weil die Eingebung ihn verlassen hatte.

27. März 1937

114.

Zusammenhang

Philosoph!

1. Ich schreibe Ihnen in Beantwortung Ihres Briefes, den Sie mir zu schreiben beabsichtigen in Beantwortung meines Briefes, den ich Ihnen geschrieben habe.

2. Ein Geiger kaufte sich ein Magneteisen und ging damit nach Hause. Unterwegs wurde der Geiger von Rowdys überfallen, die ihm die Mütze vom Kopf schlugen. Der Wind erfaßte die Mütze und trug sie die Straße entlang.

3. Der Geiger legte das Magneteisen auf die Erde und lief hinter der Mütze her. Die Mütze fiel in eine Salpetersäurepfütze und löste sich auf.

4. Die Rowdys stahlen das Magneteisen und machten sich davon.

5. Der Geiger kam ohne Mantel und ohne Mütze nach Hause, denn die Mütze hatte sich in der Salpetersäure aufgelöst, und den Mantel hatte er, verdrossen über den Verlust seiner Mütze, in der Straßenbahn liegenlassen.

6. Der Schaffner dieser Straßenbahn brachte den Mantel zum Trödelmarkt und setzte ihn dort in saure Sahne, Grütze und Tomaten um.

7. Der Schwiegervater des Schaffners überfraß sich an den Tomaten und starb. Der Leichnam des Schwiegervaters des Schaffners wurde in der Leichenkammer aufgebahrt, doch dann verwechselte man ihn und beerdigte statt seiner ein altes Mütterchen.

8. Aufs Grab des alten Mütterchens wurde ein weißer Pfosten gesetzt, auf dem »Anton Sergejewitsch Kondratjew« stand.

9. Nach elf Jahren war der Pfosten so wurmstichig, daß er umfiel. Der Friedhofswächter zersägte den Pfosten in vier Stücke und verbrannte sie in seinem Herd. Die Frau des Friedhofswächters aber kochte auf diesem Feuer eine Blumenkohlsuppe.

10. Doch da fiel, als die Suppe schon gar war, eine Fliege von der Wand, geradewegs in den Topf mit der Suppe. Die Suppe wurde Bettler Timofej geschenkt.

11. Bettler Timofej aß die Suppe und erzählte Bettler Nikolai von der Gutherzigkeit des Friedhofswächters.

12. Am anderen Tag ging Bettler Nikolai zum Friedhofswächter und bat um eine milde Gabe. Aber der Friedhofswächter gab Bettler Nikolai nichts und jagte ihn weg.

13. Bettler Nikolai geriet darüber in Wut und zündete das Haus des Friedhofswächters an.

14. Das Feuer griff vom Haus auf die Kirche über, und die Kirche brannte ab.

15. Es wurden langwierige Ermittlungen angestellt, aber die Ursache des Brandes konnte nicht ermittelt werden.

16. Auf dem Platz, wo die Kirche gestanden hatte, wurde ein Klubhaus gebaut, und zur Eröffnung dieses Klubhauses fand ein Konzert statt, bei dem der Geiger auftrat, der vor vierzehn Jahren seinen Mantel verloren hatte.

17. Im Publikum saß der Sohn von einem der Rowdys, die vor vierzehn Jahren dem Geiger die Mütze vom Kopf geschlagen hatten.

18. Nach dem Konzert fuhren sie in derselben Straßenbahn nach Hause. Doch in der Straßenbahn, die hinter ihnen fuhr, saß als Wagenführer jener Schaffner, der einst den Mantel des Geigers auf dem Trödelmarkt versetzt hatte.

19. Und so fahren sie spätabends durch die Stadt: vornweg der Geiger und der Sohn des Rowdys, hinter ihnen der Wagenführer, der damalige Schaffner.

20. Sie fahren und wissen nicht, was für ein Zusammenhang zwischen ihnen besteht, und werden es bis an ihr seliges Ende nicht erfahren.

14. September 1937

V

115.

Erstens und zweitens

Erstens, ich stimmte ein Lied an und wanderte los.

Zweitens, Petja kam und sagte: »Ich komme mit.« Wir wanderten zu zweit los und sangen uns eins.

Drittens, wir wanderten, und was sahen wir da? Auf der Straße stand ein Mann, klein wie ein Eimerchen. »Was bist denn du für einer?« fragten wir ihn. – »Ich bin der kleinste Mann der Welt.« – »Komm mit uns!« – »Gut.«

Wir wanderten weiter, der kleine Mann konnte aber nicht mit uns Schritt halten. Er lief aus Leibeskräften hinter uns her, holte uns aber nicht ein. Da nahmen wir ihn an der Hand, Petja rechts, ich links. Der kleine Mann hing an unseren Händen und berührte kaum mit den Füßen den Boden. So wanderten wir weiter. Wanderten zu dritt und pfiffen uns eins.

Viertens, wir wanderten, und was sahen wir da? Am Straßenrand lag ein Mann ausgestreckt, den Kopf auf einem Baumstumpf, ein so langer Kerl, daß nicht zu sehen war, wo seine Beine endeten. Wir gingen näher zu ihm heran, da sprang er doch auf die Füße und schlug mit der Faust auf den Baumstumpf, daß der nur so in der Erde verschwand. Der lange Mann schaute umher, sah uns und sagte: »Ihr da«, sagte er, »was seid ihr für welche, daß ihr meinen Schlaf stört?« – »Wir sind lustige Burschen«, sagten wir. »Willst du mitkommen?« – »Gut«, sagte der lange Mann und schritt los, ein Schritt zwanzig Meter. »He!« rief der kleine Mann ihm nach. »Du mußt schon ein bißchen auf uns warten!« Wir nahmen den kleinen Mann an die Hand und liefen zum langen hin. »Nein«, sagten wir, »so geht das nicht. Du mußt kleine Schritte machen.«

Der lange Mann machte kleine Schritte, aber was half's. Keine zehn Schritte, und wir hätten ihn aus den Augen verloren. »Dann so«, sagten wir, »der kleine Mann setzt sich auf deine Schulter, und du nimmst uns unter die Arme.« Setzte sich der lange Mann den kleinen auf die Schulter, nahm uns unter die Arme und wanderte weiter. »Besser so?« fragte ich ihn. Und wir pfiffen uns fröhlich eins. Der lange Mann wanderte und pfiff, und der kleine saß auf seiner Schulter und pfiff und tirilierte.

Fünftens, wir wanderten, und was sahen wir da? Quer auf der Straße stand ein Esel. Wir freuten uns und beschlossen, auf dem Esel zu reiten. Zuerst versuchte es der lange Mann. Er schwang ein Bein über den Esel, aber der Esel reichte ihm nicht mal bis ans Knie. Eben wollte er sich auf den Esel setzen, da ging der Esel los, und er plumpste mit dem Hintern auf die Erde. Da setzten wir den kleinen Mann auf den Esel. Aber kaum hatte der Esel ein paar Schritte gemacht, verlor der kleine Mann das Gleichgewicht und fiel herunter. Er stand auf und sagte: »Am besten, der Lange trägt mich wieder auf der Schulter, und ihr beide reitet auf dem Esel.« Stiegen Petja und ich auf den Esel, wie der kleine Mann gesagt hatte, und ritten los. Wir waren alle zufrieden. Und pfiffen uns eins.

Sechstens, wir kamen an einen großen See. Wir schauten uns um, und was sahen wir da? Am Ufer lag ein Boot. »Wollen wir Boot fahren?« schlug Petja vor. Petja und ich stiegen ins Boot und saßen bequem, aber den langen Mann unterzubringen wurde schwierig für uns. Er saß ganz eingezwängt und zusammengekauert, die Knie bis ans Kinn gezogen.

Tot (altägyptischer Gott der Weisheit,
Beschützer von Heiligenbüchern und Zauberei). 1924.

Der kleine Mann setzte sich irgendwo unter die Bank, aber nun hatte der Esel nirgends mehr Platz. Hätten wir nicht den langen Mann ins Boot genommen, so wäre für den Esel noch Platz gewesen. Beide zusammen paßten sie nicht hinein. »Dann so«, sagte der kleine Mann, »du, Langer, watest, und wir nehmen den Esel ins Boot und fahren.« Nahmen wir den Esel ins Boot, und der lange Mann watete und zog obendrein das Boot an der Leine. Der Esel saß und wagte sich nicht zu rühren, er saß wohl zum erstenmal in einem Boot. Aber wir anderen waren zufrieden. Wir fuhren über den See und pfiffen uns eins: der lange Mann zog unser Boot und sang.

Siebentens, wir kamen ans andere Ufer, stiegen aus, und was sahen wir da? Am Ufer stand ein Auto. »Was soll denn das da sein?« fragte der lange Mann. »Was ist das?« fragte der kleine. »Das ist«, sagte ich, »ein Auto.« – »Ein Fahrzeug, mit dem wir nun fahren werden«, sagte Petja.

Wir begannen uns in dem Auto Plätze zu suchen. Petja und ich setzten uns ans Steuer, den kleinen Mann setzten wir vorn auf eine Lampe, aber was nun? Den langen Mann, den Esel und das Boot brachten wir nicht mehr unter. Wir legten das Boot ins Auto und stellten den Esel ins Boot, soweit, so gut, aber nun hatte der lange Mann keinen Platz. Hätten wir den langen Mann ins Boot gesetzt, so hätte der Esel keinen Platz gehabt. Hätten wir den Esel und den langen Mann ins Auto gesetzt, so hätte das Boot keinen Platz gehabt.

Wir wußten nicht mehr aus noch ein, aber da sagte der kleine Mann: »Dann so«, sagte er, »der Lange setzt sich ins Auto, nimmt den Esel auf den Schoß und hält mit den Händen das Boot überm Kopf.« Setzten wir den langen Mann ins Auto, setzten ihm den Esel auf den

Schoß und gaben ihm das Boot zum Halten. »Ist es auch nicht zu schwer?« fragte der kleine Mann. »Geht schon«, sagte der lange. Ich ließ den Motor an, und wir fuhren los. Wir waren alle zufrieden, nur der kleine Mann vorn auf der Lampe hatte es unbequem, er purzelte von dem Geholper wie ein Stehaufmännchen hin und her. Aber bei uns anderen ging's. So fuhren wir und pfiffen uns eins.

Achtens, wir kamen in eine Stadt. Wir fuhren durch die Straßen, und die Leute schauten hinter uns her und zeigten mit Fingern nach uns. »Was soll denn das da sein?« sagten sie. »Ein Lulatsch sitzt im Auto, hat einen Esel auf dem Schoß und hält ein Boot überm Kopf! Ha-ha-ha! Und einer sitzt vorn auf der Lampe. Klein wie ein Eimerchen! Da, wie er hin und her purzelt von dem Geholper! Ha-ha-ha!« Wir aber fuhren geradewegs zum Gasthaus, setzten das Boot auf die Erde, stellten das Auto unterm Vordach ab, banden den Esel an einen Baum und riefen den Wirt. Kam der Wirt heraus und fragte: »Was steht zu Diensten?« – »Ja, also«, sagten wir, »könnten wir bei Ihnen wohl übernachten?« – »Ja«, sagte der Wirt und führte uns in ein Zimmer mit vier Betten. Petja und ich legten uns hin, aber was weiter? Der lange Mann und der kleine wußten nicht, wo sie sich hinlegen sollten. Für den langen Mann waren alle Betten zu kurz, und der kleine hatte keine Kopfunterlage. An das Kopfkissen, das größer war als er, konnte er sich nur im Stehen anlehnen. Doch da wir alle sehr müde waren, legten wir uns so gut es ging hin und schliefen ein. Der lange Mann hatte sich einfach auf den Fußboden gelegt, und der kleine war aufs Kopfkissen hinaufgeklettert und dort eingeschlafen.

Neuntens, wir wachten am Morgen auf und wollten

die Reise fortsetzen. Aber da sagte plötzlich der kleine Mann: »Wißt ihr was? Mit dem Boot und dem Auto haben wir uns genug geplagt. Gehen wir lieber zu Fuß.« – »Zu Fuß will ich nicht«, sagte der lange Mann. »Zu Fuß wird man zu schnell müde.« – »Was? Du Lulatsch wirst müde?« lachte der kleine Mann. »Natürlich werde ich müde«, sagte der lange. »Wenn wir ein passendes Pferd für mich fänden, das wäre schön.« – »Welches Pferd könnte für dich schon passen?« mischte Petja sich ein. »Du brauchst kein Pferd, du brauchst einen Elefanten.« – »Aber einen Elefanten werden wir hier nicht finden«, sagte ich. »Wir sind nicht in Afrika.« Kaum hatte ich das gesagt, hörten wir plötzlich Gekläff, Lärm und Geschrei. Wir schauten aus dem Fenster, und was sahen wir da? Die Straße entlang wurde ein Elefant geführt, und hinter ihm drein strömte das Volk in Scharen. Zu seinen Füßen lief ein Hündchen und kläffte, so laut es konnte, er aber schritt gemächlich einher, ohne sich um jemanden zu kümmern. »Na bitte«, sagte der kleine Mann zum langen, »da hast du deinen Elefanten, der paßt zu dir. Steig auf und reite.« – »Und du steig aufs Hündchen, es paßt zu dir«, sagte der lange Mann. »Richtig«, sagte ich, »so machen wir's: der Lange reitet auf dem Elefanten, der Kleine auf dem Hündchen, und Petja und ich reiten auf dem Esel.« Und wir liefen auf die Straße hinaus.

Zehntens, wir waren auf der Straße. Petja und ich stiegen auf den Esel, der kleine Mann blieb am Tor zurück, und der lange lief dem Elefanten hinterher. Als er ihn eingeholt hatte, sprang er auf seinen Rücken, wendete und kam zurück. Das Hündchen blieb einen Moment stehen, guckte, kläffte und kam dann auch zu uns. Als es beim Tor angelangt war, nahm der kleine Mann

Anlauf und sprang auf seinen Rücken. So ritten wir nun alle. Vornweg der lange Mann auf dem Elefanten, hinter ihm Petja und ich auf dem Esel und hinter uns der kleine Mann auf dem Hündchen. Und wir waren alle zufrieden und pfiffen uns eins.

Wir ritten zur Stadt hinaus und ritten immer weiter, und wohin wir kamen und was wir dort erlebten, erzählen wir euch ein andermal.

116.

Wie ein altes Mütterchen Tinte kaufen wollte

In der Kossobokaja-Straße Nr. 17 wohnte ein altes Mütterchen. Früher hatte es mit Mann und Sohn hier gelebt. Aber der Sohn war groß geworden und weggezogen und der Mann gestorben, und so lebte das alte Mütterchen nun allein.

Es lebte still und friedlich, trank sein Teechen und schrieb dem Sohn Briefe, mehr machte es nicht.

Aber die Leute sagten von dem alten Mütterchen, es käme vom Mond.

Einmal zum Beispiel kam das alte Mütterchen im Sommer auf den Hof, schaute umher und sagte:

»Du meine Güte, wo ist denn der ganze Schnee geblieben?«

Die Nachbarn lachten und riefen ihr zu:

»Hat man je gesehen, daß im Sommer Schnee gelegen hätte? Du kommst wohl vom Mond, Oma, was?«

Ein andermal betrat das alte Mütterchen ein Petroleumgeschäft und fragte:

»Was kosten bei Ihnen die französischen Brötchen?«

Die Verkäufer lachten.

»Na sagen Sie mal, gute Frau, wo sollten wir französische Brötchen herhaben? Kommen Sie vom Mond?«

Ja, so war das alte Mütterchen.

Eines Tages war schönes Wetter – Sonne, kein Wölkchen am Himmel. In der Kossobokaja-Straße staubte es. Kamen die Hauswarte aus den Häusern, um aus leinenen Schläuchen mit Messingspitze die Straße zu sprengen. Sie spritzten das Wasser mitten in den Staub, quer hindurch, und der Staub schlug mit dem Wasser zu Boden. Schon trabten die Pferde durch Pfützen, und der Wind blies ohne Staub.

Aus Haus 17 trat das alte Mütterchen. Unterm Arm hielt es einen Regenschirm mit einem großen blanken Griff, und auf dem Kopf trug es ein Hütchen mit schwarzen Pailletten.

»Ach bitte«, rief es dem Hauswart zu, »wo gibt es Tinte zu kaufen?«

»Was?« schrie der Hauswart.

»Tinte.«

»Platz da!« schrie der Hauswart und ließ den Wasserstrahl schießen.

Das alte Mütterchen ging nach links, der Wasserstrahl auch.

Das alte Mütterchen ging nach rechts, der Wasserstrahl folgte ihm.

»Sag mal«, schrie der Hauswart. »Kommst du vom Mond? Siehst du nicht, daß ich die Straße sprenge?«

Das alte Mütterchen winkte nur mit dem Regenschirm und ging weiter.

Kam das alte Mütterchen zum Markt und schaute sich um. Da stand ein Bursche und bot einen Zander feil. Der Zander war groß und kräftig – lang wie ein Arm und dick wie ein Bein. Der Bursche warf ihn mit beiden Armen hoch, dann hielt er ihn mit der einen Hand an der Nase fest, schaukelte ihn hin und her, ließ ihn los, fing ihn aber, bevor er herunterfiel, mit der anderen Hand am Schwanz auf und streckte ihn dem alten Mütterchen hin.

»Da!« sagte er. »Für 'n Rubel laß ich ihn ab.«

»Nein«, sagte das alte Mütterchen, »ich brauche Tin ...«

Aber der Bursche ließ das alte Mütterchen nicht ausreden.

»Kaufen Sie ihn«, sagte er, »ich laß ihn billig ab.«

»Nein«, sagte das alte Mütterchen, »ich brauche Tinte.«

Der Bursche wieder:

»Greifen Sie zu, der Fisch hat über vier Pfund«, und er nahm wie entkräftet den Zander in die andere Hand.

»Nein«, sagte das alte Mütterchen, »ich brauche Tinte.«

Endlich war dem Burschen zu Ohren gedrungen, was das alte Mütterchen zu ihm sagte.

»Tinte?« fragte er.

»Ja, Tinte.«

»Und Fisch nicht?«

»Nein.«

»Na sagen Sie mal, Sie kommen wohl vom Mond!« sagte der Bursche.

»Also haben Sie keine Tinte«, sagte das alte Mütterchen und ging weiter.

»Kaufen Sie frisches Fleisch«, rief ein vierschrötiger Fleischer dem alten Mütterchen zu, dabei schnitt er mit dem Messer Leber in Scheiben.

»Haben Sie keine Tinte?« fragte das alte Mütterchen.

»Tinte?« brüllte der Fleischer und zog eine Schweinehälfte am Bein hervor.

Das alte Mütterchen entfernte sich schleunigst von dem Fleischer, der war gar zu dick und wütend, aber da rief eine Händlerin schon:

»Kommen Sie hierher! Haben Sie die Güte!«

Das alte Mütterchen ging zu ihrem Stand und setzte die Brille auf, um nun endlich Tinte zu sehen. Aber die Händlerin lächelte und hielt dem alten Mütterchen ein Glas Backpflaumen hin.

»Haben Sie die Güte«, sagte sie, »solche kriegen Sie nirgends sonst.«

Das alte Mütterchen nahm das Glas mit den Pflaumen, beguckte es von allen Seiten und stellte es zurück.

»Ich brauche Tinte, keine Pflaumen«, sagte das alte Mütterchen.

»Was für Tinte, rote oder schwarze?« fragte die Händlerin.

»Schwarze«, sagte das alte Mütterchen.

»Schwarze ist nicht da«, sagte die Händlerin.

»Nun, dann rote«, sagte das alte Mütterchen.

»Rote ist auch nicht da«, sagte die Händlerin und schob die Lippen vor.

»Adieu«, sagte das alte Mütterchen und ging.

Da langte es auch schon am Marktende an, aber von Tinte war auf dem Markt keine Spur gewesen.

Verließ das alte Mütterchen den Markt und kam auf eine Straße.

Und was sah es? In langsamem Gänsemarsch kamen fünfzehn Esel daher. Auf dem vordersten Esel ritt ein Mann und hielt eine große Fahne in der Hand. Auf den anderen Eseln ritten ebenfalls Männer, sie hielten Schilder.

Was ist denn das? dachte das alte Mütterchen. Die Leute fahren nun wohl schon mit Eseln wie mit der Straßenbahn?

»Hallo«, rief es dem Mann auf dem vordersten Esel zu. »Warte mal. Sag, wo gibt es Tinte zu kaufen?«

Der Mann auf dem Esel hatte wohl nicht gehört, was das alte Mütterchen zu ihm sagte, er setzte etwas, was wie ein Rohr aussah, am einen Ende aber schmal und am anderen breit wie ein Trichter war, mit dem schmalen Ende an den Mund und schrie hinein, dem alten Mütterchen mitten ins Gesicht, so laut, daß es sieben Werst weit schallte:

»Besuchen Sie unser Durow-Gastspiel!
Im Staatszirkus! Im Staatszirkus!
Seelöwen – die Lieblinge des Publikums!
Letzte Woche!
Karten am Eingang!«

Das alte Mütterchen ließ vor Schreck den Regenschirm fallen. Es hob ihn auf, doch die Hände zitterten ihm noch so sehr, daß er ihm wieder herunterfiel.

Das alte Mütterchen hob den Regenschirm auf, klemmte ihn fest unter den Arm, ging schleunig, schleunig auf dem Gehsteig der Straße weiter, bog in eine andere Straße ein und gelangte in eine dritte, eine breite und furchtbar laute.

Überall waren die Leute in Eile. Auf der Fahrbahn brausten Autos und ratterten Straßenbahnen vorbei.

Eben wollte das alte Mütterchen die Straße überqueren, da hörte es: »Ra-ta-ta-ta-ta!«, das war ein Auto. Das alte Mütterchen ließ es vorüber und betrat die Fahrbahn, da schrie ein Kutscher:

»He, paß auf!«

Das alte Mütterchen ließ ihn vorüber und hastete zur anderen Seite. Es kam nur bis zur Mitte, da plötzlich rumpelte – »klirr – klirr! Klingeling!« – eine Straßenbahn vorbei.

Das alte Mütterchen wollte zurück, da kam – »drrrrr!« – ein Motorrad geknattert.

Das alte Mütterchen war ganz verängstigt, aber schon war ein guter Mensch zur Stelle, packte es am Arm und sagte:

»Na sagen Sie mal«, sagte er, »Sie kommen wohl vom Mond? Wollen Sie überfahren werden?«

Und er zerrte das alte Mütterchen auf die andere Straßenseite.

Verschnaufte das alte Mütterchen und wollte den guten Menschen nach Tinte fragen, doch als es sich umdrehte, war der gute Mensch schon verschwunden.

Ging das alte Mütterchen weiter, stützte sich auf den Regenschirm und hielt nach jemandem Ausschau, den es nach Tinte fragen könnte.

Da kam ihm ein altes Väterchen mit einem Krückstock entgegen, auch schon ganz grau und tapprig.

Blieb das alte Mütterchen stehen und sagte zu ihm:

»Wie ich sehe, sind Sie ein Mensch mit Erfahrung. Wissen Sie nicht, wo es Tinte zu kaufen gibt?«

Das alte Väterchen blieb ebenfalls stehen, hob den Kopf, ließ die Runzeln in seinem Gesichtchen spielen und dachte nach. Nachdem es ein Weilchen so dagestanden hatte, fuhr es mit der Hand in die Tasche und holte einen Tabaksbeutel, Zigarettenpapier und eine Zigarettenspitze heraus. Dann drehte es sich langsam eine Zigarette, zündete sie an, steckte die Streichhölzer wieder ein und mümmelte mit zahnlosem Mund:

»Schinsche schibsch im Schauschausch.«

Das alte Mütterchen hatte nichts verstanden, das alte Väterchen aber ging weiter.

Das alte Mütterchen überlegte.

Warum konnte ihm niemand richtig Auskunft über Tinte geben? Hatten die alle noch nie was von Tinte gehört?

Beschloß das alte Mütterchen, in einen Laden zu gehen und nach Tinte zu fragen. Dort würde man schon Bescheid wissen. Gleich nebenan war ein Laden. Er hatte riesige Fenster, über die ganze Wand hin. Aber in diesen Fenstern lagen nur lauter Bücher.

Da gehe ich rein, dachte das alte Mütterchen. Da gibt es bestimmt Tinte, wenn da Bücher liegen. Bücher werden ja schließlich mit Tinte geschrieben.

Ging das alte Mütterchen auf die Tür zu, die Tür aber war aus Glas und ganz seltsam. Stieß das alte Mütterchen die Tür an und bekam dabei selbst einen Stoß. Es blickte sich um und sah, daß eine zweite Tür gesaust kam. Das alte Mütterchen lief vorwärts, die Tür kam hinterher. Alles ringsum war aus Glas, und alles drehte sich. Dem alten Mütterchen wurde schwindlig, es ging immerzu und wußte nicht wohin. Ringsum Türen, lauter Türen, sie alle drehten sich und stießen das alte Mütterchen vorwärts. Tappte das alte Mütterchen im Kreis, tappte und tappte, immer um irgend etwas herum, dann aber befreite es sich mit Gewalt. Gott sei Dank war es noch mal mit dem Leben davongekommen!

Schaute das alte Mütterchen geradeaus und sah eine große Uhr und eine Treppe von oben. Neben der Uhr stand ein Mann. Ging das alte Mütterchen zu dem Mann hin und fragte:

»Wo könnte ich nach Tinte fragen?«

Aber der Mann wandte nicht mal den Kopf, zeigte nur mit der Hand zu einem Türchen mit Gitter. Das alte Mütterchen öffnete das Türchen ein Stück, zwängte sich durch den Spalt, schaute sich um und sah, daß es sich in einem Stübchen befand. Winzig war dieses Stübchen, nicht größer als ein Schrank. Und drinnen stand ein Mann. Ihn wollte das alte Mütterchen eben nach Tinte fragen, da hörte es: »Dsinn! Dsinn!«, und der Fußboden begann sich zu heben.

Das alte Mütterchen stand und wagte sich nicht zu rühren, und ihm war, als wüchse ihm ein Stein in der Brust. Stand das alte Mütterchen und konnte kaum atmen. An dem Türchen vorbei flimmerten Arme, Beine und Köpfe, und ringsum ratterte es wie von einer Nähmaschine. Dann hörte das Rattern auf, und das Atmen fiel wieder leichter. Jemand öffnete das Türchen und sagte:

»Würden Sie sich bitte hinausbegeben, Sie sind angekommen, sechste Etage, höher geht es nicht.«

Das alte Mütterchen schritt wie im Schlaf aufwärts, wie ihm geheißen, das Türchen hinter ihm aber klappte zu, und das Stübchen fuhr wieder abwärts.

Das alte Mütterchen stand mit dem Regenschirm da und kam nicht zum Luftholen. Da stand es nun auf dem Treppenpodest. Ringsum gingen Leute und klappten mit Türen, das alte Mütterchen aber stand und hielt den Regenschirm fest.

Stand das alte Mütterchen und stand und schaute sich an, was ringsum geschah, dann öffnete es eine Tür und trat ein.

In ein großes helles Zimmer war das alte Mütterchen geraten. Hier standen kleine Tische, und an den kleinen Tischen saßen Leute. Einige hatten die Nase im Papier und schrieben, andere hämmerten auf Maschinen. Es war ein Lärm wie in einer Spielzeugschmiede.

Rechts an der Wand stand ein Sofa, und auf dem Sofa saßen ein dicker und ein dünner Mann. Der dicke Mann erzählte dem dünnen etwas und rieb sich die Hände, der dünne Mann sah den dicken durch seine randlose Brille an und band sich dabei den rechten Schuh zu.

»Ja«, sagte der dicke Mann, »ich habe eine Geschichte über einen Jungen geschrieben, der einen Frosch verschluckt hat. Sehr interessant.«

»Und ich weiß einfach nicht, worüber ich schreiben soll«, sagte der dünne Mann und zog den Schnürsenkel durch ein Loch.

»Aber meine Geschichte ist sehr interessant«, sagte der dicke Mann. »Kommt also dieser Junge nach Hause, sein Vater fragt, wo er gewesen sei, und der Frosch im Bauch antwortet: ›Quak-quak!‹ Oder in der Schule: Der Lehrer fragt den Jungen, was auf deutsch ›guten Morgen‹ heißt, und der Frosch antwortet: ›Quak-quak!‹ Der Lehrer schimpft, und der Frosch antwortet: ›Quak, quak!‹ Ja, eine ganz lustige Geschichte!« sagte der dicke Mann und rieb sich die Hände.

»Haben Sie auch etwas geschrieben?« fragte er das alte Mütterchen.

»Nein«, sagte das alte Mütterchen, »mir ist doch die Tinte ausgegangen. Ich hatte noch ein Fläschchen von meinem Sohn, aber nun ist es alle.«

Der dünne Mann band am Schuh die Schleife und sah das alte Mütterchen durch die Brille an.

»Was für Tinte?« fragte er verwundert.

»Tinte, mit der man schreibt«, erklärte das alte Mütterchen.

»Und wie sind Sie hierhergekommen?« fragte der dünne Mann und stand vom Sofa auf.

»Mit dem Schrank«, antwortete das alte Mütterchen.

»Mit was denn für einem Schrank?« fragten der dicke und der dünne Mann wie aus einem Mund.

»Mit dem, der bei euch die Treppe rauf- und runterrollt«, sagte das alte Mütterchen.

»Ach so, mit dem Lift!« lachte der dünne Mann und setzte sich wieder aufs Sofa, weil nun sein linker Schuh aufgegangen war.

»Und weshalb sind Sie hergekommen?« fragte der dicke Mann das alte Mütterchen.

»Weil ich nirgends Tinte bekommen konnte«, sagte das alte Mütterchen. »Überall habe ich gefragt, und keiner weiß, wo. Aber hier sehe ich Bücher liegen, darum bin ich reingekommen. Bücher werden ja doch wohl mit Tinte geschrieben.«

»Ha-ha-ha!« lachte der dicke Mann. »Sie kommen wohl geradewegs vom Mond?«

»He, hören Sie«, rief plötzlich der dünne Mann und sprang vom Sofa auf. Den Schuh hatte er nun doch noch nicht zugebunden, und der Schnürsenkel baumelte auf dem Fußboden. »Hören Sie«, sagte er zu dem dicken Mann, »da kann ich ja eine Geschichte über das alte Mütterchen schreiben, das Tinte kaufen wollte.«

»Richtig«, sagte der dicke Mann und rieb sich die Hände.

Der dünne Mann nahm die Brille ab, behauchte die Gläser und putzte sie mit dem Taschentuch, dann setzte er die Brille wieder auf die Nase und sagte zu dem alten Mütterchen:

»Sie erzählen uns, wie Sie Tinte kaufen wollten, und wir schreiben ein Büchlein über Sie und geben Ihnen Tinte.«

Das alte Mütterchen überlegte und willigte ein.

Und so schrieb der dünne Mann ein Büchlein darüber, *wie ein altes Mütterchen Tinte kaufen wollte.*

(1929)

117.

Das Märchen

»Also«, sagte Wanja und legte ein Heft auf den Tisch, »jetzt wollen wir ein Märchen schreiben.«

»Na los«, sagte Lenotschka und setzte sich auf den Stuhl.

Wanja nahm den Bleistift und schrieb:

»Es war einmal ein König ...«

Wanja hob die Augen zur Decke und grübelte. Lenotschka schaute aufs Heft und las, was Wanja geschrieben hatte.

»Dieses Märchen gibt es schon«, sagte Lenotschka.

»Woher weißt du das?« fragte Wanja.

»Daher, daß ich es gelesen habe«, sagte Lenotschka.

»Wovon handelt es denn?« fragte Wanja.

»Na davon, wie ein König Tee mit Apfelstücken trank und sich plötzlich verschluckte. Da klopfte ihm die Königin auf den Rücken, damit das Apfelstück aus der Kehle wieder heraussprang. Aber der König dachte, die Königin prügele ihn, und schlug ihr das Glas an den Kopf. Da wurde die Königin wütend und schlug den König mit dem Teller. Und der König schlug die Königin mit der Schüssel. Und die Königin schlug den König mit dem Stuhl. Und der König sprang auf und schlug die Königin mit dem Tisch. Und die Königin kippte das Büfett über den König. Aber der König kroch unterm Büfett hervor und warf nach der Königin die Krone. Da nahm die Königin den König beim Schopf und schleuderte ihn aus dem Fenster. Aber der König kletterte durchs andere Fenster wieder herein, packte die Königin und stieß sie in den Ofen. Aber die

Königin kletterte durchs Ofenrohr aufs Dach, rutschte am Blitzableiter in den Garten hinunter und kam durchs Fenster ins Zimmer zurück. Der König heizte gerade den Ofen, um die Königin zu verbrennen. Die Königin schlich sich von hinten heran und gab dem König einen Stoß. Der König fiel in den Ofen und verbrannte. Das ist schon alles«, sagte Lenotschka.

»Ein doofes Märchen«, sagte Wanja. »Ich wollte ein ganz anderes schreiben.«

»Mach's doch«, sagte Lenotschka.

Wanja nahm den Bleistift und schrieb:

»Es war einmal ein Räuber ...«

»Halt!« rief Lenotschka. »Dieses Märchen gibt es schon.«

»Nicht daß ich wüßte«, sagte Wanja.

»Na sag mal«, sagte Lenotschka. »Du kennst das Märchen über den Räuber nicht, der den Wachposten entkommen will und aufs Pferd springt, dabei aber so viel Schwung hat, daß er auf der anderen Seite herunterfällt? Der Räuber flucht und springt wieder aufs Pferd, aber wieder hat er den Sprung falsch bemessen und fällt auf der anderen Seite herunter. Der Räuber steht auf, droht mit der Faust, springt aufs Pferd, springt aber wieder zu weit und fällt auf der anderen Seite herunter. Der Räuber zieht die Pistole aus dem Gürtel, schießt in die Luft und springt wieder aufs Pferd, aber wieder mit solcher Kraft, daß er übers Pferd hinwegfliegt und auf die Erde fällt. Der Räuber reißt sich die Mütze vom Kopf, trampelt auf ihr herum und springt wieder aufs Pferd, aber wieder fliegt er übers Pferd hinweg, schlägt auf die Erde und bricht sich ein Bein. Da geht das Pferd ein Stück weg. Humpelnd rennt der Räuber dem Pferd nach, holt es ein und schlägt ihm mit der Faust auf die Stirn. Das Pferd galoppiert davon. Inzwischen sind die Wachposten heran, sie nehmen den Räuber fest und bringen ihn ins Gefängnis.«

»Ach so, na dann werde ich nicht über den Räuber schreiben«, sagte Wanja.

»Über wen dann?« fragte Lenotschka.

»Ich werde ein Märchen über einen Schmied schreiben«, sagte Wanja.

Und Wanja schrieb:

»Es war einmal ein Schmied ...«

»Dieses Märchen gibt es schon!« rief Lenotschka.

»So?« sagte Wanja und legte den Bleistift hin.

»Natürlich«, sagte Lenotschka. »Es war einmal ein Schmied.

Eines Tages nun schmiedete er ein Hufeisen, dabei holte er mit dem Hammer so aus, daß sich das Eisen vom Stiel löste, durchs Fenster flog, vier Tauben erschlug, gegen den Feuerwehrturm schlug, zur Seite prallte, ein Fenster im Hause des Brandmeisters zerschlug, über den Tisch flog, an dem der Brandmeister und seine Frau saßen, eine Wand des Brandmeisterhauses durchschlug und auf die Straße hinausflog. Hier riß es einen Laternenmast und den Eisverkäufer um und schlug Karl Iwanowitsch Schusterling, der für einen Moment den Hut abgenommen hatte, um den Nacken zu lüften, an den Kopf. Danach machte es kehrt und flog zurück, riß wieder den Eisverkäufer um, stieß zwei sich raufende Kater vom Dach, drehte eine Kuh um sich selbst, erschlug vier Spatzen, flog in die Schmiede zurück und setzte sich geradewegs auf seinen Griff, den der Schmied noch immer erhoben hielt. Das war alles so schnell gegangen, daß der Schmied nichts bemerkt hatte und fortfuhr, das Hufeisen zu schmieden.«

»Na ja, also ist auch das Märchen über den Schmied schon geschrieben. Dann werde ich ein Märchen über mich selber schreiben«, sagte Wanja und schrieb:

»Es war einmal ein Junge, der hieß Wanja ...«

»Über Wanja gibt es auch schon ein Märchen«, sagte Lenotschka. »Es war einmal ein Junge, der hieß Wanja. Eines Tages ging er zu ...«

»Halt mal«, sagte Wanja, »ich wollte ein Märchen über mich schreiben.«

»Auch über dich ist schon ein Märchen geschrieben«, sagte Lenotschka.

»Das kann nicht sein!« sagte Wanja.

»Ich sage doch, es ist schon geschrieben«, sagte Lenotschka.

»Wo steht es denn?« fragte Wanja erstaunt.

»Kauf dir den ›Zeisig‹ Nummer sieben. Dort kannst du das Märchen über dich lesen«, sagte Lenotschka.

Wanja kaufte sich den »Zeisig« Nummer sieben und las das Märchen, das du eben gelesen hast.

1935

118.

Der tapfere Igel

Stand ein Kasten auf dem Tisch.

Kamen Tiere zu dem Kasten, beguckten ihn, schnupperten, leckten an ihm.

Und der Kasten – eins, zwei, drei – ging plötzlich auf.

Und aus dem Kasten – eins, zwei, drei – kroch eine Schlange.

Erschraken die Tiere und liefen weg.

Nur der Igel erschrak nicht; auf die Schlange warf er sich und – eins, zwei, drei – fraß er sie auf.

Dann sprang er auf den Kasten, setzte sich und schrie:

»Kikeriki!«

Nein, anders! Der Igel schrie: »Wau-wau-wau!«

Nein, auch nicht! Der Igel schrie: »Miau-miau-miau!«

Nein, wieder falsch! Wie denn bloß, ich weiß es nicht.

Weiß einer, wie Igel schreien?

119.

Sieben Katzen

So eine Bescherung! Was soll ich nur machen? Ich bin durcheinandergekommen. Weiß nicht mehr Bescheid.

Urteilen Sie selbst: Ich bekam einen Posten als Wächter in einer Katzenausstellung.

Man händigte mir Lederhandschuhe aus, damit die Katzen mir nicht die Hände zerkratzten, und trug mir auf, jede Katze in einen Käfig zu setzen und ihren Namen auf den Käfig zu schreiben.

»Gut«, sagte ich, »nur, wie heißen alle diese Katzen?«

»Die da links«, wurde mir gesagt, »heißt Maschka, daneben sitzt Pronka, dann kommt Bubentschik, dann Tschurka, dann Murka und dann Burka und Stuckaturka.«

Mit den Katzen allein geblieben, dachte ich: Erst mal ein Pfeifchen rauchen, dann kann ich die Katzen immer noch in ihre Käfige setzen.

So rauchte ich Pfeife und sah mir die Katzen an.

Die eine putzte mit der Pfote ihr Schnäuzchen, die andere schaute zur Decke, die dritte wanderte umher, die vierte kreischte erbärmlich, zwei andere fauchten sich an, und eine kam und biß mich ins Bein.

Ich sprang auf, die Pfeife fiel mir herunter.

»So!« rief ich. »Du blöde Katze! Dabei siehst du noch nicht mal wie eine Katze aus! Bist du Pronka oder Tschurka, oder bist du vielleicht Stuckaturka?«

Da merkte ich plötzlich, daß ich alle Katzen verwechselte. Wie heißt welche? Ich wußte es nicht mehr.

»He!« rief ich. »Maschka! Pronka! Bubentschik! Tschurka! Murka! Burka! Stuckaturka!«

Doch die Katzen schenkten mir keine Beachtung.
Ich rief:
»Miez-miez-miez!«
Da wandten sie mir alle auf einmal die Augen zu.
Was macht man da!

Jetzt sind die Katzen aufs Fensterbrett gesprungen, haben mir den Rücken zugekehrt und schauen fleißig aus dem Fenster.

Da sitzen sie alle, und welche ist nun Stuckaturka und welche Bubentschik?

Ich weiß nicht mehr Bescheid.

Aber ich meine, nur ein sehr kluger Mensch könnte erraten, wie welche Katze heißt.

120.

(Blaues Heft Nr. 11)

Ein altes Mütterchen hatte nur vier Zähne im Mund. Drei oben und einen unten. Kauen konnte das alte Mütterchen mit diesen Zähnen nicht. Eigentlich waren sie ihm zu nichts nütze. Und so beschloß das alte Mütterchen, sich alle Zähne herauszuziehen und sich ins untere Zahnfleisch einen Korkenzieher und ins obere kleine Zangen zu stecken. Das alte Mütterchen trank Tinte, aß Runkelrüben und reinigte sich die Ohren mit Streichhölzern. Ein altes Mütterchen hatte vier Hasen. Drei oben und einen unten. Das alte Mütterchen fing diese Hasen mit den Händen und setzte sie in kleine Käfige. Die Hasen weinten und kratzten sich mit den Hinterpfoten die Ohren. Die Hasen tranken Tinte und fraßen Runkelrüben. So-so-so! Die Hasen tranken Tinte und fraßen Runkelrüben!

(1937)

Anhang

121.

Manifest

Die OBERIU (Vereinigung einer realen Kunst), die beim Haus der Presse tätig ist, vereinigt Vertreter aller Kunstbereiche, die ihr künstlerisches Programm annehmen und es in ihrem Schaffen umsetzen.

Die OBERIU ist in 4 Sektionen unterteilt: Literatur, Bildende Kunst, Theater und Film. Die Sektion Bildende Kunst arbeitet auf experimentellem Weg, alle anderen Sektionen werden in literarischen Veranstaltungen, Theateraufführungen und in der Presse vorgestellt. Zur Zeit arbeitet die OBERIU an der Organisation einer Sektion Musik.

Das gesellschaftliche Gesicht der OBERIU

Der gewaltige revolutionäre Umschwung, der die Kultur und das Leben erfaßt hat und für unsere Zeit so kennzeichnend ist, wird auf dem Gebiet der Kunst durch viele unnormale Erscheinungen gehemmt. Noch haben wir uns die unstrittige Wahrheit, daß das Proletariat sich auf dem Gebiet der Kunst mit den künstlerischen Methoden der alten Schulen nicht zufriedengeben kann, daß seine künstlerischen Prinzipien viel tiefer gehen und die alte Kunst samt ihren Wurzeln untergraben, nicht vollständig zu eigen gemacht. Es ist Unsinn, Repin für einen revolutionären Künstler zu halten, weil er das Jahr 1905 dargestellt hat. Doch ein noch größerer Unsinn ist die Annahme, alle möglichen Verbände revolutionärer Künstler trügen in sich den Samen einer neuen proletarischen Kunst.

Die Forderung nach einer allgemeinverständlichen Kunst, die in ihrer Ausdrucksart auch dem Dorfschüler zugänglich ist, begrüßen wir, die Forderung nach ausschließlich solch einer Kunst indes führt ins Dickicht schrecklicher Fehler. Im Ergebnis haben wir Berge von Papiermakulatur, von denen die Buchlager bersten, während das Leserpublikum des ersten proletarischen Staates auf der übersetzten Belletristik eines westlichen bürgerlichen Schriftstellers sitzt.

Daß ein einzig richtiger Ausweg aus der entstandenen Situation nicht so ohne weiteres zu finden ist, verstehen wir durchaus. Aber wir verstehen überhaupt nicht, warum etliche künstlerische Schulen, die engagiert, redlich und standhaft in diesem Geist arbeiten, gleichsam auf den Hinterhöfen der Kunst hocken müssen, während doch die ganze sowjetische Öffentlichkeit sie in jeder Weise unterstützen sollte. Wir verstehen nicht, warum man die Filonow-Schule aus der Akademie drängte, warum Malewitsch seine architektonischen Arbeiten in der UdSSR nicht weiterführen kann, warum man Terentjews »Revisor« so dumm angriff. Wir verstehen nicht, warum man die sogenannte linke Kunst mit ihren nicht geringen Verdiensten und Leistungen als hoffnungslosen Abfall oder, noch schlimmer, als Scharlatanerie ansieht. Wieviel Unaufrichtigkeit, wieviel künstlerische Unzuständigkeit verbirgt sich hinter dieser haarsträubenden Haltung!

Die OBERIU tritt heute als eine neue Abteilung der linken revolutionären Kunst auf. Die OBERIU gleitet nicht über die Themen und Gipfel des künstlerischen Schaffens hin, sondern sucht nach einer organisch neuen Weltwahrnehmung und einem dementsprechend neuen Zugang zu den Dingen. Die OBERIU verbeißt sich

Aushang zu dem OBERIU-Abend »Drei linke Stunden«
im Leningrader Pressehaus am 24. Januar 1928.

ins Innere des Wortes, der dramatischen Handlung und der Filmaufnahme.

Die neue künstlerische Methode der OBERIU ist universell, sie findet einen Weg zur Darstellung jedes beliebigen Themas. Allein auf Grund dieser Methode ist die OBERIU revolutionär.

Wir sind nicht so anmaßend, unsere Arbeit als bereits vollendet zu betrachten, sind uns aber gewiß, daß sie auf einem festen Fundament steht und wir genug Kraft haben, sie weiter auszubauen. Wir glauben und wissen, daß nur der linke Weg der Kunst uns auf die Straße einer neuen proletarischen Kunst hinausführen wird.

Die Poesie der Oberiuten

Wer sind wir? Warum gibt es uns? Wir, die Oberiuten, sind redliche Arbeiter auf dem Feld unserer Kunst. Wir sind die Dichter einer neuen Weltwahrnehmung und einer neuen Kunst. Wir sind nicht nur Schöpfer einer neuen poetischen Sprache, sondern auch Begründer einer neuen Wahrnehmung des Lebens und seiner Gegenstände. Unser Schaffenswille ist universell, er greift auf alle Kunstgattungen über, dringt ins Leben ein und umfaßt es von allen Seiten. Die Welt, verunreinigt von den Zungen zahlloser Toren, versunken im Schlamm der »Erlebnisse« und »Emotionen«, wird heute in der ganzen Reinheit ihrer mutigen konkreten Formen neu geboren. Manche nennen uns bis heute Sa'umniki*. Schwer zu sagen, was das ist – schlicht und einfach ein Mißverständnis oder hoffnungslose Ignoranz gegenüber den Grundlagen des literarischen Schaf-

* hergeleitet von sa'umny – jenseits des Verstandes; hier ausgeklügelt, verklausuliert; Vertreter einer futuristischen Strömung dieser Zeit

fens? Es gibt keine Schule, die uns feindlicher wäre als der Sa'um. Als bis ins Mark reale und konkrete Menschen sind wir die ersten Feinde derer, die das Wort entleeren und in einen kraftlosen und bedeutungslosen Bastard verwandeln. Wir erweitern und vertiefen in unserem Schaffen den Sinn, die Bedeutung des Gegenstandes und des Wortes, merzen sie nicht etwa aus. Der von Literatur- und Gewohnheitsspreu gereinigte konkrete Gegenstand wird zu einer Errungenschaft der Kunst. In der Poesie wird dieser Gegenstand durch die Kollision sprachlicher Bedeutungen mit der Präzision eines Mechanismus ausgedrückt. Vielleicht werden Sie entgegnen, dies sei ein anderer Gegenstand als der, den Sie im Leben sehen? Gehen Sie näher an ihn heran und berühren Sie ihn mit dem Finger. Betrachten Sie den Gegenstand mit bloßem Auge, und zum erstenmal werden Sie ihn gereinigt sehen, frei von der alten literarischen Vergoldung. Vielleicht werden Sie auch sagen, unsere Sujets seien »nicht real« und »nicht logisch«? Aber wer sagt denn, daß die Alltagslogik verbindlich sei für die Kunst? Wir bewundern die Schönheit einer gemalten Frau, obwohl der Maler entgegen der anatomischen Logik das Schulterblatt seiner Heldin verrenkt und verschoben hat. Die Kunst hat ihre eigene Logik, und diese zerstört den Gegenstand nicht, sondern hilft, ihn zu erkennen.

Wir erweitern den Sinn des Gegenstandes, des Wortes und der Handlung. Diese Arbeit geht in verschiedener Richtung vonstatten, jeder von uns hat sein eigenes Gesicht; ein Umstand, der manche in Verwirrung bringt und zu sagen veranlaßt, wir seien eine willkürliche Gruppierung ganz unterschiedlicher Personen. Anscheinend meint man, eine literarische Schule sei eine Art

Wwedenski. Zwanziger Jahre.

Kloster, dessen Mönche ein und dieselbe Miene zur Schau zu tragen hätten. Unsere Vereinigung ist frei und freiwillig, sie vereint Meister, nicht Gesellen – Künstler, nicht Pfuscher. Jeder kennt sich selbst, und jeder weiß, was ihn mit den anderen verbindet.

A. Wwedenski (die äußerste Linke unserer Vereinigung) schlägt den Gegenstand in Stücke, doch der Gegenstand verliert dadurch nicht seine Konkretheit. Wwedenski schlägt die Handlung in Stücke, doch die Handlung verliert dadurch nicht ihre künstlerische Gesetzmäßigkeit. Dechiffriert man zu Ende, so ergibt sich der Anschein von Nonsens. Warum Anschein? Weil der wirkliche Nonsens das verklausulierte Wort, das Sa'um-Wort ist, das es bei Wwedenski nicht gibt. Man muß ein wenig neugieriger sein und sich die Mühe machen, auf die Kollision der sprachlichen Bedeutungen achtzugeben. Die Poesie ist kein Griesbrei, den man, ohne zu kauen, schluckt und sofort vergessen hat.

K. Waginow, dessen Phantasmagorie der Welt wie in Nebel und Vibration gehüllt an unseren Augen vorüberzieht. Doch durch diesen Nebel hindurch spüren Sie die Nähe und Wärme des Gegenstands, spüren Sie das Heranfluten der Volksmenge und das Schwanken der Bäume, die auf ganz eigene Weise, auf Waginowsche Weise leben und atmen, denn ein Künstler hat sie mit seinen Händen geformt und mit seinem Atem erwärmt.

Igor Bachterew, ein Dichter, der sein dichterisches Gesicht in der lyrischen Einfärbung seines gegenständlichen Materials begreift. Der Gegenstand und die Handlung, in ihre Bestandteile zerlegt, erstehen neu durch den Geist der neuen oberiutischen Lyrik. Doch die Lyrik ist hier nicht Selbstzweck, sondern lediglich ein Mittel, den Gegenstand ins Feld einer neuen künstlerischen Sicht zu rücken.

N. Sabolozki, der Dichter der nackten konkreten, dicht vor die Augen des Betrachters gerückten Figuren. Hören und lesen sollte man ihn eher mit den Augen und Fingern als mit den Ohren. Der Gegenstand bleibt unzersplittert, im Gegenteil, er wird, sich verdichtend, bis zum äußersten kompakt, als rüstete er sich, der tastenden Hand des Betrachters zu begegnen. Die Entwicklung des Geschehens und die Situation spielen eine unterstützende Rolle bei dieser Hauptaufgabe.

Daniil Charms, ein Dichter und Dramatiker, dessen Interesse nicht auf die statische Figur gerichtet ist, sondern auf die Kollision einer Reihe von Gegenständen und deren Wechselwirkung. Im Moment des Geschehens nimmt der Gegenstand neue konkrete Umrisse an, die reich sind an wirklichem Sinn. Das Geschehen, auf neue Manier gezeigt, behält eine »klassische Note« und stellt doch gleichzeitig die breite Amplitude der oberiutischen Weltwahrnehmung dar.

B. Lewin, ein Prosaiker, der gegenwärtig auf experimentellem Weg arbeitet.

So in großen Zügen die Sektion Literatur unserer Vereinigung, alles übrige werden unsere Gedichte sagen.

Menschen der konkreten Welt, des konkreten Gegenstandes und Wortes zu sein – in dieser Richtung sehen wir unsere gesellschaftliche Bestimmung. Die Welt wahrnehmen mit der Arbeiterbewegung der Hand, den Gegenstand reinigen vom Müll ausgedienter vermoderter Kulturen – ist das nicht ein reales Bedürfnis unserer Zeit? Daher auch trägt unsere Vereinigung den Namen OBERIU – Vereinigung einer realen Kunst.

Charms. Zeichnung von Sabolozki.
Dreißiger Jahre.

Auf Wegen zu einem neuen Film

Den Film als prinzipiell selbständige Kunst hat es bisher nicht gegeben. Es gab Überlappungen alter »Künste« oder bestenfalls einzelne zaghafte Versuche, neue Pfade zu treten, eine echte Filmsprache zu entwickeln. Bisher ...
Heute ist für den Film die Zeit gekommen, sein eigenes Gesicht, das heißt, eigene Wirkungsmittel und eine eigene, ganz und gar eigene Sprache zu finden. Die künftige Kinematographie zu »entdecken« ist keiner imstande, und wir versprechen auch nicht, dies zu tun. Das wird die Zeit für die Menschen tun.

Doch experimentieren, Wege zu einem neuen Film zu suchen und diese und jene neue künstlerische Stufe zu schaffen, ist die Pflicht jedes redlichen Filmemachers. Und dies tun wir.

Diese kurze Annotation bietet nicht genügend Platz für eine ausführliche Schilderung unserer gesamten Arbeit. Hier nur einige Worte über unseren bereits fertiggestellten »Film Nr. 1«. Die Zeit der Thematik im Film ist vorbei. Heute sind die für die Kinematographie ungeeignetsten Genres – auf Grund ihrer Gebundenheit an eine Thematik – der Abenteuerfilm und die Filmkomödie. Wenn das Thema (bzw. die Fabel oder das Sujet) zum Selbstzweck wird, unterwirft es sich das Material, der Fund eines originellen, spezifischen Materials aber ist bereits der erste Schritt zu einer eigenen Filmsprache. Der »Film Nr. 1« repräsentiert die erste Etappe unserer experimentellen Arbeit. Für uns ist nicht das Sujet wichtig, sondern die »Atmosphäre« des von uns gewählten Materials, sie ist für uns das Thema. Die einzelnen Elemente des Films können hinsichtlich des Sujets und des Sinns durch nichts miteinander verbunden, ja, ihrem Wesen nach sogar Antipoden sein. Nochmals: es geht nicht darum. Uns kommt es an auf die »Atmosphäre«, die dem Material eignet, dem Thema. Diese Atmosphäre zu zeigen ist unsere erste Sorge. Wie wir die gestellte Aufgabe lösen, ist leichter zu verstehen, wenn man den Film auf der Leinwand gesehen hat.

Nicht als Eigenreklame: am 24. Januar d. J. findet im Haus der Presse unsere Vorstellung statt. Dort werden wir den Film zeigen und über die Wege, die wir beschreiten, und unsere Bemühungen ausführlich berichten. Der Film wurde von unseren Autoren Nr. 1 gemacht, den Regisseuren Alexander Rasumowski und Klementi Minz.

Das Theater der OBERIU

Stellen wir uns folgendes vor: Zwei Menschen kommen auf die Bühne, sie sagen nichts, aber erzählen sich etwas mit Zeichen. Dabei blasen sie triumphierend die Backen auf. Die Zuschauer lachen. Ist das Theater? Ja. Sie sagen Schaubude? Aber auch die Schaubude ist Theater.

Oder so: Auf die Bühne senkt sich eine Leinwand herab, auf die ein Dorf gemalt ist. Auf der Bühne ist es dunkel. Dann beginnt es zu dämmern. Ein Mensch im Kostüm eines Hirten kommt auf die Bühne und spielt Flöte. Ist das Theater? Ja.

Auf der Bühne erscheint ein Stuhl, auf dem Stuhl steht ein Samowar. Der Samowar beginnt zu brodeln. Doch unterm Deckel kommen statt Dampf zwei nackte Hände hervor.

Und das alles nun: der Mensch, seine Bewegungen

auf der Bühne, der brodelnde Samowar, das auf die Leinwand gemalte Dorf, das bald dunklere, bald hellere Licht – das alles sind einzelne Theaterelemente.

Bisher waren alle diese Elemente einem dramatischen Sujet, das heißt einem Stück, unterworfen. Ein Stück ist die dargestellte Erzählung von irgendeiner Begebenheit. Auf der Bühne wird alles getan, um den Sinn und den Hergang dieser Begebenheit möglichst verständlich und lebensnah zu erklären.

Doch das ist durchaus nicht Theater. Wenn ein Schauspieler, der einen Minister darstellt, auf allen vieren über die Bühne zu kriechen und dabei wie ein Wolf zu heulen beginnt oder wenn ein Schauspieler, der einen russischen Bauern darstellt, plötzlich eine lange Rede in Latein hält – das ist Theater, das wird den Zuschauer interessieren, auch wenn es mit einem dramatischen Sujet nichts zu tun hat. Es ist ein einzelnes Moment, und eine Kette solcher regiemäßig arrangierter Momente ergeben eine theatralische Vorstellung, die ihre Sujetlinie und ihren szenischen Sinn hat.

Hier entsteht ein Sujet, das nur vom Theater gegeben werden kann. Das Sujet einer theatralischen Vorstellung ist theatralisch, so wie das Sujet eines musikalischen Werkes musikalisch ist. Sie alle stellen eines dar – die Welt der Erscheinungen, freilich unterschiedlich, auf eigene Weise, je nach ihrem unterschiedlichen Material.

Wenn Sie zu uns kommen, vergessen Sie alles, was Sie in allen anderen Theatern zu sehen gewohnt waren. Mag sein, daß Ihnen vieles unsinnig vorkommt. Wir nehmen ein dramatisches Sujet. Zu Anfang entwickelt es sich einfach, dann wird es plötzlich von anscheinend abseitigen, unsinnigen Momenten unterbrochen. Sie sind erstaunt. Sie suchen nach der gewohnten logischen

Gesetzmäßigkeit, die Sie im Leben zu sehen meinen. Aber Sie finden sie nicht. Warum nicht? Weil der Gegenstand und die Erscheinung, aus dem Alltag auf die Bühne übertragen, ihre »Alltags«-Gesetzmäßigkeit verlieren und eine andere gewinnen – die Gesetzmäßigkeit des Theaters. Erklären werden wir sie nicht. Um die Gesetzmäßigkeit einer theatralischen Vorstellung zu verstehen, muß man diese Vorstellung sehen. Wir können nur sagen, daß unsere Aufgabe darin besteht, die Welt der konkreten Gegenstände auf der Bühne in ihren Wechselwirkungen und Kollisionen zu zeigen. An der Lösung dieser Aufgabe arbeiten wir bei unserer Inszenierung von »Jelisaweta Bam«.

»Jelisaweta Bam« wurde von unserem Sektionsmitglied D. Charms im Auftrag der Theatersektion der OBERIU geschrieben. Das dramatische Sujet des Stückes zerfällt in viele, scheinbar nebensächliche Themen, die den Gegenstand als ein einzelnes, außerhalb eines Zusammenhangs mit allem übrigen existierendes Ganzes herausheben; daher bietet es sich dem Zuschauer nicht als fest umrissene Sujetfigur dar, sondern glimmt gleichsam im Rücken des Geschehens. An seine Statt tritt das szenische Sujet, spontan bricht es aus allen Elementen unserer Darbietung hervor. Ihm gilt unser Hauptaugenmerk. Doch daneben behalten natürlich auch die einzelnen Darbietungselemente für uns ihre Bedeutsamkeit und ihren Wert. Sie führen ein Eigenleben, ohne sich dem Schlagen des Theatermetronoms zu unterwerfen. Hier ragt der Winkel eines Goldrahmens – er lebt als Gegenstand der Kunst; dort wird eine Gedichtstelle gesprochen – sie ist in ihrer Bedeutung selbständig und treibt dennoch, quasi unabhängig von ihrem Willen, das szenische Sujet vorwärts. Die Dekoration, die Bewegungen des Schauspielers, die hingeworfene Flasche, der Zipfel eines Kostüms sind genauso Akteur wie die, die den Kopf schütteln und verschiedene Wörter und Sätze sprechen.

Die Komposition der Inszenierung wurde von I. Bachterew, B. Lewin und Daniil Charms erarbeitet. Bühnengestaltung von I. Bachterew.

Anmerkungen

Manifest der OBERIU

323 OBERIU – etwas abgewandelte Abkürzung von *Objedinenije realnowo iskusstwa* – Vereinigung einer realen Kunst; die letzte linke literarische Gruppe im Leningrad der 20er Jahre (andere, ältere Bezeichnungen: »Linke Flanke«, »Flanke der Linken«). Die OBERIU formierte sich 1927, als sich ihre Vertreter auf Vorschlag des Direktors des Pressehauses N. P. Baskakow den Sektionen des Pressehauses anschlossen. In den »Aushängen des Pressehauses«, Nr. 2, 1928, erschien ihre programmatische Erklärung, als deren Hauptverfasser N. Sabolozki gilt. Neben diesem Text hat aber, Hinweisen zufolge, noch ein richtiges Manifest existiert, das leider verlorenging. Da die Oberiuten kaum veröffentlicht wurden (außer N. Sabolozki und K. Waginow), veranstalteten sie theatralisierte Rezitationsabende, die durch ihre Exzentrik Aufsehen erregten. An den Saalwänden hingen Plakate mit Losungen wie »Verse sind keine Piroggen, wir sind für euch keine Heringe«, »Unsere Mama ist nicht eure Mama«, »Die Kunst ist ein Schrank«; auf die Bühne wurde ein großer Schrank geschoben, auf dem Charms saß und Verse vortrug; Bachterew fiel nach seinem Vortrag um, blieb liegen und wurde mit einer brennenden Kerze zwischen den Zehen hinausgetragen; zwischendurch produzierten sich Tänzerinnen und Zauberkünstler. Bei einem dieser Abende unter dem Titel »Drei linke Stunden« wurde im Pressehaus D. Charms' Stück »Jelisaweta Bam« aufgeführt.

Die Mitglieder der OBERIU waren: D. Charms, A. Wwedenski, K. Waginow, I. Bachterew, N. Sabolozki, B. Lewin, J. Wladimirow, A. Rasumowski und K. Minz. N. Olejnikow gehörte der OBERIU formell nicht an, stand ihr aber nahe.

Ende 1931 wurde die Gruppe Zielscheibe scharfer Presseangriffe und politischer Repressionen, und 1932 erlitt sie das Schicksal nahezu aller literarischen Vereinigungen dieser Jahre: sie wurde aufgelöst. Ihre ehemaligen Mitglieder hielten jedoch den Kontakt zueinander weiterhin aufrecht.

352 *Tschinari* (hergeleitet von *tschin* – Rang, [geistlicher] Stand) –

eine private literarisch-philosophische Vereinigung parallel zur OBERIU, mit teilweise denselben Mitgliedern: A. Wwedenski, L. Lipawski, J. Druskin, D. Charms und N. Olejnikow. 1925–1926, vor der Gründung der OBERIU, unterschrieb Wwedenski seine Texte mit »Tschinar autorität des Nonsens« und Charms mit »Anschauer-Tschinar«. Ihre Gedichte trugen sie bei öffentlichen Lesungen unter dem Namen *Tschinari* vor. Nach Auflösung der OBERIU kamen Charms, Wwedenski, Sabolozki, Olejnikow, Druskin und Lipawskis Freund D. Michailow häufig in Lipawskis Wohnung zusammen, lasen sich ihre neuesten Texte vor und disputierten über Natur, Geschichte, Mathematik und Philosophie, wobei sie kindlich naiv, immer in der Nähe zur Selbstparodie, die Rätsel des Seins zu lösen suchten. Charms machte den Vorschlag, diese Zusammenkünfte »Klub der wenig schriftkundigen Gelehrten« zu nennen. Von demselben Geist – unermüdlicher Forscherdrang, Naivität und Unvoreingenommenheit, Freiheit von den herrschenden Klischees – sind auch die naturphilosophischen, logiko-philosophischen, philosophisch-linguistischen und psychologischen Traktate und Studien der Theoretiker der Tschinari Druskin und Lipawski getragen.

Angaben zu den Oberiuten und Tschinari

329 *Wwedenski, Alexander* (1904–1941) – Dichter, Prosaiker und Dramatiker, der »oberiutischste« unter den Oberiuten; mit Charms eng befreundet; in seinen Notizbüchern nennt Charms ihn einen seiner Lehrer. W.s frühe Texte sind auf dem Spiel unbewußter Assoziationen aufgebaut und wirken wie experimentelle Texte zur Untersuchung des Phänomens »Sinn«. In dem Sprachstrom, der die Arbeit des »dämmrigen« Bewußtseins fixiert, kristallisieren sich allmählich leitmotivische Symbolzeichen heraus oder, wie die Tschinari es nannten, »Hieroglyphen«, deren Sinn sich erst im breiten Kontext erhellt. Dieses System lyrischer Sinnbilder dient dem Ausdruck existentieller Betrachtungen, deren Gegenstand – »Zeit«, »Tod«, »Gott« – Wwedenski bereits in seiner Jugend formuliert hat.

Von diesen Gedichten sind zu Wwedenskis Lebzeiten nur zwei Fragmente erschienen, doch mehrfach aufgelegt wurden seine Gedichte und Erzählungen für Kinder. W. und Charms wurden

1931 verhaftet und nach Kursk verbannt. Seine letzten Lebensjahre verbrachte W. in Charkow, wo er bei Kriegsausbruch ein zweites Mal verhaftet wurde; vermutlich kam er bei der Deportation ums Leben (die näheren Umstände seines Todes konnten nicht ermittelt werden). Von W.s Werken ist nur ein geringer Teil erhalten geblieben.

330 *Sabolozki, Nikolai* (1903–1958) – Dichter; in seinen Gedichten der oberiutischen Periode, die nur zum Teil in den Band »Spalten« (1929) aufgenommen wurden, wird eine Kollision der Traditionen des 18. Jahrhunderts mit neuen, avantgardistischen, fast filmischen Darstellungsmethoden spürbar. Die ambivalente Intonation – schwingend zwischen Pathos und Ironie – erregte das Mißfallen der dogmatischen Kritik. Obwohl sich Sabolozki von der oberiutischen Poetik längst abgewandt hatte, wurde er 1938 verhaftet und in Verbannung geschickt. Nach seiner Rückkehr widmete er sich der Nachdichtung verschiedener Werke des klassischen Erbes (u. a. Schillers Ballade »Die Kraniche des Ibykus« und das »Igorlied«), schrieb aber auch neue Gedichte, die ihn bald zu einem der führenden sowjetischen Dichter aufrücken ließen. Sein frühes Werk wurde bisher jedoch zu Unrecht vernachlässigt.

329 *Waginow, Konstantin* (1899–1934) – in den 20er und 30er Jahren in Leningrad bekannter Dichter und Prosaiker. Die OBERIU war die letzte der recht zahlreichen literarischen Vereinigungen, denen er angehörte (u. a. »Klingende Muschel«, »Dichterwerkstatt«, »Insulaner«). Zu Lebzeiten publizierte er drei Gedichtbände (1921 – »Reise ins Chaos«, 1926 – ohne Titel, 1931 – »Erfahrungen bei der Verbindung von Wörtern mit Hilfe des Rhythmus«) und drei Romane (1928 – »Bockslied«, 1929 – »Swistanows Werke und Tage«, 1931 – »Bambocciade«). Sein Poem »Das Jahr 1925«, sein letzter Gedichtband »Klangebenbilder« und sein letzter Roman »Harpagoniade« sind in der Sowjetunion nicht erschienen; alle anderen Werke werden zur Zeit wieder aufgelegt. W. stand der OBERIU nicht besonders nahe, war ihren Vertretern aber ähnlich in seinem neugierigen, sezierenden Blick auf das Wort, seiner Vorliebe für ungewöhnliche Wortverbindungen und seiner Vorstellung von einer magischen Kraft der Wörter, die eine neue Realität hervorbringt. Die Hauptthemen seiner Dichtung wie seiner Prosa: die Vergleichung der Gegenwart mit

der Antike (das sterbende Petersburg wird mit Rom in der Zeit seines Niedergangs verglichen) und das Problem der Wechselwirkungen zwischen der Kunst und dem Leben; die Tragödie einer Generation, die in die Kluft zwischen zwei Welten, der alten und der neuen, und die eines Menschen (des Schriftstellers), der in die Kluft zwischen der äußeren und der inneren Welt geraten ist. In den 30er Jahren war W. groben Angriffen durch die Kritik ausgesetzt. Er starb an Tuberkulose.

329 *Bachterew, Igor* (geboren 1908) – Dichter, Maler und Dramatiker. Einer der Organisatoren der OBERIU; wirkte aktiv bei der Vorbereitung und Gestaltung der OBERIU-Auftritte mit. Nach 1931 zog er sich von der Gruppe zurück. Autor interessanter Memoiren (»Als wir jung waren. Eine nicht erfundene Geschichte«, in: »Erinnerungen an N. Sabolozki«, Moskau 1984). Seine in der Sowjetunion nie erschienenen Gedichte sollen in eine geplante Anthologie der Oberiuten aufgenommen werden.

330 *Lewin, Boris* (1904–1942) – (Pseudonym: der althebräische Name Doifber) Prosaiker; außer Erzählungen für Kinder ist von seinem Werk nichts überliefert. In verschiedenen Memoiren wird sein Roman »Das Leben des Theokritos« erwähnt. L. fiel im Krieg.

245 *Olejnikow, Nikolai* (1898–1942?) – Chefredakteur der Kinderzeitschriften »Josh« und »Tschish«, Dichter, Autor heiter-satirischer Gedichte, die in Leningrad in zahlreichen Abschriften kursierten. O., als einziger unter den Oberiuten und Tschinari Mitglied der KP, wurde 1937 verhaftet; die Umstände seines Todes konnten nicht geklärt werden.

245 *Druskin, Jakow* (1902–1980) – Philosoph, Mathematiker und Musikwissenschaftler. Übersetzte Albert Schweitzers Buch über Bach. Tätig als Mathematikdozent. Verfasser interessanter logiko-philosophischer Studien. 1933 – »Gespräche der Boten« (über Erfahrungen bei der Errichtung einer Welt, die sich vollständig von der menschlichen unterscheidet) und »Vollendetes Traktat über dieses und jenes« (der Versuch, mit Hilfe ursprünglichster Begriffe und einfachster logischer Handlungen ein von Grund auf neues logisches System zu schaffen; es erinnert an Ludwig Wittgensteins »Tractatus Logico-Philosophicus«). D. gelang es, sein umfangreiches Archiv mit Handschriften von Charms, Wwedenski, Lipawski und sich über die Zeiten zu ret-

ten; kurz vor seinem Tod übergab er es der Leningrader Staatlichen Öffentlichen Bibliothek »Saltykow-Schtschedrin« (i. w. SÖB). Aus seiner Feder stammt die tiefe, einzigartige philologisch-philosophische Untersuchung zu Wwedenskis Schaffen »Stern des Nonsens« (1973–1974).

244 *Lipawski, Leonid* (1904–1941) – (Pseudonym: Saweljew, eine verkürzte Form seines Vatersnamens Saweljewitsch) Autor von Erzählungen und Feuilletons für Kinder; Redakteur bei der Leningrader Filiale des Staatsverlages; Verfasser origineller naturphilosophisch-existentialistischer und philologischer Studien (1935 – »Theorie der Wörter«, »Die Zeit«, »Schwindelgefühl«, »Untersuchung des Schreckens«, »Betrachtung der Bewegung« u. a.). Besonders aufschlußreich sind für uns heute seine »Gespräche« (1933–1934), authentische Aufzeichnungen der Gespräche, die im Kreis der Oberiuten und Tschinari geführt wurden; sie befinden sich in Privatbesitz. L. fiel im Krieg.

251 *Lipawskaja, Tamara* (geborene Meier) – Frau von L. Lipawski; ihr widmeten die Gäste des Hauses viele Scherzgedichte und Epigramme. Nach dem Krieg stellte sie ein Wörterbuch der Sprache Wwedenskis zusammen (heute in dem genannten Archiv der SÖB) und verfaßte zusammen mit Druskin ein Kommentarium zu den Texten von Wwedenski (vgl. Kommentar zu den Wwedenski-Publikationen in Nr. 4, 1988, der Zeitschrift »Nowy mir« sowie von A. Alexandrow in »Flug zum Himmel«, Leningrad 1988).

Wie ich eine Gesellschaft auseinandernahm

243 *Jewgeni Lwowitsch Schwarz* Siehe unten *Litejny-Schwarzens*
243 *David Jefimowitsch Rachmilowitsch, der sich aus euphonischen Gründen Jushin nannte* Anspielung darauf, daß Rachmilowitsch hier wie ein zweiter Vatersname klingt. Siehe S. 243
243 *Sabolozki* Siehe S. 338/339
244 *Leonid Saweljewitsch Lipawski* Siehe S. 340/341
245 *Olejnikow* Siehe S. 340
245 *Jakow Semjonowitsch* Siehe *Druskin* S. 340
249 *Alexander Iwanowitsch* Siehe *Wwedenski* S. 338
249 *Konstantin Ignatjewitsch Drewazki* Buchhalter im Leningrader Staatsverlag siehe S. 249

Briefe an K. W. Pugatschowa

262 *Pugatschowa, Klawdija Wassiljewna* – Verdiente Schauspielerin der RSFSR, spielte zunächst am Leningrader Kinder- und Jugendtheater und ab 1933 im Moskauer Theater der Satire und im Majakowski-Theater; wirkte auch in Filmen mit, u. a. in dem damals populären Film »Die Schatzinsel«.

265 *Litejny-Schwarzens* Jewgeni Lwowitsch Schwarz (1896–1958) – Dramatiker, Autor der Märchenstücke: »Die Schneekönigin«, »Die verzauberten Brüder«, »Der nackte König«, »Der Schatten«, »Der Drache«, Redakteur bei den Kinderzeitschriften »Josh« und »Tschish« – und seine Frau Jekaterina Iwanowna (1902–1954), die auf dem Litejny-Prospekt wohnten. Im Freundeskreis so genannt im Unterschied zu den »Newski-Schwarzens«, Anton Issaakowitsch Schwarz, Rezitator und Estradenschauspieler, und seine Frau Natalija Borissowna Schanko.

266 *Chlebnikow, Viktor Wladimirowitsch* (Welimir) (1885–1922) – Dichter, der auf die Oberiuten großen Einfluß ausübte

266 *Tjus*, Teatr junowo sritelja (Theater des jungen Zuschauers) – Leningrader Kinder- und Jugendtheater

268 *Ochotina, Alexandra Alexejewna* – Verdiente Schauspielerin der RSFSR

268 *»Underwood«* erstes Stück von J. Schwarz. K. W. Pugatschowa spielte in der erwähnten Aufführung die Rolle der Pionierin Marussja.

271 *Tschekan* Musikinstrument; der Beschreibung K. W. Pugatschowas nach der Flöte oder Oboe ähnlich. Darauf spielte die Pugatschowa in dem Stück »Kinder Indiens« von N. J. Shukowskaja und schenkte ihn dann D. Charms.

274 *»Durch die welligen Nebelschwaden ...«* Gedicht von A. Puschkin, »Winterliche Fahrt«

274 *so hat er nun ein Poem geschrieben* Gemeint ist vermutlich das nicht überlieferte Poem »Wolken« (1933).

276 *Nestlé-Pulver* In der Schweiz hergestelltes Milchkonzentrat

278 *Staatsverlag* Gemeint ist die Leningrader Filiale des Staatsverlages; in ihr befand sich auch die Redaktion der Kinderzeitschriften »Josh« und »Tschish«, für die Charms und seine Freunde arbeiteten.

280 *Marschak, Samuil Jakowlewitsch* (1887–1964) – Dichter und Übersetzer, ab Mitte der 20er Jahre Hauptkonsultant der Abtei-

lung Kinderliteratur im Leningrader Staatsverlag; zog die Oberiuten zur Arbeit an der Kinderliteratur heran
281 *Helmholtz, Hermann* (1821–1894) – deutscher Naturforscher
Gedicht »Das Gras« nicht erhalten geblieben
282 *Margulis* eigentlich: Morgulis, Alexander Ossipowitsch (1898 bis 1937?) – Übersetzer, Theaterkritiker
282 *Brjanzew, Alexander Alexandrowitsch* (1883–1961) – Theaterregisseur, Begründer des TJus
282 *hat ein langes Poem geschrieben* eine Mystifikation
282 *Puljashen* Wortbildung von Charms, vermutlich aus den Namen der beiden russischen Kartenspiele »pulka« und »marjash«
283 *um einen Blick auf Sie zu werfen* In der Wohnung der Familie Schwarz hing ein Foto der Pugatschowa.
283 *»Pugatschowiade«* Gleichzeitig Anspielung auf den Führer des russischen Bauernkrieges von 1773–1775, J. Pugatschow
284 *Jachontow, Wladimir Nikolajewitsch* (1899–1945) – Rezitator, Estradenschauspieler
284 *»Zurückgegebene Jugend«* Erzählung von M. Sostschenko; mit »zweiter Teil« ist vermutlich die Nummer der Zeitschrift »Swesda« gemeint, in der der zweite Teil der Erzählung in Fortsetzung erschienen war.
284 *Ichronie* Verballhornung von »Ironie«

Nachwort

Über das Leben des Daniil Charms

Über sein Leben hat Charms die wunderlichsten Geschichten erfunden, zum Beispiel, wie er als Kaviar zur Welt kam oder wie er als Aprilscherz gezeugt wurde, zu früh auf die Welt kam und eine lange Brutkastenperiode durchlebte. Er mystifizierte seine Freunde und seine Umgebung durch skurrile Kleidung, skurriles Auftreten, widersinnige Briefe und Gespräche. Sogar die Beschreibung seiner Zimmereinrichtung ist eine perfekte Anekdote. Charms hatte an die dreißig Pseudonyme, neben dem vom englischen charm – Zauber, bezaubernd, entzückend, reizend – abgewandelten gab es auch ganz anders geartete: Prof. K. J. Schusterling, Trubotschkin (von russisch trubka, Pfeife), Chardame, Dandan, Toporyschkin (von russisch topor, Axt) usw. Diese Pseudonyme gehörten zu seiner Wortzauberei, seiner Verfremdungs- und Verwandlungskunst im Leben und Schaffen. Sie sind eine der rätselhaften »Masken« dieses Meisters der Selbstinszenierung. Für Kinderaugen war es die »Maske« eines kautzigen Ausländers, der das Gewöhnliche kurios und wunderlich sieht.

In seinem »Einmanntheater« lebte er wider die Alltagslogik, und er schuf eine Welt, die die Idiotie des Lebens »aufbricht«.

Um Charms' Leben rankten sich daher unendliche Legenden und Anekdoten.

In Wirklichkeit hieß er Daniil Iwanowitsch Juwatschow und wurde am 30. Dezember 1905 in Petersburg geboren. Seine Mutter, Nadeshda Koljubakina, von Haus aus Lehrerin, leitete eine »Unterkunft für

Frauen«, die aus der Haft entlassen waren und dort ein Minimum an Schulbildung und eine berufliche Ausbildung erhielten. Sein Vater, Iwan Juwatschow, Sohn eines Fußbodenbohnerers im Zarenpalast, hatte die Marineschule in Kronstadt absolviert. Er hatte sich der revolutionären Terrororganisation »Volkswille« angeschlossen. 1883 wurde er verhaftet, im »Prozeß der vierzehn Offiziere« zum Tode verurteilt, aber dann zu lebenslänglicher Haft begnadigt. In der Festung Schlüsselburg wurde aus dem anarchistisch-terroristischen Freiheitskämpfer ein friedfertig-anarchistischer Tolstoianer. Zwei Jahre mußte er auf der Insel Sachalin, an Fußketten geschmiedet, schwerste physische Arbeit verrichten. Danach wurde er Kapitän auf einem der ersten Schiffe, die Meereskarten erarbeiteten. Gegen Ende des 19. Jahrhunderts kehrte er nach Petersburg zurück. Dort schrieb er neben seiner wissenschaftlichen Tätigkeit seine Memoiren. Außerdem trat er als Autor didaktisch-religiöser Schriften im Geiste der Tolstoianer hervor. Mit Tolstoi und Tschechow, der ein Buch über die Zwangsarbeiter auf Sachalin geschrieben hatte, unterhielt er auch direkte Beziehungen.

Der kleine Daniil hatte viele Talente. »Er besaß das absolute musikalische Gehör, zeichnete gut, war gescheit und gewitzt, aber auch mutwillig und einfallsreich«, berichtet der Charms-Forscher Anatoli Alexandrow. »Das irritierte den bedächtigen Vater. Er beschloß, den Sohn in die strengste Mittelschule Petersburgs – die Peterschule – zu geben. So hieß das deutsche »Realgymnasium des heiligen Petrus« (neben der Lutherischen Kirche auf dem Newski-Prospekt).

Der Unterricht aller Fächer erfolgte dort in deutsch. Dank dieser Schule (1915–22) und den Hauslehrern konnte Daniil perfekt Deutsch und gut Englisch. Er begann englische und deutsche Poesie ins Russische zu übertragen. Schon in seiner Schulzeit neigte Charms zu theatralisierten Mystifikationen. Seine Schulkameraden, wie der spätere Professor P. A. Wulfius, der 1928 die Musik zu Charms' Drama »Jelisaweta Bam« schrieb, erinnern sich an seine unendlichen Streiche. Anatoli Alexandrow hat sicherlich recht, wenn er das Antididaktische im Lebensgefühl des jungen Charms auf die »Überdosis an Didaktik« in der Philosophie und Pädagogik des Vaters zurückführt, mit dem Charms bis zu dessen Tod im Jahre 1940 zusammengelebt hat.

1922–24 besuchte Charms die 3. Schule in Detskoje selo, dem früheren Zarskoje selo und heutigen Puschkin bei Leningrad. Dort wohnte er bei seiner Tante, der Direktorin dieser Schule, die russische Literatur unterrichtete. Bei ihr weilt Charms auch später noch sehr oft während des Sommers. 1924 beginnt er sein Studium am Leningrader Elektrotechnikum, 1926 ein Studium am Institut für Kunstgeschichte (Bereich Film). Doch er beendete keine der beiden Hochschulen. Ab 1925 tritt Charms – schon unter diesem Pseudonym – als Rezitator und Interpret von Gedichten Blocks, Majakowskis, Sewerjanins, Assejews, Inbers u. a. auf kleinen Estradenbühnen auf, meistens in musikalischer Begleitung des Komponisten Paul Marcel (eigentlich Russakow), des Bruders von Charms' erster Frau Esther.

Nur sehr selten verließ Charms sein geliebtes Petersburg – Leningrad. In den Hungerjahren während des Bürgerkriegs fuhr seine Mutter mit ihm an die Wolga zu den Großeltern. Das zweite Mal mußte er die Stadt Ende Dezember 1931 – wiederum nicht auf eigenen Wunsch – verlassen. Zusammen mit mehreren Mitarbeitern der Kinderzeitschrift »Josh« (»Igel«) wurde er verhaftet. Zwar kam er am 18. Juni 1932 wieder frei, doch schon am 13. Juli wurde er mit seinem Dichterfreund Alexander Wwedenski nach Kursk verbannt. Am 18. November durften beide nach Leningrad zurückkehren. 1937 wurde Charms noch einmal für kürzere Zeit verhaftet.

Am 1. Juni 1937 notiert Charms im Tagebuch: »Eine noch schrecklichere Zeit ist jetzt für mich angebrochen. Im Kinderbuchverlag haben sie's auf irgendwelche Gedichte von mir abgesehen, eine Hetzjagd begann. Man hört auf, mich zu drucken, zahlt mir kein Geld mehr (auch für bereits Gedrucktes – L. D.). Man motiviert dies mit irgendwelchen zufälligen Verzögerungen. Ich fühle, dort passiert etwas Geheimes, Böses. Wir (er und seine Frau Marina Malitsch, die er 1934 geheiratet hatte – L. D.) haben nichts zu essen, hungern fürchterlich. Ich weiß, es ist mein Ende.« Am 28. September 1937 schreibt er: »Ich verzweifle noch immer nicht, wahrscheinlich hoffe ich auf irgend etwas, und mir scheint, daß meine Lage besser sei, als dies in Wirklichkeit der Fall ist. Eiserne Hände zerren mich ins Loch.« Dennoch führte er in diesen Jahren ein intensives, schöpferisches Leben im engsten Freundeskreis. Er arbeitete fieberhaft – für die Schublade. Keine Zeile seines dichterischen und dramatischen Schaffens sowie seiner Prosa für Erwachsene sollte er je gedruckt sehen.

Am 23. August 1941 wurde Charms das dritte Mal verhaftet. Der Schriftsteller L. Pantelejew erinnert sich: »Der Hausmeister kam zu ihm und bat ihn unter irgendeinem Vorwand, in den Hof zu kommen. Dort stand schon der schwarze Wagen. Man nahm ihn halb angekleidet mit, in Hausschuhen, barfüßig. Ich habe

Daniil Iwanowitsch zwei oder drei Tage vor der Verhaftung gesehen. Ich wußte immer, daß er klug ist, seine Sonderlichkeiten waren eine Maske. Ein Spaßvogel, für den ihn viele hielten, war er nie gewesen. Wir tranken an jenem Abend billigen Rotwein und aßen Weißbrot. Das Gespräch drehte sich hauptsächlich um den Krieg. Daniil Iwanowitsch war überzeugt, daß die Deutschen geschlagen würden, und meinte, daß gerade Leningrad, die Standhaftigkeit seiner Bewohner und Verteidiger den Ausgang des Krieges entscheiden würden.«

Über seinen Tod wissen wir nichts Genaues. Nach einer Version sei Charms 1942 in einem Leningrader Gefängnis während der Blockade verhungert. Nach einer anderen sei er noch vor der Blockade zusammen mit anderen Verhafteten aus Leningrad verlegt worden und im Februar 1942 im Gefängniskrankenhaus von Nowosibirsk gestorben.

1956 wurde Charms rehabilitiert. Sein Archiv wurde von seiner Frau, Marina Malitsch, von seiner Schwester und vor allem von seinem Freund, dem Philosophen und Musiker Jakow Druskin, gerettet. Dieser hatte es aus Charms' bombengeschädigter Wohnung geborgen. Er trug es während der Bombenangriffe stets bei sich und nahm es mit, als er evakuiert wurde.

In der »OBERIU«

Im März 1926 wurde Charms in den Leningrader Dichterverband aufgenommen, noch im selben Jahr erschien erstmalig eines seiner Gedichte in dem Almanach des Verbandes. Der Dichterverband vereinte damals noch alle künstlerischen Richtungen, die im ersten Viertel des 20. Jahrhunderts entstanden waren. Anfangs stand Charms den Futuristen Majakowski und Alexej Krutschonych nahe. 1925 schließt er sich Tufanow an, einem Futuristen und Autor von Lautpoesie in der Nachfolge Chlebnikows. Als seine »Lehrer« bezeichnete Charms Chlebnikow, Wwedenski und Marschak. Charms und Wwedenski veranstalteten zwar gemeinsam mit Tufanow, manchmal auch mit dem religiösen Bauerndichter Kljujew, Dichterabende, aber ihre Poesie unterscheidet sich schon sehr von der der futuristischen »sa'umniki« (von sa'um – jenseits des Verstandes). Diese verfremdeten die Sprache direkt. Charms verwandelt das Wort, bewahrt aber dessen Sinn. Überhaupt sind die Details bei Charms immer realistisch. Erst die Verbindung dieser Details, die der normalen Logik widerspricht, läßt das Absurde entstehen. Im Unterschied zu den »sa'umniki« nennen sich Charms und Wwedenski »Tschinari« (s. Anmerkungen). Sie gründen im Januar 1926 eine eigene Gruppe »Die Tschinari-Schule«.

Die »Tschinari«-Poesie schuf eine verkehrte Welt unsinniger Gaukeleien. Sie entfaltete sich 1925–27 als eine von Lebensfreude strotzende Provokation, als ein Anschlag auf den sogenannten gesunden Menschenverstand, auf die Welt des Mittelmaßes, der Langeweile und der aufgeblasenen Solidität. Die »Tschinari« fanden Anhänger unter Dichtern und Schriftstellern – Nikolai Sabolozki, Konstantin Waginow, Igor Bachterew, Boris Lewin, Nikolai Olejnikow, Jewgeni Schwarz u. a. –, in Theatern und Verlagen, bei Filmemachern, Musikern und Malern – Kasimir Malewitsch, Pjotr Sokolow, Wladimir Tatlin (der auch Charms' Kinderbücher illustrierte), bei den Filonow-Schülerinnen Alissa Poret und Tatjana Glebowa.

Ende 1927 wurde die »Vereinigung der realen Kunst« (OBERIU) gegründet. Bei dieser Abkürzung ist das U eigentlich überflüssig. Es wurde aus Ulk hinzugefügt, als eine Parodie auf alle »Ismen«.

Das OBERIU-Manifest zeugt von einem veränderten und seriöseren Programm (Näheres im Anhang). Eine wesentliche Forderung der OBERIU war die Zusammenarbeit der verschiedenen Künste. Auch hierbei war Charms die zentrale Figur im OBERIU. Er war zugleich Dichter, Prosaiker, Dramatiker. Spielend ging er von Versen zur Prosa über und verlieh dieser eine dramatische Struktur. Außerdem spielte er verschiedene Instrumente. Er zeichnete, sang und führte professionell Zaubertricks vor. Alexandrow resümierte: »Die entfesselte Schöpfung, in der die Trennwände der Gattungen zerbrochen werden, erfaßte sowohl seine kindlichen Werke als auch die unkindlichen.«

Am 24. Januar 1928 präsentierte sich die OBERIU im Leningrader »Haus der Presse« mit ihrer ersten Veranstaltung: »Drei linke Stunden«. Sie war eine für alle poetischen Aktionen der OBERIU typische Mischung von Dichterlesung, Propagandavortrag und Konzert. Auf dem Programm stand der theatralische Vortrag von Gedichten und die Verlesung des Manifests, die szenische Aufführung von Charms' dramatischem Poem »Jelisaweta Bam« sowie eine Filmcollage. Furore machte Charms, der zur Illustration der oberiutischen, den Dingcharakter der Kunst beschwörenden These »Die Kunst ist ein Schrank« auf einem schwarzen lackierten Schrank stehend Gedichte vortrug. Er war wunderlich gekleidet: karierter Gehrock mit einem roten Dreieck, runde goldfarbene Mütze mit Bändern, auf die bleiche Wange war ein grünes Hündchen gemalt. Der eingeplante Disput wuchs sich zu einem Skandal aus. Auch der Skandal war eingeplant. Aber es gab auch Proteste, die zwei Jahre später das Ende von OBERIU bewirkten.

1930 erschien in der Leningrader Jugendzeitung »Smena« der Artikel »Reaktionäres Jongleurtum. Über einen Anschlag literarischer Rowdys«, in dem man die OBERIU als »Klassenfeinde« bezeichnete, die liquidiert werden müßten. Die damals allmächtige RAPP beseitigte die letzte avantgardistische Gruppe.

Aus Anlaß der Wiederaufführung von Charms' »Jelisaweta Bam« heißt es in »Moskowskije nowosti« vom Juni 1989: »Die Oberiuten liefen mit dem Leben um die Wette, übten sich in Unmöglichem und Undenkbarem. Aber das Leben holte sie ein und zerfleischte sie. Fast alle Mitglieder dieser exzentrischen Freundesrunde wurden in den Vorkriegsjahren verhaftet.« Als die OBERIU-Konzerte eingestellt werden mußten, verblieb als einziges Wirkungsfeld die Kinderliteratur.

Klassiker der Kinderliteratur

1928 kamen Charms und seine Freunde über Vermittlung von Samuil Marschak zur Kinderliteratur. Deren großes Jahrzehnt begann. Marschak erinnert sich: »Mir schien, daß diese Menschen ihre Wunderlichkeit in die Kinderpoesie einbringen konnten, jene Wunderlichkeit in Abzählreimen, Kehrreimen, Refrains, an der die Kinderfolklore der ganzen Welt so reich ist.« 1931 bezeichnete Lunatscharski im Vorwort zu dem »Almanach Kinderliteratur«, in dem er die besonderen Erfolge dieser jungen Literatur hervorhob, Charms und Marschak als deren Erstentdecker und die fröhlich übermütigen, herausfordernden Gedichte beider Poeten als künstlerisch gleichrangig. Charms' Gedichte und Kurzprosa für Kinder – er übertrug auch Werke von Wilhelm Busch – erschienen fast in jeder Ausgabe der Kinderzeitschriften »Tschish« (»Zeisig«), »Josh« (»Igel«), »Swertschok« (»Glühwürmchen«). Redakteure und ständige Autoren dieser Zeitschriften waren Jewgeni Schwarz, Nikolai Olejnikow und Nina Gernet.

Die Kinderbuchautorin Nina Gernet (1904–1982), die 1932–1937 die Redaktion des »Swertschok« leitete und mit Charms bis 1941 befreundet war, erinnert sich:

»In der Redaktion der Vorschulzeitschrift ›Tschish‹, wo ich in diesen Jahren als Redaktionsleiterin arbeitete, trafen sich täglich Charms, Schwarz, Olejnikow (eine Zeitlang Verantwortlicher Redakteur der Zeitschrift), Sabolozki, Wwedenski, Bianki, Shitkow, Tscharuschin und Sostschenko. Ich war mir damals nicht ganz bewußt, welch ein außerordentliches und seltenes Glück das war. Mit Begeisterung lauschte ich den Textlesungen, den Gesprächen, den Einfällen und den Spielereien, und jeder Tag, den ich nicht in der Redaktion verbrachte, war für mich ein verlorener Tag.

Und doch, selbst in dieser Literatur-Elite war Daniil Charms einzigartig und unnachahmlich. Äußerlich war er am besten mit einem Wort charakterisiert – ein Gentleman. Groß, schön, gut erzogen, stets korrekt, sauber, höchst ehrenhaft, besaß er ein vollkommenes Gefühl für Humor, ein nicht minder vollkommenes Gefühl für das Wort und ein literarisches Gehör.

In der Redaktion gab es ein großes schwarzes Sofa. Charms setzte sich mit der ewigen Pfeife in eine Ecke. Er schwieg. Dann holte er ein Blatt Papier hervor und begann ohne Vorrede mit etwas in der Art wie: ›Einmal kam Puschkin zu Gogol ...‹

Gleich darauf lachten die ganze Redaktion und die Besucher schallend. Wenn Charms fertig war, steckte er das Blatt ebenso gelassen ein und verstummte.

Es war eine fröhliche Redaktion. Die Schriftsteller und Illustratoren fühlten sich wie zu Hause, saßen den ganzen Tag, erzählten, lasen, veranstalteten literarische Spiele und Mystifikationen. Uns Mitarbeitern der Redaktion war es fast unmöglich, direkt an der Zeitschrift zu arbeiten. Doch wir angelten uns Gedichte, Themen und Ideen, die der Zeitschrift dienlich sein konnten; wir arbeiteten, wenn die hungrigen Schriftsteller zum Mittagessen oder, wie Boris Shitkow sagte, ›ein Gläschen Bier trinken‹ gingen.

Daniil Charms brachte oft Gedichte. Viel öfter noch machte er ausgezeichnete Bildunterschriften. Einmal, als ich sehr dringend eine Bildunterschrift brauchte, sperrte ich ihn in ein Zimmer und sagte, daß ich ihn nicht herauslassen würde, ehe der Text fertig wäre. Nach einer Viertelstunde klopfte er und reichte mir einige hervorragende Zeilen (schade, ich weiß nicht mehr, welche es waren).

Im ›Tschish‹ gab es eine immer wiederkehrende Figur – die ›kluge Mascha‹, die bei den Kindern außerordentlich beliebt war; sie bekam ständig Briefe oder Anrufe. Es wissen nur wenige, daß Charms diese Mascha auf einer unserer Redaktionssitzungen bei Olejnikow erfunden hat. Es war die Geschichte, wie Mascha den störrischen Esel überlistet und ihn dazu bringt, sie in die Stadt zu fahren. Danach haben viele, auch ich, Abenteuer für sie ausgedacht, doch die erste Mascha war von Daniil Charms.

Man spricht über seine Absonderlichkeiten, seine Eigenheiten. Das seltsamste war, daß er bei all dem natürlich und aufrichtig war. Man sah dem korrekten Gentleman mit Pfeife nicht an, daß er im Innersten ein ausgelassener, wilder Junge war, immer aufgelegt zu Streichen und Mystifikationen.

Wenn der Mensch in den Wald geht, ist das gefährlich. Charms nahm darauf keine Rücksicht. Es gibt ein wunderbares Gedicht von ihm: ›Aus dem Hause kam ein Mann‹, und darin eine Zeile: ›Seitdem ist er verschwunden‹.

›Tschish‹ nahm es natürlich mit Freude an und druckte es. Den Kindern machten die Verse viel Freude, doch dem Autor (und der Redaktion) brachten sie Unannehmlichkeiten. Irgendein Natschalnik las es und empörte sich: ›Was heißt verschwunden? Im Sowjetland kann niemand verschwinden!‹ Was da war, weiß ich nicht, aber der Verlag sicherte sich ab, und wir durften lange keine Gedichte von Charms drucken.

Welch menschlichen Zauber er hatte! Trotz seines unnahbaren Äußeren war in ihm viel Güte und Feingefühl. Er liebte die Musik sehr und verstand auch viel davon, sein Lieblingskomponist war Bach. Er selbst war sehr musikalisch. Manchmal fanden sich bei mir ein paar Leute zusammen, und wenn Esther Papernaja und Daniil Charms dabei waren, sangen sie Lieder von Bellman, alte Soldatenlieder, englische Volkslieder u. a. m. Bis heute höre ich die Stimme von Charms, wie er mit Esther ein englisches Lied über die Seeleute singt, die erzählen, wie sie alle wegen einer Meerjungfrau ertranken.

Die Kinder ließen sich von Daniil Charms' finsterem Aussehen nicht täuschen. Sie hatten ihn nicht nur sehr gern, er verzauberte sie förmlich. Ich habe Charms oft auftreten sehen und hören. Und immer das gleiche. Der

Saal lärmt. Daniil Charms kommt auf die Bühne und murmelt etwas. Nach und nach werden die Kinder still. Charms spricht nach wie vor leise und finster. Die Kinder lachen prustend. Dann verstummen sie – was sagt er? Daraufhin verkündet Charms laut und deutlich: ›Wie Papa mir einen Iltis schoß.‹ Mit diesem Gedicht begann er gewöhnlich seinen Auftritt. Dann konnte er mit den Kindern machen, was er wollte – sie schauten ihm atemlos auf den Mund, völlig gefangen vom Wortspiel, vom Zauber seiner Gedichte, von ihm selbst.

Einmal in einem Pionierlager, von wo es ein ziemlich weiter Weg bis zum Bahnhof war, erhoben sich nach seinem Auftritt alle seine Zuhörer und folgten ihm, wie dem Rattenfänger von Hameln, bis zum Zug, standen da und sahen ihm nach, wie er abfuhr.

Das letzte Mal sah ich Charms 1941, wenige Tage vor dem Krieg. Wir saßen am Fenster meiner Mansarde. Er war ernst und in sich gekehrt wie noch nie. ›Fahren Sie schnellstens ab. Fahren Sie ab!‹ sagte er. ›Es wird Krieg geben. Leningrad erwartet das Schicksal von Coventry.‹ Daß er auch abfahren mußte, daran dachte er nicht. Ich hoffte damals wie viele bis zuletzt, daß es keinen Krieg geben würde, trotz der schrecklichen Vorzeichen. Doch ihm glaubte ich. Mir schien immer, daß Daniil Charms vieles, was wir noch nicht wußten, wußte und voraussah.

Wenige Tage später überfiel uns der Krieg. Wir haben uns nie wiedergesehen.«

(Die Erinnerung übersetzte Heike Meißner.)

In den 60er und 70er Jahren wurde Charms zunächst als Kinderbuchautor wiederentdeckt. 1962 erschien das von Lydia Tschukowskaja herausgegebene Bändchen »Spiel«. Weitere seiner Kinderbücher folgten: »Iwan Iwanowitsch Samowar«, »Die Million«, »Was war das« (Gedichte und Prosa) u. a.

»Das Leben in seiner unsinnigen Erscheinung«

»Ich erinnere mich«, schrieb Weniamin Kawerin, »wie die Oberiuten nach Sestrorezk (am Finnischen Meerbusen) kamen, um Jewgeni Schwarz zu besuchen, und erst gegen Abend, als die Sonne schon unterging, zum Baden gingen. Der Strand war längst leer geworden, die Gäste zogen sich aus und gingen zum Meer, und hinter ihnen krochen ihre Schatten mit karikaturhafter Langsamkeit den Sand entlang. Nichts Besonderes war an diesen sich allmählich verlängernden Schatten, aber es muß wohl doch etwas gewesen sein, denn der große, knochige Charms sprang plötzlich, komisch die Hände verrenkend, hoch und zwang seinen Schatten, diese unsinnigen Bewegungen zu wiederholen. Er streckte seinen Körper, hockte sich plötzlich hin und ›wuchs‹ langsam wieder. Ernst betrachtete er seine den Strand entlang hingestreckte schwarze, folgsame Spiegelung. Nach ihm begann Olejnikow, ebenfalls vollen Ernst wahrend, zu springen. Auch er war knochig. Dann folgte der etwas füllige Schwarz dem Beispiel und noch irgend jemand ... Der Wächter, der im Mantel aus seinem Häuschen kam – es war schon kühl –, sah ratlos zu, dann begann er unentschlossen zu pfeifen, obwohl bei diesem unerwarteten ›Schattentheater‹ nichts zu bemerken war, was der Ordnung zuwiderlief. Der Pfiff war eine Warnung, die Wirklichkeit erinnerte daran, daß gemäß der Strandordnung Merkwürdigkeiten unerwünscht sind, sogar wenn sie nicht ausdrücklich verboten sind.«

In dieser kleinen Begebenheit offenbart sich einer der alltäglichen »Lebensstoffe«, aus dem Charms das Phantastisch-Skurrile und das Stupide-Banale seiner Fälle,

Zufälle, Vorfälle schöpfte. Die Miniatur »Wie ein junger Mann einen Wächter zum Staunen brachte« (1936) – eine Variante traditioneller teuflischer Schattengeschichten – könnte direkt von dieser Begebenheit inspiriert sein. Die Miniatur faßt den Grundkonflikt von Charms' künstlerischer Welt zusammen: Angesichts der stupiden Brutalität des Ordnungshüters kann sich das skurrile Zauberwesen nur in Luft auflösen. Auch Charms mochte Leute zum Staunen bringen. Ein Mittel dieser Mystifikation ist die naive Kinderoptik, mit der Charms das Banalste und Grausamste äußerlich wertungsfrei erzählt. Diese Scheinnaivität schafft die Verfremdung, die Zerstörung des »Objektiven« und stellt das Skurrile der Situation heraus. Diese Miniaturen sind auch meistens wie ein Kinderspiel angelegt: Irgendwelche zusammenhanglosen Fälle und Zwischenfälle wiederholen sich so oft, bis sie ihre innere Absurdität offenbaren. Dann wird ein Resümee gezogen, das mit diesen »Fällen« ebenfalls wenig zu tun hat und gerade dadurch die phantastische Unlogik des gewöhnlichen Lebens parodiert.

»Fälle« nannte Charms das Herzstück seiner Prosa, dreißig Kurz- und Kleinsterzählungen, Miniszenen der Jahre 1933–1939. 1937 begann Charms sie zu einem Zyklus zusammenzustellen. Die Prosa verdrängt in den 30er Jahren zunehmend die Dichtung in Charms' Schaffen. Die Welt dieser Prosa wird immer bitterer, düsterer, der Humor immer schwärzer. Die groteske und absurde Form transportiert auf paradoxe Weise die Atmosphäre des Lebens, das Charms umgab: Zerstörung der menschlichen Beziehungen, Zerfall des Alltagslebens, allgemeine Entfremdung, seine eigene Hoffnungs- und Ausweglosigkeit. Der Charms-Forscher

Wladimir Glozer schreibt über den Roman »Die Alte« und allgemein über die Prosa des Schriftstellers: »Alle Schrecken, all der Widersinn des Lebens sind nicht nur der Hintergrund, auf dem sich der absurde Akt vollzieht, sondern in einem bestimmten Maße auch die Ursache, die die absurde Kunst und ihre Denkweisen hervorbrachte. Die absurde Literatur erwies sich auf ihre Weise als ein adäquater Ausdruck dieser Prozesse, die jeder einzelne Mensch durchzumachen hatte.« Charms selbst schrieb am 31. Oktober 1937 im Tagebuch: »Mich interessiert nur Quatsch, nur das, was gar keinen praktischen Sinn hat. Mich interessiert das Leben nur in seiner unsinnigen Erscheinung.« Und der daran anschließende Satz offenbart das absolut seriöse Credo des Autors: »Heldentum, Pathos, Verwegenheit, Moral, Hygiene, Sittlichkeit, Rührung und Hasard sind mir verhaßte Worte und Gefühle. Aber vollauf verstehe und achte ich: Begeisterung und Entzücken, Euphorie und Verzweiflung, Leidenschaft und Zurückhaltung, Ausschweifung und Keuschheit, Trauer und Leid, Freude und Lachen.«

All der Unsinn, all die Nichtigkeiten, die Charms vorführt, machen durch primitive Formen innerlich Primitives sinnfällig: Sie parodieren pseudophilosophischen Tiefsinn, Didaktik, leere Rhetorik, Streitigkeiten um nichts. Sie ironisieren »die mäuseähnliche Geschäftigkeit und ewige Wiederholbarkeit des Lebens derjenigen Menschen, die nicht verstehen, daß sich selbst der Begriff ›gesunder Menschenverstand‹ verändert«, betonte Viktor Schklowski, der den Oberiuten nahestand.

In diesem Sinne sind auch die »Anekdoten aus dem Leben Puschkins« zu verstehen. Es sind Parodien auf Puschkin-Anekdoten, die deren Erfinder entlarven, die

Idiotie der Rezeption eines großen Menschen durch einen kleinkarierten.

Doch obwohl Charms die Gedankensplitter absurden Alltagsbewußtseins aller konkreten Milieuzusammenhänge entkleidet, reproduziert er phantastisch verfremdet das Alltagsleben der 20er/30er Jahre, dessen Wesen und äußere Konturen: Jemand findet in den Kaufhäusern keine Hose; jemand leidet Hunger; jemand liegt im Korridor einer Kommunalwohnung und wird nicht verhaftet, obwohl es alle Mieter wünschen, weil er hier gemeldet ist, aber keinen Wohnraum besitzt; eine Verhaftung unterbricht ein kurioses Liebesspiel; Brutalität am laufenden Band ...

»Der Alp«

Immer ist jemand hinter jemandem her, hat es jemand auf jemanden abgesehen. Der Ich-Erzähler der Geschichte »Die Alte« – ein wunderlicher junger Schriftsteller – liebt das Wunder und fühlt sich als Zauberer, der Wunder vollbringen könnte. Er denkt immerzu an »einen Wundertäter, der in unserer Zeit lebt und keine Wunder tut«. Der romantische, unglückliche, scharfsichtige junge Mann denkt seine Geschichte bis zu Ende: Der Wundertäter »stirbt ... ohne im Leben ein einziges Wunder getan zu haben«. Er lebt in einer tragisch zerrissenen Welt: Ihn verfolgt eine scheußliche Leiche – bis in seine Träume hinein, sie hindert ihn am Schreiben, am Lieben, man hindert ihn daran, sie in den Sumpf zu werfen. Er begreift keinerlei Zusammenhänge: Wie kam die Alte in sein Zimmer? Auch andere Zufälle und Zwischenfälle um ihn herum wiederholen sich rätselhaft und geheimnisvoll. Er quält sich in Angst und Ungewißheit, fühlt sich gezeichnet – bald wird man ihn als Mörder packen. Eine Sühne wird gestaltet, der kein Verbrechen und keine Schuld vorangehen. Der Ich-Erzähler will seinen Freund nicht in die Geschichte hineinziehen. Der Freund Sakerdon (»sacer« – geheim) Michailowitsch, hieß im Manuskript ursprünglich Nikolai Makarowitsch. Dies ist der Vor- und Vatersname von Charms' Freund Olejnikow, der 1937 verhaftet wurde.

Der Roman »Die Alte« entstand 1939. Die alptraumhafte Geschichte des jungen Mannes, der zwischen Selbstironie, Einbildungskraft, Verzweiflung und sogar Brutalität hin- und hergerissen ist, die mit der unheimlichen, kalten und riesigen Stadt Petersburg verschmilzt, steht sowohl in einer langen westeuropäischen Tradition als auch in der russischen Tradition Petersburger Geschichten. Sie setzt das Petersburger Thema von Puschkins »Ehernem Reiter« und »Pique Dame« fort, wo die alte Gräfin ihr Kartenspielgeheimnis mit ins Grab nimmt; Gogols phantastische Geschichten »Die Nase« und »Der Mantel«; auch Dostojewskis Werke von den »Petersburger Traumvisionen« und »Der Doppelgänger« über »Die Erniedrigten und Beleidigten«, »Schuld und Sühne« und »Der Jüngling«; Belys »Petersburg« und Grins »Rattenfänger«, der im eisigen Petrograd des Jahres 1921 von einer Rattenmafia verfolgt wird. Unter den Schriftstellern, die ihm am nächsten sind, nennt Charms im Tagebuch außer den Russen Puschkin, Gogol, Prutkow noch: Meyrink, Hamsun, Edward Lear, Lewis Carroll.

»Was braucht der Mensch mehr
als Leben und Kunst?«

Charms lebte in einer Epoche, die sich in jedem Augenblick als historisch bedeutsam und gesetzmäßig ausgab. Und er gestaltete das Unhistorische, Abseitige, Zufällige, Unsinnige.

In der Erzählung über seinen Freundeskreis »Wie ich eine Gesellschaft auseinandernahm« findet sich eine herrliche Persiflage der permanent an die Künstler gerichteten Forderungen, in ihren Werken die Epoche festzuhalten. Der Ich-Erzähler will ununterbrochen den Augenblick ergreifen, aber die Folge ist lediglich die zerschlagene Uhr: »Genauso unmöglich ist es, die Epoche zu ergreifen, denn die Epoche ist auch nur ein Augenblick, bloß etwas größer.« Und in einem Brief an Klawdia Wassiljewna schreibt Charms: »Ich lese grundsätzlich keine Zeitung. Das ist eine ausgedachte, nicht erschaffene Welt.« Im konkreten, einzelnen, privaten Vorfall spüren Charms und seine Freunde Spiegelbilder des gesellschaftlichen Zustands auf und vor allem die in Jahrhunderten abgelagerten unergründlichen Schichten menschlicher Psyche, die nach ihrer Meinung auch die schnellen Bewegungen der Zeitgeschichte bestimmen.

Charms' Miniaturen befinden sich meistens im Spannungsfeld zwischen dem scheinbar Historischen, Gesetzmäßigen und dem Privaten, Zufälligen: Großer Glorienschein, den Menschen oder Ereignisse für sich in Anspruch nehmen, entpuppt sich als Nichtigkeit oder überhaupt nicht existent. Doch was sich zufällig und nichtig anläßt, nimmt plötzlich eine tragische, schicksalhaft-endgültige Wendung. Bei Charms ahnt der Mensch weder, wie er in seinen privaten, intimen Regungen farcenhaft Massenbewußtsein spiegelt, noch wie zufällig-absurd er in den tragischen Sog der großen Historie geraten kann. Das hatte Charms allzugut aus eigenem Erleben erfahren müssen. Den sich unendlich wiederholenden »Fall« macht Charms daher zu seinem Genre. Er begreift ihn aber nicht als Episode und Zufall, sondern dialektisch. Seine »Zwischenfälle« offenbaren Existentielles im Leben, in der Gesellschaft und im Menschen. »Der Schriftsteller setzte ein Gleichheitszeichen zwischen Leben und Kunst«, wie Anatoli Alexandrow verallgemeinerte. »Er koppelte sie. Sein Schaffen erwuchs aus ›privaten‹ Genres: Briefen, Gesprächen im engsten Freundeskreis, Tagebucheintragungen, Anekdoten. Aber das Biographische, Persönliche verband sich auf eine seltsame Art mit Phantastischem, infolgedessen entstand eine besondere Welt, die sich in einem wundersamen ›Schwebezustand‹ befand, in der die unerwartetsten Situationen möglich wurden.«

Die unmittelbar »privaten« Genres Briefe, Tagebuchaufzeichnungen – werden zu einem organischen Teil der Charmsschen Prosa, die sich künstlerisch von seinen Erzählungen nicht unterscheidet. Die Persiflage auf seine Freunde, die Briefe aus der Kursker Verbannung an Tamara Alexandrowna oder auch die an Klawdia Wassiljewna, in denen ein Ich-Erzähler auf kurios-infantile oder tragisch-selbstironische Weise seine Einsamkeit, seine Sehnsucht nach den Freunden, seine Liebesempfindungen und andere Lebensgefühle zum Ausdruck bringt, sind echte groteske Erzählungen mit philosophischem Tiefgang. Ihr Zielpunkt ist meistens – wie in der übrigen Prosa – die Figur des Ich-Erzählers. Die Logik der wirklichen, alltäglichen, konkreten Beziehungen der Freunde, deren Probleme und die eigenen erscheinen in der »Optik« des Ich-Erzählers verwandelt und verfremdet, kippen unmerklich ins Phantastische, werden liebevoll oder ironisch ad absurdum geführt. In den sogenannten autobiographischen Texten wird Charms' künstlerische Methode noch offensichtlicher als in seiner eigentlichen Prosa.

Die wunderlichen Oberiuten wurden, wie gesagt, oft als »literarische Rowdys« bezeichnet. Sie selbst verstanden sich als Realisten. Heute ist unverkennbar: In ihren phantastischen, »unsinnigen« Werken haben sie die Epoche sensibler und tiefer erfühlt als viele, die glaubten, die Realität »realistisch« darzustellen.

Berlin, Juli 1989   Lola Debüser

Quellenverzeichnis

Folgende Texte wurden uns freundlicherweise von Frau Anna Gerassimowa zur Verfügung gestellt (Handschriftenabteilung der Saltykow-Stschedrin-Bibliothek, Leningrad):
O rovnovesii
Žil byl čelovek, zvali ego Kuznecov
Ličnoe pereživanie odnogo musykanta
Kogda son bežit ot čeloveka
Menja nazyvajut kapucinom
Chudožnik i časy
Rycari
V tramvae sideli dva čeloveka
Traktat bolee ili menee po konspektu Ėmersena

Alle weiteren Texte sind folgenden Publikationen entnommen:
Daniil Charms, Slučai, Verlag »Pravda«, Moskau 1989
Daniil Charms, Polët v nebesa, Verlag »Sovetskij pisatel'«, Leningrad 1988
Zs. »Voprosy literatury«, Moskau 1987, Nr. 8
Zs. »Detskaja literatura«, Moskau 1988, Nr. 4
Zs. »Novyj mir«, Moskau 1988, Nr. 4
Zs. »Pamir«, Duschanbe 1988, Nr. 2
Zs. »Raduga«, Tallinn 1988, Nr. 7
Zs. »Junost'«, Moskau 1987, Nr. 10
Ztg. »V mire knig«, Moskau 1987, Nr. 12
Ztg. »Knižnoe obozrenie«, Moskau 1988, Nr. 1, Nr. 43
Ztg. »Literaturnaja gazeta«, Moskau 1968, Nr. 46; 1970, Nr. 27; 1973, Nr. 47; 1987, Nr. 25; 1988, Nr. 24

Einband: Charms. Selbstbildnis. Dreißiger Jahre.
Frontispiz: Charms. Selbstbildnis. 1933.

Inhalt

Die in Klammern stehenden Überschriften stammen nicht vom Autor

1. Jetzt will ich erzählen, wie ich geboren wurde . 5
2. Die Brutkastenperiode 9

I
Fälle

3. Blaues Heft Nr. 10 14
4. Fälle 15
5. Die herausfallenden alten Frauen 16
6. Sonett 17
7. Petrow und Schabowski 18
8. Optische Täuschung 19
9. Puschkin und Gogol 20
10. Der Tischler Kuschakow 21
11. Die Truhe 23
12. Der Fall Petrakow 25
13. Wie zwei sich prügelten 26
14. Traum 28
15. Der Mathematiker
    und Andrej Semjonowitsch 30
16. Wie ein junger Mann einen Wächter
    zum Staunen brachte 33
17. Vier Illustrationen dazu,
    wie eine neue Idee den Menschen umwirft,
    wenn er nicht auf sie vorbereitet ist 36
18. Verluste 37
19. Makarow und Petersen. Nr. 3 38
20. Lynchjustiz 40
21. Begegnung 42

22. Gescheiterte Vorstellung. Vaudeville 43
23. Buff! 44
24. Was es zur Zeit in den Geschäften
    zu kaufen gibt 46
25. Maschkin hat Koschkin erschlagen 48
26. Wie der Schlaf den Menschen foppen kann . 49
27. Jäger 50
28. Eine historische Episode 52
29. Fedja Dawidowitsch 55
30. Anekdoten aus Puschkins Leben 58
31. Anfang eines sehr schönen Sommertages.
    Symphonie 62
32. Pakin und Rakukin 63

II
33. Die Alte. Roman 69

III
34. Die Sache 103
35. Eines Tages ging Andrej Wassiljewitsch ... 108
36. Ein Ritter 111
37. Über Gleichgewicht 115
38. Der Sündenfall oder Die Erkenntnis
    von Gut und Böse. Didaskalie 117
39. Fenorow in Amerika 123
40. (Meuterei) 127
41. Über Erscheinungen und Existenzen Nr. 1 . . 129
42. Über Erscheinungen und Existenzen Nr. 2 . . 131
43. (Das Sofa) 134
44. (Der Ziegel) 135
45. Die Karriere
    des Iwan Jakowlewitsch Antonow 136

46. Wie hieß dieser Vogel doch gleich?	137
47. Eine Geschichte	138
48. Feiertag	140
49. Zwischenfall auf der Straße	141
50. Die privaten Schwierigkeiten eines Musikers	143
51. Unversehenes Besäufnis	145
52. Anton und Maria	147
53. Adam und Eva. Vaudeville in vier Aufzügen	148
54. Ein grausamer Tod	150
55. Fabel	151
56. Über das Drama	152
57. Es war einmal ein Mann namens Kusnezow	153
58. Eine gewisse Person	155
59. Das Schicksal einer Professorenfrau	156
60. Die Kassiererin	160
61. Vater und Tochter	164
62. Die neuen Bergsteiger	168
63. Tod eines alten Väterchens	170
64. Vorfall mit meiner Frau	171
65. Über unsere Gäste	172
66. (Wettlauf)	173
67. (Grigorjew und Semjonow)	174
68. Der Milchzahn	176
69. (Meine Ansicht)	177
70. Allseitige Untersuchung	179
71. Frage	182
72. Passacaglia Nr. 1	183
73. Ein Dreckskerl	184
74. Wenn der Schlaf den Menschen flieht	186
75. Das Heft	187
76. Ich werde Kapuzineraffe genannt	188
77. Der Maler und die Uhr	190
78. Erinnerungen eines weisen alten Mannes	191

79. Ein neues Schriftstellertalent	198
80. Hetzjagd	200
81. Traktat mehr oder weniger nach einem Konspekt von Emerson	202
82. Ritter	206
83. Vortrag	208
84. Geld	210
85. Fallen	211
86. Macht	213
87. Myschins Sieg	217
88. Pasquill	221
89. In einer Straßenbahn saßen zwei Männer	223
90. Störung	225
91. Wenn eine Ehefrau allein verreist	228
92. Märchen	229
93. Der eherne Blick	230
94. Theaterstück	232
95. Aus dem Notizbuch	234
96. Aus den Notizbüchern	236
97. Symphonie Nr. 2	238

IV

98. Wie ich eine Gesellschaft auseinandernahm	243
99. Brief an T. A. Meier vom 17. Juli 1931	251
100. Brief an T. A. Meier-Lipawskaja und L. S. Lipawski vom 28. Juni 1932	254
101. Brief an T. A. Meier-Lipawskaja vom 1. August 1932	259
102. Brief an T. A. Meier-Lipawskaja vom 2. September 1932	261
103. Brief an K. W. Pugatschowa vom 20. September 1933	262

104. Brief an K. W. Pugatschowa
 vom 5. Oktober 1933 266
105. Brief an K. W. Pugatschowa
 vom 9. Oktober 1933 268
106. Brief an K. W. Pugatschowa
 vom 16. Oktober 1933 272
107. Brief an K. W. Pugatschowa
 vom 21. Oktober 1933 277
108. Brief an K. W. Pugatschowa
 vom 24. Oktober 1933 278
109. Brief an K. W. Pugatschowa
 vom 4. November 1933 280
110. Brief an K. W. Pugatschowa
 vom 10. Februar 1934 282
111. Brief an K. W. Pugatschowa 284
112. Brief an Nikandr Andrejewitsch
 vom 25. September und Oktober 1933 285
113. Fünf unvollendete Geschichten 287
114. Zusammenhang 289

V

115. Erstens und zweitens 295
116. Wie ein altes Mütterchen Tinte kaufen wollte 302
117. Das Märchen 312
118. Der tapfere Igel 316
119. Sieben Katzen 317
120. (Blaues Heft Nr. 11) 319

Anhang

121. Manifest der OBERIU 323
    Anmerkungen 337

Nachwort

Über das Leben des Daniil Charms 347
Quellenverzeichnis 367

© 2003 für diese Ausgabe:
Luchterhand Literaturverlag, München,
in der Verlagsgruppe Random House GmbH
mit freundlicher Genehmigung
des Verlages Volk & Welt, Berlin
© Verlag Volk & Welt GmbH, Berlin 1990
(deutschsprachige Ausgabe)
Abbildung Seite 2: Charms, Selbstbildnis 1933
Umschlagkonzeption und -gestaltung:
R·M·E / Roland Eschelbeck
Druck und Bindung: Elsnerdruck, Berlin
Alle Rechte vorbehalten. Printed in Germany
ISBN 3-630-62049-3

Sammlung Luchterhand – das literarische Taschenbuch

Carl Amery, Die Wallfahrer
Amerys wesentliche Motive und Gegenstände, die seine literarische Arbeit beherrschen, kritische Durchdringung der katholischen Tradition, bayerische Historiographie, Sorge um die biosphärische Bewohnbarkeit unserer Erde, aber auch seine komödiantische Begabung und seine Vorliebe für spekulative und phantastische Erzählweisen – alles ist in diesem Roman kompakt präsent und wirksam wie sonst nirgendwo. »Amerys dichterisches Hauptwerk ist der große Roman DIE WALLFAHRER, der vier Geschichten von der Indienstnahme der Religion vom siebzehnten Jahrhundert bis heute erzählt ...« F.A.Z.
416 Seiten. Sammlung Luchterhand 2048

Jerzy Pilch, Andere Lüste
In seinem skurrilen, witzigen und hintersinnigen Roman ANDERE LÜSTE schafft Pilch einen originellen Mikrokosmos, in den das Echo der Zeit gebrochen eindringt. Sein Spott gilt der märchenhaften und eher schaurigen Idylle dieser kleinbürgerlichen Welt, in der sich Lüste und Gelüste ihren Weg über knarrende Hintertreppen bahnen.
176 Seiten. Sammlung Luchterhand 2044

Abilio Estévez, Dein ist das Reich
Ein magischer Roman von großer Suggestionskraft über den Untergang des vorrevolutionären Kuba. »Ein Erdbeben, eine literarische Erscheinung, die Abilio Estévez in den Rang der ganz großen Schriftsteller erhebt.« El País
480 Seiten. Sammlung Luchterhand 2054

Sammlung Luchterhand – das literarische Taschenbuch

Pablo Neruda, ich bekenne, ich habe gelebt
Nerudas Memoiren erschienen posthum und sind ein grandioses Dokument seines Lebens und seiner Welt – anfangs geprägt durch den Einfluß der europäischen Moderne, dann vom politischen Leben und Kämpfen in einem von der Diktatur geprägten Chile. Der Niedergang des Stalinismus löste bei Neruda eine tiefe Krise aus, die ihn zur Neu- und Rückbesinnung zwang. »So besessen von Sinnlichkeit, Farbe und Aroma, daß schließlich ein Werk entstand, welches man ohne Zögern den Gesang einer Biographie nennen könnte.« Siegfried Lenz
480 Seiten. Sammlung Luchterhand 2041

Christian Haller, Die verschluckte Musik
In Hallers Roman lebt eine untergegangene Welt wieder auf, jene elegante, kultivierte Welt, die der rumänischen Hauptstadt Bukarest vor dem Ersten Weltkrieg den Ruf eines »Paris des Ostens« eingetragen hat. Dort wächst die Mutter des Erzählers in einer großbürgerlichen Atmosphäre auf und kann scheinbar ohne Sorgen ihre Tage verbringen. Doch bald kündigen sich die Katastrophen des Jahrhunderts an, die auch über diese jüdische Familie hereinbrechen werden.
272 Seiten. Sammlung Luchterhand 2053

Sammlung Luchterhand – das literarische Taschenbuch

Andrew Henry Martin Scholtz, Vatmaar

Der erste auf afrikaans geschriebene Roman eines Farbigen. In VATMAAR erzählt Scholtz die Geschichte eines winzigen Dorfes an der Straße von Kapstadt nach Transvaal. »Scholtz braucht den Vergleich mit García Márquez nicht zu scheuen.« Berner Zeitung
»Scholtz ist ein Meistererzähler, der alle seine Figuren zum Sprechen bringt: direkt, komisch, traurig, gefühlvoll. So wie Menschen eben reden.« Ampie Coetzee
416 Seiten. Sammlung Luchterhand 2011

Joshua Sobol, Schweigen

Joshua Sobol, 1939 in Tel Mond geboren, ist Israels führender Dramatiker, sein Stück GHETTO wurde 1985 von deutschen Kritikern zum besten ausländischen Theaterstück der Saison gekürt. Mit dem Roman SCHWEIGEN betritt er zum ersten Mal als Romancier die literarische Szene. Weise, humorvoll und kritisch porträtiert er das zwanzigste Jahrhundert in Israel. »Joshua Sobol ... hat ein Werk von herrlich polyphoner Vielfalt und sprachlicher Dichte geschaffen, dessen Lektüre gleichsam ein mehrstündiges Atemanhalten erfordert.« DIE ZEIT
336 Seiten. Sammlung Luchterhand 2052